GW01071866

Le Peseur d'âmes

Eve de Castro

Le Peseur d'âmes

ROMAN

Albin Michel

IL A ÉTÉ TIRÉ DE CET OUVRAGE
VINGT-CINQ EXEMPLAIRES
SUR VÉLIN BOUFFANT DES PAPETERIES SALZER
DONT QUINZE EXEMPLAIRES NUMÉROTÉS DE 1 À 15
ET DIX HORS COMMERCE NUMÉROTÉS DE I À X

ISBN broché 2-226-12655-4
ISBN luxe 2-226-13490-5

À l'Ange, en gratitude,
à Henri-Michel Gautier,
et à ma Nan, jusqu'à la fin des temps.

« Il faut aller vers la vérité de toute son âme. »

PLATON

I

L'ODEUR, surtout. Combien de gosses agrippés aux barreaux, sol en béton fendu, murs suintants, un seau d'eau, une tinette, la nuit, la vermine, la faim, la mort ? L'hiver, quand la Neva gèle sur deux mètres de profondeur, les gardiens taisent le nombre des malades et laissent les plus costauds voler leur défroque aux plus faibles. En enfer, personne n'a d'états d'âme, un pantalon vaut passeport de survie. À six, dix, douze ans, on s'accroche. Même au fond de la tombe. On n'a pas de sentiment, juste des instincts. Grappiller assez d'eau, assez de sommeil, assez de bouillie. On ne parle pas, on cogne. On ne demande pas, on arrache. Dehors, peut-être, je pourrais te regarder, te connaître, t'aimer. Ici, c'est toi ou moi. Donc c'est moi. Près de la lumière, l'unique ampoule au bout de son fil rouillé, au milieu la galerie. Près du soupirail qui laisse filtrer de chiches filets d'air neuf. Ici, il n'y a pas d'heure, pas de jour, seulement la cloche de la soupe et deux saisons. L'été, on respire le moins possible et on lèche les parois en suivant les fissures qui retiennent l'humidité. L'hiver, les doigts collent aux barreaux gelés ; si par malheur on s'y appuie, la peau s'arrache, la chair s'ouvre en crevasses, on ne peut plus tenir la louche, en quelques semaines tout est dit, enroulé dans un bout de drap au fond de la fosse des sans-nom. Les gardes, ça les arrange. Pour punir les agités, ils leur attachent les poignets à la grille, la nature se charge du reste. Pas de traces de sévices, en cas d'inspection, on ne leur reprochera rien. Il n'y a jamais d'inspection, bien sûr, mais en Russie les temps n'ont pas changé partout, alors les petits chefs gardent la pose. Raides, trogne fleurie, épaules larges, bottes cirées, boutons luisants. Derrière les yeux clairs, sous les mâchoires virilement serrées, ils se disent que l'immémorial Voit-tout-sait-tout arbore maintenant le masque débonnaire de la démocratie, mais que dans son ombre se cachent sûrement d'autres ombres, qui épient, qui consignent, qui pourraient dénoncer. Les vieux réflexes tiennent au corps. La liberté, la justice, les petits chefs n'ont pas la pratique, ils ne s'y fient pas trop. D'ailleurs ici, au fond des bas-fonds de l'ancienne Léningrad, dans ce mouroir réservé au rebut de l'enfance, la liberté et la justice, tout le monde s'en passe très bien. Les choses vont comme elles doivent aller. Les gosses chialent et crèvent, oui, mais à peine plus que dans la rue ou dans les égouts et, au moins, ils n'emmerdent que des gens payés pour ça. Ils ne détroussent plus les vieilles femmes ni les nouveaux bourgeois. Ils ne chient plus sur les trottoirs. Ils ne tapinent qu'avec les matons, ils ne fument que de la paille, ils n'ont plus d'armes à livrer, plus de cousines à prostituer, ils se refont une pureté avant le grand saut. Le Ciel et la terre sans aucun doute y gagnent. Sauver les apparences. Garder la pose, bottes cirées, boutons luisants, la Sainte Mère Russie entre dans le IIIe millénaire et elle entend y entrer tête haute.

Tête haute. Combien de petits crânes rasés, de fronts écorchés, de bouches tordues, le long du couloir qui serpente sous la terre, sous la glace muette, sous la vie des vivants ? Combien de couloirs jumeaux hérissés, comme chez Hansel et Gretel, de bras et de jambes passés entre les barreaux ? Noirs, osseux, rongés de plaies. As-tu bien profité, es-tu bon à manger ? Les hurlements. Les coups des gamelles en fer-blanc contre le sas des cachots. Les plaintes qui montent, s'essoufflent, reviennent avec l'obstination des vieux disques rayés.

L'odeur, surtout l'odeur. La puanteur fauve, âcre, imprégnante. Déjections et gangrène. Même après deux ans, Jacques ne s'habitue pas. Les soirs où cette pestilence lui retourne les boyaux, où la fatigue lui ralentit le cœur, il se demande ce qu'il est venu prouver dans ce trou, dans ce puits, et pourquoi il s'obstine. Il est français, en bonne santé, assez jeune encore pour envisager des avenirs multiples et il lui reste de l'argent à Genève, un paquet d'argent bien à l'abri. Avant, avant Saint-Pétersbourg, les enfants, la prison, il a eu une autre vie. Une autre vie avec laquelle il serait très facile de renouer. Un avion, dix coups de fil, quelques rendez-vous avec les bonnes personnes dans les bons endroits, une confession détaillée, si possible médiatisée, et voilà, retour au point de départ, le reste du voyage en classe affaires. La ligne si mince entre le passé et le présent. Le fossé qu'il a voulu infranchissable et qui n'est, au fond, qu'une porte refermée dans sa tête.

15

La porte d'un cloître. La porte d'un bureau de psychiatre. La porte de l'infirmerie que le gardien Vania déverrouille dans un bref ballet de clefs. Jacques regarde les mains rougeaudes dont l'agilité à manier le trousseau chaque fois le fascine. En d'autres temps, d'autres lieux, il aurait pris ces mains-là dans son service. Le gars est calme, concis, précis, concentré. Brut mais intelligent, il a le goût du sang, du silence et du travail soigné. Il aurait fait un honnête chirurgien. Ici, il est bourreau.

Jacques pousse l'épais battant métallique et relève l'interrupteur. Les néons grésillent une bonne minute sans s'allumer. Avec des gestes lents, machinaux, Jacques ôte et suspend sa parka, tourne le robinet, se délie les doigts sous l'eau tiède. Vania attend dans le noir, immobile, le nez levé. Relents d'éther et de pisse. Quelque part, loin dans le souterrain, des cris vagues. La lumière, verdâtre, sourd du plafond, hésite, blanchit lentement. Une soufflerie s'enclenche, Jacques frotte ses épaules et ses bras. L'ennemi le plus tenace, c'est l'humidité. Vania claque des talons. Statufié sur le seuil, il attend les ordres. Il ne regarde pas Jacques, il ne regarde rien.

— Tu vas me chercher Marek. L'attelle, troisième à gauche à partir de l'escalier. J'espère qu'il a toujours son bandage.

Vania ne bronche pas.

— Celui-là d'abord, les autres après. Tu choisis, je peux en prendre cinq, six si tu me les amènes vite. Il l'a toujours, son bandage ?

Vania cette fois le regarde.

— Hé, je suis pas une nounou. De toute façon celui-là,

16

il est foutu. Faudra me dire, un jour, pourquoi vous vous acharnez sur ceux qui sont foutus ?

– C'est ça. Ferme-la et va le chercher.

Ceux qui sont foutus. Avant, dans sa vie parisienne, Jacques réinventait des visages broyés, brûlés, déchiquetés. Pommettes, mâchoires, palais, arcades sourcilières, arête nasale, oreilles. La structure d'abord, ensuite les greffes. Le lundi et le samedi, pour arrondir son compte suisse, il rectifiait des profils et regonflait des seins. Le mercredi, il chassait à courre en forêt de Bretonne. La douceur poudreuse des futaies, le trot mat et puissant dans les layons brumeux, l'appel des trompes, la gueulante des chiens, tête vide, corps chaud jeté dans le mouvement, le bonheur simple, aigu, immédiat. Au retour, il faisait l'amour à sa femme et dormait sans rêver. Sa femme était brune, éprise de détails, soucieuse du qu'en-dira-t-on. Deux filles jolies et sages, peu de disputes, un duplex voisin du parc Monceau, des amis décoratifs et influents, un abonnement à l'opéra. Un couple enviable. Raffiné, juste, reposant. Un contrepoids sur mesure à la douleur, à l'urgence, au désespoir, au doute.

Jacques sauvait des apparences. Jacques fabriquait des masques. Pour ses patients, qui avaient tout perdu. Pour lui, à qui rien ne manquait. Ici, à la fin du carême, il a passé quatre nuits à découper des visages dans des cartons récupérés avenue Nevski. Il les a peints, Blanche-Neige, Carabosse, les trois cochons, les héros de Star Wars. Les gosses ont fêté carnaval derrière leurs barreaux. Pendant qu'ils jouaient à redevenir enfants, enfermé dans l'infirmerie, Jacques amputait Oleg.

— Saloperie ! Tu vas voir !

À l'angle où les deux galeries se croisent, Vania rugit. Le petit Marek tient bon, canines plantées dans le gras du flanc. Le garde attrape la jambe blessée et serre méchamment. L'enfant fond sur son dos, osseux et flasque, un pinocchio moisi. L'homme le porte comme un sac de farine et le bascule sur la table.

— Le v'là ! les bandes, il les a bouffées, reste plus qu'à jouer de la scie ! Je vous le tiens ?

— Va te branler dehors.

Vania recule en grondant.

— Si vous étiez pas toubib...

— Je t'emmerderais pas, OK. Mais je suis toubib et je t'emmerde. Mon vice à moi, c'est les voyous avec deux jambes et j'aime pas qu'on me mate. Alors tu attends dehors. Il faut vraiment que je te le dise tous les jours ?

Jacques referme le battant métallique et revient vers l'enfant qui s'est redressé sur ses coudes, les joues creusées par la peur, le regard farouche. Il passe sa langue sur ses lèvres gercées et serre les dents pour les empêcher de claquer. Jacques s'affaire, le bistouri, les compresses, les seringues, le garrot, le désinfectant.

— Tu m'en files un coup, de ton cure-chiottes ? C'est là que j'en ai besoin.

Le petit se frotte le ventre avec une grimace pâle. Jacques fouille dans sa veste, tire une flasque entortillée dans du papier journal.

— Tiens. À tout prendre, j'aime mieux que tu boives de la vraie. Deux gorgées, pas plus.

Marek se laisse aller sur le dos et tète la vodka. Jacques le surveille du coin de l'œil.

– Deux, j'ai dit ! Il y en a d'autres, après toi !

Le gosse rigole et gargouille. Jacques lui reprend le flacon.

– Merde, c'est pas avec ça que je vais planer pendant que tu me tripotes !

Jacques rempoche son flacon, enfile une blouse grise, secoue ses gants de chirurgien. Le front trempé de sueur, Marek regarde le plafond.

– Ton néon, il est naze. Va claquer. Vania dit que moi aussi.

Le pansement tout le long du tibia. Dessous, la plaie purulente. Marek fronce le nez.

– Tu me fais quoi, là ? Je sens même pas.

Il soulève la tête, lorgne sa jambe.

– C'est moche.

Très moche. Violet, noirâtre, boursouflé. L'air serein, Jacques sourit au petit. Grands yeux sombres affreusement cernés, teint cireux. Une tape tendre sur la joue.

– On les aura.

Marek se crispe sous la caresse. Ici on est entre rebelles, entre bandits, on ne se touche pas.

– Je suis pas ta copine.

Un silence qui ressemble à un cristal de glace.

– Tu vas couper ? Comme Oleg ?

Jacques palpe le membre enflé. Soignée à temps, avec un traitement antibiotique adapté, une blessure pareille aurait guéri en quinze jours.

– On va voir... Tu es pressé ?

L'enfant déglutit avec un bruit misérable. Jacques remplit un verre d'eau et l'aide à boire. Marek le fixe bien droit.

– Il est mort, Oleg ?

19

Jacques range le verre. Prépare son injection.

— Comment tu te l'es abîmée, ta jambe ?

— Ils m'ont mordu, dans la cage. Tu sais comment on est, nous. Après, ça me grattait, alors j'ai gratté. Après, j'ai pris un coup de pied et ça a craqué. Il est mort, Oleg ?

Jacques pique.

— Non. Il est chez moi.

— Putain de Vania, il le sait ? Et les autres ?

— Personne ne sait.

— Et si je te balance ?

— On me virera. L'infection te remontera dans la cuisse, tu pourriras et tu crèveras.

Le gosse réfléchit. L'anesthésie brouille les contours de la silhouette penchée sur lui. Le néon lui fait une barre de givre étincelant en travers du front. Il se concentre, pas sombrer encore, il a son mot à dire. Sa vie n'intéresse personne, si lui ne la défend pas, qui le fera ?

— Coupe. Comme ça, j'irai chez toi.

Le gardien Vania se méfie de Jacques. Il crache sur ses talons mais au fond, parce qu'il ne parvient pas à le comprendre, il le respecte. D'habitude, les infirmiers affectés ici sont des toquards qui, jeunes ou vieux, au bout de quelques mois implorent une autre affectation. Jacques est le premier médecin volontaire. Un chirurgien diplômé, avec un passeport en règle. Une erreur, forcément. À son arrivée il ne connaissait pas un mot de russe. Vania lui donnait six semaines, plus un sac de cauchemars pour lester sa démission. Avec ses copains, il a parié gros. Sa prime trimestrielle y est passée, c'est pour ça surtout qu'il enrage contre le toubib. Jacques est resté et rien ne laisse présager qu'il partira jamais. On croirait un bateau qui a trouvé son ancre. Personne ne sait quel passé il vient enterrer en descendant, chaque après-midi, un peu avant l'heure fixée, les marches métalliques qui mènent aux cellules du sous-sol. Il a seulement raconté qu'il avait vu, chez lui, à Paris, un reportage télévisé sur les mômes des rues. Et des photos, aussi, d'une grande agence de presse, dans une bibliothèque. Une exposition sur le monde du nouveau millénaire. La guerre, la haine, la solitude, la misère, la beauté poignante d'un regard dérobé. Il aurait pu choisir Belem ou Manille. C'est l'image d'un petit crâne nu émergeant d'une bouche d'égout qui l'a décidé. Il a voulu ces enfants guerriers, ces enfants maudits. Il a pris un aller simple pour Saint-Pétersbourg, un deux-pièces meublé et un professeur particulier. Maintenant il parle sans accent, il porte des vêtements sombres qui ont l'air d'avoir servi à tout son immeuble avant lui, il a le teint gris et l'œil humide des Russes épuisés par l'hiver, il boit sec et jure comme un soudard. Rien ne le distingue des autres membres du personnel de la prison. Sauf que lui, il joue avec les gosses. Il se rappelle leur nom, il leur glisse des illustrés, il les soigne avec un dévouement de bonne sœur sans que rien dans leur comportement jamais ne le rebute. Il le voit bien, pourtant, que tous ils ont des dents à la place du cœur et des réflexes de loup. La vie les a dressés à mordre, à fuir, à trahir, personne ne peut les amender. Il faut les mutiler pour les mater, et encore, la plupart se laissent crever sous les coups plutôt que de plier l'échine. Vania, qui a mère, femme et trois garçons au garde-à-vous dans un entresol fleurant le chou et l'huile rance, Vania qui

économise rouble à rouble pour se payer d'ici cinq ans
une voiture d'occasion, Vania le champion au lancer de
ballons plombés, l'infatigable baiseur de putes à cheveux
teints, Vania le sous-fifre modèle déteste ces petits fauves
rasés. Et en même temps, comme Jacques, il ne peut se
passer d'eux. Quand le fourgon de police crache sa cargaison raclée au hasard des trottoirs, il sent ses mains qui
brûlent. Une excitation vengeresse qui transfigure son quotidien de fourmi. Le droit de vie et de mort sur plus
démuni que soi. Depuis que l'isolateur de Lébédéva existe,
on n'est jamais venu réclamer un seul des gamins parqués
dans les douze cages du souterrain. Reniés avant d'avoir
appris à aimer qui les abandonnait, mère morte, raflée,
vendue, pocharde, droguée, ils grandissent par bandes de
cinq ou six dans les couloirs du métro, le réseau d'égouts,
les parkings, les caves et les greniers désaffectés. Pas d'identité, un langage rudimentaire, des habitudes animales.
Chasse, partage des dépouilles. Planque, défonce à la colle
ou au solvant, sommeil sur des cartons pliés, avec toujours
une oreille aux aguets. Depuis la décomposition de la
société soviétique, les mafias de Saint-Pétersbourg et de
Moscou tirent de substantiels profits de ces enfants. Jouant
sans hésiter leur peau contre une rasade d'alcool et une
anguille fumée, ils servent de passeurs, de receleurs, de
kamikazes, de boucs émissaires. Des petites bêtes rapides
et résistantes, habituées à se terrer et à se nourrir de rien.
Sans aucun sens du bien et du mal, sans attaches, sans
autre espoir que celui de survivre jusqu'au lendemain.
Extrêmement dangereuses et idéalement exploitables. Les
estimant irrécupérables, la justice ne s'embarrasse pas de
les produire devant les tribunaux. Harponnés au fond de

leur tanière ou pendant leurs coups de main, ils passent directement de la rue aux cachots de Lébédéva. En attente de jugement. Une attente sans issue. À quoi bon juger un délinquant dont la société n'espère aucun amendement et qui, à la fin de sa peine, retournera au trottoir, à la drogue et au crime ? Grâce aux soins vigilants de Vania et de ses pareils, les gosses ne ressortent que rarement. De temps en temps, il s'en trouve un plus habile, plus résistant et plus patient. Un qui joue de son charme et qui, à force de ruse, sous la brute parvient à toucher l'être humain. Pour celui-là, Vania autorise une visite médicale extérieure, généralement suivie d'un transfert à l'hôpital. Le malade après un bref séjour est placé en orphelinat. À peine mieux que la prison. Neuf fois sur dix, il parvient à s'enfuir et reprend ses habitudes. Sa bande souvent s'est dispersée, mais il reste la mafia. La boucle se renoue. S'il est ramassé à nouveau, Vania fait mine de ne pas le reconnaître. L'enfant ne revoit jamais la lumière. On ne se prive pas deux fois de tout le mal qu'on peut faire.

— Magnez-vous le cul, toubib ! On ferme ! Z'êtes sourd ou quoi ? Vous me gonflez, là ! Voulez que je vous montre comment vous me gonflez ?

Posément, Jacques visse l'embout de la lance à incendie. La journée est finie, une de plus, une de moins, il ne promet pas que Marek survivra mais il lui a donné sa chance. Encore un peu de vie, de vie juste pour vivre. C'est si précieux, de vivre. Il siffle un air italien très ancien, quelques notes limpides, longtemps tenues, dont l'altière humilité l'apaise. Cette sensation après la tension extrême, après l'entier don de soi, d'être nu, allégé, libre. Il reprend, mezza voce, l'air sublime. Les mots latins, douleur et extase, se lovent sous la voûte lépreuse, Vania râle et menace : « Faites chier exprès, hein ! Un jour, je vais vous boucler pour vous apprendre la règle ! » Vania agite son trousseau de clefs : « Dix minutes grignotées sur l'horaire ! trois mille minutes par an ! Je vais l'envoyer, ce rapport, sur ma tête que je vais l'envoyer ! »

Jacques sourit et oriente le jet vers les souliers cloutés du gardien.

— Mais non, tu ne l'enverras pas. Je te manquerais trop.

Vania esquive. Vocifère et crache. Tous les soirs le même cirque. Jacques traîne, Vania l'injurie, les enfants affamés choquent les louches à soupe contre les barreaux des cages, le néon moribond grésille sous les gouttes échappées au tuyau qui nettoie à grandes giclées le sol et la table en béton.

— Demain, j'apporte les antibiotiques pour Marek. Il doit les prendre. Il DOIT. Compris, Vania ?

Accroupi dans le couloir, Vania frotte ses godillots avec un chiffon.

— Je m'en tape. Je m'en tape de lui, je m'en tape de vous. C'est clair, là ?

Jacques ferme le robinet d'eau, éteint la soufflerie, ôte ses gants et sa blouse grise qu'il fourre dans un sac en plastique. Il remet sa veste lourde d'humidité, frissonne, allonge une grande claque à l'interrupteur. Au plafond, les ampoules verdissent sans se presser.

— Dommage. Le vaccin hépatique pour tes fils, je venais de le recevoir. Ça profitera à d'autres, c'est pas la demande qui manque. Chacun ses choix.

24

Vania se relève, l'œil luisant, rage et admiration mêlées.

– Z'êtes un salaud de fortiche, hein !

Jacques tire derrière lui la porte qui claque comme une main de plomb. L'ampoule du couloir balance sous le courant d'air. Campé devant Vania, il lui resserre d'un coup sec sa cravate.

– Je suis.

– C'est quoi, votre truc ?

– La foi, mon pote. La foi.

– Laquelle, de foi ?

– Une longue histoire, trop longue pour toi. Marek, c'est une dose quand la relève change les seaux, le matin, et la deuxième avec la soupe du soir. Tu décides. Faut commencer demain. Salut.

La galerie n'en finit pas. De cachot en cachot, sur son passage, les appels s'enflent et se répondent. Écorchés, sanguinolents. Depuis des mois, les petits n'ont aperçu ni le soleil ni la lune, mais d'instinct ils sentent que dehors le soir tombe. C'est l'heure traîtresse où la solitude s'enroule en écharpe et étrangle le goût de vivre. L'heure où le courage fond sous les larmes qui remontent dans la gorge. L'ombre descend sur le monde, portant dans ses plis la terreur. La bouche mauvaise, Vania frappe les cages avec la torche électrique qui lui sert de matraque. Malgré cela, les gosses tendent les mains et, pour attirer l'attention de Jacques, à toute volée ils cognent leur front sur les sas. Le son à nul autre pareil d'une tête donnant contre l'acier. Dans l'obscurité complice des pires forfaits, que va-t-il arriver ? Le cou tendu, les poings serrés, les enfants hurlent. Jacques les touche, Jacques s'attarde, en retenant son pas et son souffle, il ralentit les secondes, je vous quitte jusqu'à demain seulement, jusqu'à demain les gars, on tient bon, demain je serai là, à votre âge on n'a plus peur du noir...

Demain seulement. Vania sur les talons, Jacques monte l'escalier avec un boulet à chaque pied. *Comment, ayant vécu ce que j'ai vécu, serais-je sûr de revenir demain ?* Abandonner. S'arracher à qui l'on aime, arracher de soi qui l'on ne veut plus aimer. La foi ? Payée son comptant de larmes, d'attente, de remords. De sang. Jacques tousse, sa poitrine le brûle. En haut des marches, une grille le sépare de la « carlingue », le grand hall nu, haut de quinze mètres, sur lequel donnent les coursives des cellules ordinaires. Vania déverrouille trois loquets. Encore deux couloirs, Jacques glisse sa carte magnétique dans un lecteur d'identité, patiente au milieu du sas d'entrée, salue machinalement le planton qui salive sur un vieux *Penthouse.* Il traverse la cour tout en longueur qui sert de déambulatoire et de salle de gymnastique aux gamins qu'on fait courir et sauter en cadence deux heures par semaine. Sur trois côtés, les hautes façades en briques d'un brun violacé, encore assombri par de larges coulées noires. En face, un mur grenu, hérissé de barbelés, barré par le portail d'entrée, percé à droite d'une porte donnant sur la conciergerie où les familles viennent déposer les colis. C'est par là qu'entrent l'assistante sociale et les deux enseignants qui s'efforcent à donner aux jeunes prisonniers l'illusion que tout n'est pas perdu. C'est par là que sort Jacques. Pour ses enfants à lui, ceux du sous-sol, de la peur, de la haine, il n'y a pas d'école. Pas d'illusion. Pour ceux-là, dont les autorités nient l'existence, tout est perdu.

Voilà. La nuit tombe sur une immense place sale et déserte, le vent gifle la poussière qui tourbillonne au bas des bouleaux nus.

Le cou enfoncé dans ses épaules, Jacques longe un pâté de bâtiments staliniens reconvertis en logements. Doubles fenêtres jamais ouvertes, attristées de voilages crasseux. Entre les vitres embuées, des piles de journaux, quelques plantes tenaces, une roue de bicyclette, des vieilles bottes, des outils, un cheval à bascule, des poupées manchotes. On est loin de Saint-Pétersbourg l'impériale, la ville de marbre et d'eau, rêve et miroir, ors et neiges réfléchissant une splendeur qui depuis trois cents ans se survit à elle-même. Dans ces faubourgs sans espoir, les gens marchent courbés. Par lassitude, par habitude. Leur maître mot c'est : tenir. Tenir, au cœur blanc et muet du grand hiver, tenir malgré les bourrasques, l'oppression, la pauvreté, tenir dans la méfiance, l'alcool, la résignation, en préservant ses rites, sa force, l'amour de la Russie et une part de ciel sous les paupières closes.

Le dos rond et les mains au plus profond de ses poches, Jacques traverse une avenue, puis une autre. Deux jeunes femmes à visage rond, coiffées et chaussées de lapin gris, pouffent en le croisant. Il sourit, brève douceur, il fumerait bien son cigare hebdomadaire, comme ça, tout de suite, ses plaisirs sont devenus modestes mais ne dépendent que de lui. Il tire les premières bouffées en s'abritant sous l'auvent d'une ancienne chapelle où une bande de mômes a établi ses quartiers. Machinalement, il lève les yeux vers les vitraux brisés. Marek, Oleg. Un corbeau nettoie son bec sur le rebord d'une corniche. Se dandine d'une patte sur l'autre, entrouvre les ailes, demi-tour dans un sens, demi-tour dans l'autre, et je hoche la tête en cadence, et je gonfle mes plumes.

— C'est pour moi que tu danses ?

À la voix, l'oiseau se fige. Une gargouille de granit noirci et poli par les pluies. Œil fixe, stupide et vaguement menaçant.

— Tu sais qu'en d'autres temps, je t'aurais mangé ?

Le corbeau croasse son dédain et s'envole à lourd bruit d'ailes huileuses. Un drapeau noir qui claque comme une gifle d'adieu. Jacques écrase son cigare et remonte son col. Il sent ses épaules lourdes, lasses. Du regard, il cherche les deux filles enlapinées, avec leurs bonnes joues et leur rire gourmand. Il ne voit qu'une vieille à cabas qui se hâte en marmonnant des prières édentées. Le vent s'est calmé, le crépuscule enrobe les angles. Jacques soupire. C'est vrai, la plaie de Marek l'a saigné. Le gamin lui tient au corps, comme avant lui Oleg, comme Rudolf et la petite Macha, qu'il n'a pas su sauver et qui sont morts dans ses bras. À Paris, il y a déjà si longtemps, dans son bel hôpital, dans sa clinique parfumée de fleurs blanches et de musique sucrée, il ne s'attachait jamais à ses malades. Il connaissait dans les moindres détails leur dossier et leur morphologie, mais lorsqu'il les regardait au fond des yeux, c'était juste pour observer la dilatation de leurs pupilles. Ses patients appréciaient sa fermeté, son calme, sa voix grave, une voix d'homme que les chevaux et les enfants écoutent. Les femmes qu'il soignait tombaient presque toutes sous son charme. Il ne le remarquait que lorsque ses collègues, en invoquant « l'esprit de corps », s'enquerraient de ses bonnes fortunes et s'offraient à consoler son épouse. En ne plaisantant qu'à moitié, il promettait de réfléchir sérieusement à la question. Il prenait tout au sérieux, à commencer par lui-même, et tenait la sincérité pour une vertu cardinale. À ses clientes énamourées, qui, malgré l'excellence de ses soins, tardaient à cicatriser dans l'espoir de le retenir à leur chevet, il disait : « Si je vous faisais la cour, vous perdriez au change. » Il ne mentait pas. Il n'avait de désirs que casaniers. Il les satisfaisait avec une belle santé, sans beaucoup d'imagination. Il ignorait la jalousie parce qu'il ne concevait pas qu'on pût donner, en offrant son corps, une part de soi autrement plus subtile. Priscille, qui partageait son quotidien avec une distance affable, trouvait qu'il faisait un mari idéal, fiable et jamais tracassier.

Enfin, avant. Jusqu'à ce que.

Un vent coulis sur la nuque. Jacques s'ébroue et range avec précaution son cigare à peine entamé dans un étui de cuir fauve. Un cadeau rescapé d'un Noël luxueux, mais lequel entre tant de Noëls similaires ? Il hausse les épaules. Qu'est-ce qui lui prend, ce soir, de traînasser alors que les gamins l'attendent à la maison ? Il n'a même pas pensé à acheter le journal pour Piotr, son voisin du dessus. Le vieux Piotr catarrheux qu'il entend tousser à travers le plafond et qu'il vient faire cracher au milieu de la nuit, pour l'empêcher d'étouffer. Éperdu de reconnaissance et soucieux de payer sa dette, Piotr lui a offert au printemps dernier son bien le plus précieux. Son unique bien, à vrai dire, le seul plaisir auquel sa vieillesse indigente puisse prétendre parce qu'il est gratuit et accessible à tous : les bains de soleil sur le quai de la forteresse Pierre-et-Paul. Vers la fin mars, quand les premiers rayons chauds font craquer et vibrer la Neva, gelée d'une rive à l'autre, le retraité se lève à l'aube, prend le tramway, puis le métro, puis marche une grosse demi-heure pour venir passer la matinée plaqué comme un lézard contre la muraille de briques et de moellons rouges. En bottes fourrées et slip, pantalon rabattu sur les chevilles, le blouson roulé entre la pierre glacée et le maigre dos nu. La tête renversée dans un mouvement de saint Sébastien extasié, les yeux clos, la pomme d'Adam extraordinairement saillante, les bras et les cuisses grêles, la taille alourdie de graisse, il s'offre et il reçoit. À ses côtés, une trentaine d'hommes et de femmes en sous-vêtements fatigués exposent leur corps avec le même abandon têtu et bienheureux. Ils ne se parlent pas, ils ne jettent pas un coup d'œil aux nouveaux arrivants qui se déshabillent comme s'ils étaient seuls au monde. Ils savourent leur plaisir, un plaisir placide et violent, à l'image de l'âme russe. Les rondes de la garde résonnent à pas martiaux devant leur nudité sans qu'ils battent des cils. Tout est en son ordre. Un peu plus bas, à genoux sur la glace, deux ou trois membres du club des « morses » agrandissent à la pioche le trou d'eau dans lequel ils s'ébattent chaque matin. Leurs comparses, charpente de portefaix et maillot minuscule, chantent à large voix de ventre en s'enduisant le torse et les membres de vaseline. La première fois que Jacques a voulu les imiter pour sentir si la greffe de sa nouvelle vie avait pris dans sa chair, il n'a pu rester plus de quelques secondes dans le fleuve glacé. Mais le froid de l'eau l'a moins mordu que les rires des touristes. Il est revenu chaque dimanche, de plus en plus méthodique et indifférent aux railleries. Maintenant il se baigne sans sourciller et bronze avec application. Dans les échanges fraternels de frictions et de vodka qui concluent ces séances de plein air, il s'est fait des camarades, presque des amis. Ces matins-là, il lui semble que la vie ne s'est jamais montrée si prodigue.

Le corbeau croasse très près, avec une insistance suspecte, sans se montrer. Ricanement des ténèbres. Obscure mise en garde. À tout hasard, Jacques inspecte les environs. Derrière, la chapelle défoncée. Devant, une rue semblable aux autres, trottoirs inégaux, pas de vitrines, pas de réverbères, bordée sur la gauche d'une caserne, sur la droite d'un terrain vague qui aux beaux jours sert de potager communautaire. Au bout, un petit pont traverse un canal anonyme. Jacques le franchit chaque matin et chaque soir, il n'y a pas d'autre accès à son quartier, si l'on peut appeler quartier un désordre de maisonnettes en bois, dans le genre datchas délabrées, construites pour une seule famille et habitées par quatre.

Le pont. Jacques d'un coup comprend ce qui ne va pas. Ce qui ce soir l'empêche de rentrer, alors que l'heure tourne et que sa vie d'aujourd'hui le réclame. Ce n'est pas le petit visage exsangue de Marek. Ce n'est pas non plus le souvenir de Priscille et des fêtes familiales, dont parfois il souffre comme d'un membre amputé. Non. C'est simplement qu'avec une discrétion telle qu'il n'y a pas porté attention, novembre a préparé son piège. Et que là, posée comme un manteau duveteux au-dessus du canal, échevelée le long du parapet, en tapis mouvant au milieu de la passerelle, la brume de novembre l'attend. Jacques s'arrête. Voilà qu'il a froid dans les reins. Il se force à marcher, du moins ses jambes marchent pour lui. Il avance jusqu'au milieu du pont. La brume le chausse d'ouate humide, se glisse entre le pantalon et la cheville, une langue fraîche qui s'enroule et remonte. Le cœur étreint d'une angoisse sans nom, Jacques s'appuie à la rambarde. L'eau grise ondule et luit par vaguelettes courtes. Les larmes lui montent aux yeux. Il murmure : « Là-bas, ici, jusqu'où me faudra-t-il aller ? »

La mer autour, partout. Ondulations précises et silencieuses. La mer qui monte avec la grâce sinueuse d'une coulée de reptiles. Au loin, la côte n'est qu'une ligne floue, balayée par la bruine. Je me retourne. À peine plus proche et tout aussi inaccessible, la silhouette dentelée du Mont-Saint-Michel, écharde de pierre noire sur ciel de plomb. J'essaie de reprendre mon souffle. Aube grise, larmes grises, infini d'eau rampante qui m'encercle et m'enserre. Pas une lumière, pas d'autre son que la plainte du vent. Là-bas, à mi-pente du rocher titanesque, dans une chambre suspendue entre la terre et le ciel, la femme que j'ai cru tant aimer s'est rendormie. Ignorante de moi, méprisante de moi. De moi qui, faute de ne pouvoir ni la tuer dans mon cœur, ni la libérer en me sacrifiant, la fuis. Dans la brume. Dans l'avenir. Jusqu'à cette nuit, je n'avais rien choisi. J'allais commencer, j'allais apprendre. Cette aube est ma première aube. Moi, Jacques, je viens de naître. Et il faudrait, alors que de toute mon âme je regrette et me repens, il faudrait que je meure moi aussi ? Moi aussi ? Juste pour sanctionner que cette vie-ci, je n'ai pas su la vivre ?

QUAND Anièva ferme les yeux, le danger disparaît. Restent le vacarme qui emplit et vide sa tête, la vibration qui résonne dans ses os, le souffle chaud qui l'écœure et la grise. Dans le noir griffé d'éclairs, tout entière repliée sous ses paupières serrées, elle attend. Le grondement devient sifflement puis s'éloigne. L'air se lisse, la peur reflue. Après, le silence semble plus serein, plus vaste, le sol plus stable, la sensation de vivre plus aiguë. La jeune fille rouvre les mains, les yeux, la bouche. Respire, sourit, ramasse son sac à dos et en boitillant longe le quai. Elle remonte les escaliers, salue les habitués qui dans le creux de leur manche fument le mégot de la mi-journée, et distribue les *pirojki* qu'elle prépare chaque soir pour les hasards du lendemain. La permanence du chef de station est une alvéole de béton percée d'une porte et d'une fenêtre à barreaux. Anièva toque au carreau.

– C'est moi ! Je peux ?

La première fois, elle avait dix ans. Tous les enfants jouent à se faire peur, mais ce qu'elle voulait, c'était avoir peur pour de vrai. Quand le conducteur a sifflé, elle s'est approchée en prétendant monter dans la première voiture. Les portes se sont refermées et elle est restée immobile, droite et tendue des talons à la nuque, les orteils crispés et le bout de ses souliers effleurant le rebord métallique. Concentrée, elle dévisageait les passagers, de l'autre côté de la vitre. Elle en cherchait un, un seul, qui semblât véritablement vivant. Elle s'était promis, si elle le trouvait, de reculer. Des hommes en caban sombre, l'air absent et la mâchoire brutale, la fixaient sans la voir. Des femmes aux joues rebondies, poitrine sanglée sous un fichu croisé, cheveux et prunelles ternes, bâillaient, tâtaient leur sac à main, se grattaient en soulevant d'un doigt machinal l'élastique de leur culotte. Un adolescent hérissé chantait à voix muette. Deux enfants se pinçaient sournoisement. Malgré leurs dissemblances, il émanait d'eux le même égoïsme morne, la même indifférence grisâtre. Le train a démarré. Petite Anièva s'est raidie. Elle a tenu bon jusqu'à la moitié de la rame, le corps oscillant à mesure que les wagons prenaient de la vitesse. Mais quand l'avant-dernière voiture l'a rasée de si près qu'elle a cru sentir le brûlant du métal sur le bout de son nez, elle s'est évanouie. Le chef de quai, un moustachu replet sanglé dans un uniforme qui luisait à l'arrondi du ventre, l'a relevée et ramenée dans sa guitoune où, pour la fortifier et malgré la consigne, il a bu avec elle un sacré coup, qui les a réconciliés l'un et l'autre avec le genre humain. La fillette portait un manteau à capuche, une natte rousse, des cils blonds et une ardente curiosité. Elle enchanta le moustachu, qui la gava de crêpes froides, la garda jusqu'à la relève et lui fit jurer de ne plus jouer à mourir, ce qu'elle fit avec un sourire mutin, en croisant ses doigts dans son dos.

34

Le mois suivant, elle renouvelait l'expérience à la station Baltïskaïa. Cette fois c'est un médecin qui la ramassa, la gifla et la remit entre les mains d'une autorité glabre dressée à résister à toute séduction, fût-elle enfantine.

— Je m'en vais appeler ta mère vite fait, moi, tu vas voir ça ! Nom ? adresse ? téléphone ?

— Ma mère ne viendra pas. Elle est partie.

— Partie où ?

— Loin.

— Et pourquoi elle est partie ?

— Pour vivre. C'est ce qu'elle a écrit sur le mur de ma chambre.

— M'en fous. Je suis pas payé pour te plaindre. Donne le numéro de ton père, et grouille, j'ai pas que toi à fouetter !

— Vous pouvez essayer, ça ne répondra pas. À la maison, quand je ne suis pas là, personne ne répond. Mon père est tombé du plafond en décrochant la lune. La journée, il dort. La nuit, il dessine ou il me lit des livres sur les choses qu'il dessine. C'est Mme Kougolka, la gardienne, qui fait le reste. Mais le reste, pour mon père et moi, c'est pas très important. Si Mme Kougolka s'en allait, on se débrouillerait sans.

— On va l'appeler, ta gardienne. Elle a bien le téléphone, quand même !

— Elle est sourde.

— Tu te moques de moi ?

— Non. Elle est même pas vieille, mais elle est sourde et elle ne se lave jamais. Elle a un chat gris qui s'appelle Souris. Vous aimez les chats ?

— Non. Pas de chat, pas de chien, pas d'enfant.

— Pourquoi vous frottez vos chaussures en parlant ?

— De quoi je me mêle ? Un aller-retour sans ticket, tu vas prendre !

— Vous aussi, vous devez être un peu seul, non ?

Là, le rustaud la regarde. Il voit une fillette au nez pointu, aux yeux clairs, qui balance ses jambes sous la chaise en fer et lui sourit tranquillement. Il se campe devant elle, poings sur ses hanches, en remontant avec ses pouces son pantalon avachi.

— Pourquoi tu fais des conneries pareilles ? Si près du bord, tu sais que tu peux te tuer ?

— Non. J'ai un ange.

— Ben tiens ! Et il fait quoi, dans la vie, ton ange ?

— Gardien, comme vous.

— Ben voyons ! Il me ressemble, alors ?

— Pas du tout. Il tient une lance et il parle en français.

— Parce que tu parles le français !

— Non. Mais on se comprend. C'est comme pour maman. Avec mon père, ils ne se voient plus, mais ils se parlent. Enfin, mon père lui parle. Il veille sur elle, rien ne peut lui arriver. Et pourtant, il lui en arrive, des choses...

Elle s'est mise à raconter. Avec des détours, des arrêts sur images nourris de faits divers et de légendes qu'heureusement les responsables ferroviaires lisent rarement. Et bien sûr, comme le chef de quai moustachu, le contrôleur bougon s'est laissé enjôler. En raccompagnant Anièva jusque devant sa porte — car cette fois comme toutes celles qui suivirent, il tint à ramener l'enfant chez elle —, il était amoureux d'une femme qu'il ne verrait jamais.

Avant sa disparition, la mère d'Anièva dansait comme premier sujet dans le corps de ballet du Kirov-Marinski. Ceux qui l'approchaient s'accordaient à lui trouver « une nature » et de l'avenir. Ambitieuse par principe, frigide par impatience et myope par coquetterie, elle avait des jambes sans fin, des bras comme les branches d'un saule et de grands yeux vagues qui lui donnaient l'air perpétuellement étonné. Elle refusait en vrac les lunettes, les caresses prolongées, et toute forme de contrainte susceptible d'entraver sa carrière. Elle avait conçu Anièva un soir de répétition où la fatigue jointe au hasard l'avait jetée sur un tas de toiles peintes où sommeillait un jeune peintre. Avec ses faux cils bleus et son tutu pailleté, elle ressemblait aux étoiles dont le garçon constellait ses plafonds. Touché au cœur comme on l'est plus souvent dans les contes que dans la vie, il lui massa la plante des pieds, les chevilles, les mollets. Et puis, ses doigts remontant petit à petit, sans croire à leur bonheur, il finit par masser tout le reste. L'étoile s'endormit sous ses mains, et se réveilla certaine d'avoir rêvé le plaisir qu'il venait de lui donner.

Anièva naquit sept mois plus tard, sans que sa mère eût un instant reconnu être enceinte. L'enfant souffrait d'une légère déficience pulmonaire, elle était minuscule et maigrichonne, mais douée d'un appétit de vivre que rien ne devait lasser. La danseuse obtint par faveur très spéciale la disposition de deux loges. Elle installa le nourrisson et le père dans la première, se réserva la seconde et, sans plus se soucier de sa fille, elle reprit ses entrechats. Hélas, le directeur qui la protégeait fut muté, et son remplaçant, qui préférait les garçons, la jugea trop grande et d'un style démodé. Il lui laissa son logement, mais nomma étoile sa meilleure amie. Six mois plus tard, son jeune mari tomba des cintres. Fractures multiples, mobilité réduite, travail en chambre, amour en veilleuse. Deux ans. Cinq, sept ans à

vivre entre deux battements de chaussons roses, entre deux
soupirs dans une partition où chaque note résonnait en
sursis. Au creux de ces parenthèses qui s'allongeaient à
mesure que sa mère se lassait de son père, Anièva apprenait
à marcher, à jouer du piano, à aimer les livres qui ressus-
citent les dieux, les monstres et les temps héroïques. Le
soir où, en rentrant de l'école, elle trouva sur le mur les
mots d'adieu que son père ne voulut jamais effacer, elle
consola l'éploré en lui parlant des apparitions de Lourdes,
de celles de Fatima, de guérisons et de miracles bien plus
incroyables que de voir revenir au foyer une étoile filante.
Il fallait prier. Père et fille se mirent en prière. Une première
lettre arriva, postée de Paris. Ensuite ce furent l'Angleterre,
la France à nouveau, le Brésil, et encore la France. Jusqu'au
quinzième anniversaire d'Anièva, la voyageuse écrivit régulièrement, de longues missives enjouées dans des envelop-
pes en kraft, truffées de menus, de conseils de coiffure et
de recommandations d'hygiène. Les timbres variaient, indi-
quant des changements de pays tous les deux ou trois ans.
Le père d'Anièva achetait un grand cahier pour chaque
lettre. Sur la première page, il collait le timbre. Ensuite, la
petite remplissait l'album avec des photos, des coupures de
journaux, des dépliants touristiques sur le pays concerné.
À l'école, elle parlait des voyages de sa mère avec une
débauche de détails qui impressionnait ses camarades. Les
autres filles la jalousaient. De se voir ainsi enviée, elle se
sentait moins démunie. Au fil des récits égrenés en feuilleton, l'absence devenait une présence. Son père entretenait
l'illusion. Il parlait de l'enfuie comme si elle venait de lui
téléphoner, il mettait son couvert, il allongeait sa chemise
de nuit sur l'oreiller puis remontait le drap, qu'il lissait

tendrement. Les années passaient et sa passion restait aussi juvénile que son espoir en celle dont il ne pouvait ni ne voulait se déprendre. Il ne manifestait aucune aigreur, aucune rancune, pas même d'impatience. Même après qu'elle eut cessé d'écrire, il continua d'attendre que sa voyageuse rouvrît en souriant la porte et que, sous son souffle, la vie suspendue huit, dix ans plus tôt reprît naturellement son cours. Il ne semblait pas souffrir et, s'il pleurait parfois, c'était d'émotion, en évoquant les gestes et les petites manies de l'aimée. Anièva grandissait avec la certitude paisible que le temps, le manque, le chagrin sont des réalités très relatives au regard de l'amour.

Au bout du chemin bourbeux que personne n'envisage de paver, la baraque est peinte en bleu anciennement outremer, les volets et les encadrements de fenêtres en jaune poussin. Poussin très sale. Un pied devant l'autre, les jambes faibles et les mains glacées, Jacques se traîne jusqu'à l'escalier biscornu. Un pied devant l'autre en comptant chaque pas, comme le dernier et tout premier matin, dans les sables du Mont-Saint-Michel. Le dernier et tout premier matin, les poumons pleins d'eau salée, toussant, crachant tandis que l'aube se levait sur la baie. Ce matin-là où était né en lui un autre homme.

En haut des six marches vermoulues, une toute petite lanterne se balance avec des couinements doux. C'est Piotr qui, malgré la dépense en huile et en mèches, tient à l'allumer dès la tombée du jour. « Pour les âmes égarées, sourit-il sur ses trois chicots, pour qu'elles sachent que chez nous, on les accueillera bien. » Un clin d'œil dans la nuit. « Parce que la nuit, ajoute le vieil homme en alignant avec soin ses allumettes dans leur boîte, la nuit guette au fond de chacun de nous. »

Jacques pousse la porte avec le soulagement de l'errant qui trouve enfin un havre. Bois humide et crasse familière. L'odeur comme une main sur sa bouche le ramène à lui-même. Il reste un moment, un long moment, immobile dans l'entrée encombrée de vieux vélos. *J'étais Jacques, je suis encore Jacques, l'histoire continue et c'est moi qui l'écris.* Une tête hirsute et barbue surgit de l'appartement de gauche, un réduit aveugle jouxtant l'ancienne cuisine familiale :

— C'est à cette heure-ci qu'on rentre ?

Une autre tête, femelle celle-là, triple menton et lunettes rondes, émerge de l'appartement de droite, autrefois salon et chambre matrimoniale :

— L'est allé au bordel, va ! L'est toubib, tu voudrais pas encore qu'y soit saint !

— Ça va pas, le docteur ? Il est tout blanc, le docteur. Il veut un petit coup ? Il bouge pas, je lui apporte...

Jacques pose un pied précautionneux sur l'escalier qui conduit chez lui.

— Merci, Anton. Plus tard, le petit coup.

Il se force à sourire au barbu, brave Anton qui marque son admiration et son affection à la troisième personne.

— La pièce, j'ai fait deux nouveaux chapitres. Le docteur lira ?

— Deux nouveaux actes, Anton. Oui, je lirai. Dimanche. Mais ne rallongez pas trop, vous avez déjà écrit neuf actes. Si vous voulez qu'on les joue, c'est beaucoup.

— Beaucoup, c'est jamais trop. Quand on aime, c'est jamais trop. Et d'abord, ça m'occupe les mains. Le docteur sait. Lui aussi, il a besoin de s'occuper les mains tous les jours que Dieu invente, sinon pourquoi il se crèverait à faire l'infirmier ? Anton, on lui donne plus de poissons à pêcher, alors il pêche des mots. Le docteur comprend. Hein, que le docteur comprend ?

Le triple menton tressaute de rire.

— Il comprend que t'es un pauvre con au chômage qui tourne en rond, oui ! Tu le fais chier avec tes tirades qu'ont dix verbes à chaque phrase et pas de point à la fin ! Au moins faut sortir la virgule, nounours ! Ta femme, elle sait pas te la tenir, la virgule ?

L'obèse après une grimace censément lubrique claque sa porte. Jacques retient un sourire.

— Ça le fait marrer, le docteur, quand elle m'insulte, cette folle ? Pourquoi ça le fait marrer qu'elle me traite comme une merde ? D'abord, moi je lui dis, au docteur : elle est jalouse, c'est tout ! Ma pièce, elle peut rien y comprendre et ça la rend pisseuse ! Elle a pas fait l'école, elle l'a dit au docteur, ça, qu'elle avait pas fait l'école ? Ma femme qu'est pas une fusée, elle en sait plus que cette truie ! Alors, elle lui a dit ?

— Elle m'a dit, Anton. Et si je souris, c'est parce qu'elle me rappelle des gens que j'ai connus, en France. À elle seule, Olga rassemble les défauts d'au moins dix de mes amis. Enfin, ce que j'appelais mes amis. Ne soyez pas triste. Continuez votre pièce, moi je continuerai de vous lire.

Anton hoche la tête avec plus de lassitude que de chagrin, comme un père Noël résigné. Il a de gros yeux bleus bordés de rouge, des touffes de poils blonds qui remontent sur le cou et se mélangent à sa barbe plus sombre. Un matin de tempête, sur le chalutier qui l'embarquait huit mois par an, un filin métallique lui a entaillé les deux paumes si profond que la plaie n'a jamais pu se combler. Les gamins lui demandent souvent de mettre ses mains devant une bougie, pour regarder la flamme au travers. Il le fait volontiers, sa femme et lui n'ont pu avoir d'enfant, voir s'arrondir les yeux des petits, ça le console de presque tout. Il dit que sa blessure l'a privé de son travail mais qu'elle lui a rapporté une famille. Jacques comprend. Il a montré à Anton comment installer du coton dans le trou de sa paume pour tenir commodément un stylo. C'est ainsi qu'ils se sont liés d'amitié. Ce que Jacques appelle maintenant l'amitié.

D'un bras rejeté en arrière, le barbu attrape sa femme et la tire vers la porte entrouverte. Une toute petite femme carrée, avec un visage de madone slave sous de longs cheveux noirs tirés en bandeaux impeccables.

– Dis bonsoir au docteur, la mère !

Il retrousse un pan du tablier à grosses fleurs et se mouche dedans. Sa Marie replie le coin souillé et, sagement, appuie sa main dessus. Elle murmure un bonsoir inaudible, arrondit les épaules et rougit. Le barbu lui plaque un bécot piquant sur la tempe.

– Heureusement que tu travailles pas chez les sourds, toi ! Allez ! bonsoir pour deux, docteur. J'ai bourré le poêle dans ma cuisine, chez le docteur il y a deux Terreurs qui toussent. Là-haut, avec le tuyau, il fait sûrement déjà chaud, et puis la mère, elle a cuit la soupe pour tout le monde. Demain si le docteur rentre plus tôt, il viendra la prendre chez nous, la soupe. Peut-être. Il veut ?

Jacques verra, Jacques remercie. Il est fatigué et, du côté du plafond, un raffut de meubles qu'on tire commence à l'inquiéter. Il monte en enjambant une marche sur deux, celles que devaient préférer les enfants de la maison au siècle dernier et qui sont largement fendues. Piotr les appelle « l'échelle des fantômes ». Chaque matin il les inspecte pour savoir si les esprits de la datcha, qui tous évidemment logent dans son grenier, sont allés se promener. Quand il trouve des indices, poussière déplacée ou échardes suspectes, il félicite ses âmes. Il trouve sain qu'elles s'aèrent. Les morts, si l'on ne prend pas soin d'eux, vieillissent encore plus mal que les vivants. L'ennui et le confinement les aigrissent. La malignité leur vient comme un rhumatisme chronique et, une fois installée, plus moyen de s'en guérir. Même les gentils, les braves cœurs qui sur terre réchauffaient les moineaux moribonds, même ceux-là tournent démons. À chaque crise, les voilà loups-garous ou harpies, il leur faut persécuter quelqu'un. C'est pour prévenir ce mal incurable que Piotr demande à Jacques d'acheter le quotidien *Izvestia*, supplément économique inclus. Installé en pyjama devant son thé lie-de-vin et sa crêpe au chou blanc, il résume à ses invisibles les nouvelles, assorties d'analyses personnelles sur l'évolution politique de l'empire russe et, plus généralement, du monde sous l'emprise ascendante de Satan. Après quoi il déclame in extenso la rubrique nécrologique pétersbourgeoise. Au cas où un cousin éloigné, trépassé sans asile, gagnerait à être recueilli. À la bibliothèque municipale, dont il a obtenu un laissez-passer permanent, il a étudié dans ses moindres ramifications la généalogie des derniers propriétaires de la maison. Jacques l'entend souvent à travers les lattes usées de son plancher raconter à voix haute des anecdotes consternantes. Avec des rires gênés ou des soupirs de compassion, il prend sa soupente à témoin que dans les meilleures familles, le pire peut arriver. Les temps de silence lui servent à écouter la réponse du vent qui chahute les ardoises disjointes. Lorsqu'il croise Jacques sur le palier, il lui souffle :

— Rendez-vous compte, je viens d'apprendre que la baronne a de l'asthme, elle aussi. Celle de 1823. Croyez-vous que si je la clappe, comme vous me faites, elle s'en trouvera bien ?

Jacques réfléchit et répond avec la gravité que la question mérite. Il prend la vie moins au sérieux qu'autrefois, mais avec plus de gravité. Il pense que Piotr et lui, sous un visage ou un autre, ont déjà fait une éternité de chemin ensemble. Quand le vieux mourra, c'est lui qui à son tour s'occupera des habitants du grenier. Piotr le sait. Il sait aussi que Jacques viendra lui raconter des histoires. Des histoires pour dormir sans tousser ni mourir tout à fait.

— C'est eux qui voulaient me chourer mes béquilles, je me suis défendu, t'avais qu'à te magner le cul, pourquoi tu reviens si tard ?

Immobile sur le seuil de son appartement, Jacques contemple les dégâts. Vaisselle brisée, table et chaises retournées, flaques sur le sol. Odeur louche. L'unique lampadaire déshabillé et reconverti en lance, droit planté dans le canapé debout contre le mur, maculé de soupe. Retranché derrière une barricade de coussins lacérés, la tête de loup d'Oleg. Regard en lame d'acier, crin dru, le museau fendu d'une oreille à l'autre par un sourire d'ange dévoyé.

— D'abord si tu m'engueules, je me casse !

Jacques en trois pas traverse le champ de bataille et ouvre grand la porte de sa chambre, six mètres carrés donnant à l'est sur un bosquet de bouleaux qui bruissent comme la mer dans une crique. Son royaume de nain, le seul espace qu'il ait tenu à se réserver. Quelques romans français, des ouvrages médicaux, une couverture au point mousse cadeau d'Olga et, tapissant les murs, des photos dans des cadres en carton. Des visages d'enfants boudeurs, joyeux, concentrés, assoupis. Des mains de violoniste, de groom ganté, de femmes du peuple, de vieilles gens, celles d'Anton et de sa Marie, les poings rougis d'un « morse » émergeant de la Neva. Des yeux de jeunes filles. Un ballet de regards coulés, aguicheurs, timides, transparents. Des lacs, des nuages, des forêts entre des cils tendres. Le trésor de Jacques, amassé au fil des jours depuis deux ans, appareil en bandoulière et cœur patient. Sa moisson de poésie, son album de famille à lui, les seuls souvenirs qu'il puisse s'autoriser. Son salaire de la prison passe en développement. Pour le quotidien, il fait des extras. Une quantité croissante de visites payées en dollars, dans des chambres tapissées de faux satin, où des femmes à peau douce se plaignent de n'être pas aimées en proportion de leur dévouement. Leurs maris, caïds à carrure de lutteurs, les baguent d'énormes diamants, les promènent comme des juments de parade et les trompent indistinctement avec d'immondes rosses et de sublimes amazones. Ils les battent aussi, sévèrement, d'où nécessité d'un médecin discret, habile à recoudre et à estomper les traces. Pendant que Jacques joue de l'aiguille ou du laser portable, cadeau rétributif d'un client soulagé, le garde du corps de Monsieur écrase ses cigarettes sur la moquette bouclée. Monsieur lui fait confiance, il ne trahira qu'avec la certitude que le nouveau patron égorgera l'ancien. À l'occasion, le garde du corps s'occupe aussi de Madame, dans tous les sens du terme. Lui non plus n'aime pas les cicatrices, et par des coups d'œil assassins prend soin de le faire comprendre. Au passage, Jacques retouche quelques imperfections. Tout le monde applaudit. Les gros bonnets en redemandent et entre bandes rivales se refilent le tuyau. Il ne tiendrait qu'à Jacques de se rouler une pelote d'empereur. Plus les avantages en nature, les murs à sa convenance, de préférence épais et dans le quartier de l'Opéra, les meubles, importés et dorés à la feuille, la voiture blindée et les beautés louées pour réchauffer les sièges.

— Tu m'écoutes quand je te cause ? C'est vrai que t'es allé aux putes ?

Rien ne manque dans la chambre aux photos. Personne n'est entré. Pour cacher son soulagement, Jacques se retourne et allonge à Oleg une gifle que le petit esquive en couinant. Effondrement de coussins. Dedans, par chance, c'est du kapok, avec des plumes on n'en finirait pas.

— Tu sors de là et tu ramasses !

— C'est ça ! Et je descends les poubelles, aussi ?

Gloussements derrière la porte de la salle d'eau qui sert de cuisine, d'atelier et de débarras. Jacques tire d'un coup sec le rideau. Ils sont quatre installés dans l'évier. Les quatre Terreurs, comme les appelle Anton, deux anciens de Lébédéva en cavale et deux rescapés frais de la rue, monstres à tête hérissonne et fossettes, empestant le potage aigre et enchantés de leur coup. Cinq, huit, dix, onze ans. Ils s'égaillent sous la main vengeresse et dérapent dans la soupe qui huile tout le salon. Jacques glisse aussi et se retrouve à quatre pattes, vraiment furieux cette fois :

— Franchement vous croyez que j'ai besoin de ça, le soir ?

Le plus jeune baisse sa culotte sur ses fesses brûlées à la cigarette, une nuit, tant de nuits enfermé dans la cave d'un haut fonctionnaire bien en cour.

— Mon cul ! T'as besoin de mon cul ! Quand c'est que tu vas craquer ?

Jacques l'attrape et le fesse à tour de bras. Le petit le mord, réflexe tribal, et lui crache au visage, histoire de montrer que même au chaud sous un toit, il ne s'apprivoise pas. Les trois autres vocifèrent en soutien. Oleg scande avec sa béquille retrouvée. Assis par terre, le pantalon trempé, Jacques abdique :

— Franchement, il y a des moments où je me demande pourquoi...

— Parce que t'as des saloperies à payer, *dzadzinka*, on connaît, va, tous les vieux ils en ont. Sauf qu'eux, ils les paient pas.

Sans se relever, Jacques prend le torchon que lui tend Oleg et s'essuie les mains.

— On te fait morfler, c'est pour ton bien, tu te rachèteras plus vite. Hein, les gars, c'est pour son bien ?

Ils rigolent. À part la sieste, qui occupe les deux tiers de leur temps, ils n'aiment que ça, emmerder le monde et se fendre la pêche. Jacques se redresse, frotte son séant, jure, fourrage dans la cuisine.

— Qu'est-ce que vous avez foutu avec la serpillière ?

— Un foulard pour Olga, pendant sa ronflette.

— On avait pissé dessus et rajouté de la colle, ça lui a bien plu quand elle s'est réveillée !

Jacques revient dans le salon. Ils ont remis le canapé à sa place et, au milieu du kapok, ils se disputent la télécommande. Oleg, prudemment en retrait, son moignon dépassant d'un short de fillette, surveille Jacques du coin de l'œil. Il est un peu plus vieux, treize ou quatorze ans, les côtes saillantes et les coudes en osselets, les bras et l'unique jambe trop longs pour son torse râblé. Jacques secoue la tête en le regardant :

— On croirait que je t'affame. En dix mois tu as dû prendre dix grammes...

— Ça t'a fait chier, ce que je t'ai dit.

Jacques cherche un pantalon propre dans l'armoire à glace fendue, également cadeau d'Olga, où il empile méthodiquement les provisions et le linge. Il n'achète jamais de vêtements. Lui use les siens jusqu'à la trame et, pour les gosses, il fait la quête auprès de ses mafieuses.

— Pourquoi ça t'a fait chier, puisque c'est vrai ?

— Mêle-toi de tes trois pattes.

Chemise blanche, jean noir, en sortant de la douche sans pommeau, Jacques se sent presque propre. Il lisse ses cheveux en arrière et jette par réflexe un coup d'œil au miroir. Il sursaute, sa nuque immédiatement se mouille. Novembre. La brume. Ce soir, il ressemble à celui qui n'est plus.

Oleg le guette par la déchirure du rideau.

— Un jour, tu me raconteras ?

— Non.

— Si. Je sais. Bientôt. Bien plus tôt que tu ne crois.

Jacques écarte le tissu qui sent la naphtaline et le graillon.

— Ta gueule, Oleg.

Le garçon se détourne et clopine vers ses camarades qui se chamaillent sans parvenir à allumer le téléviseur. En deux coups de béquille, il fait tomber la télécommande et la ramène vers lui. Les quatre se jettent à l'assaut avec des cris de Huns. Oleg se carre dans le plus gros fauteuil et frappe de toutes ses forces. Sergueï, celui de huit ans, s'écroule, à demi assommé. Le son poussé à fond arrête net les trois autres. Ils s'accroupissent sans un regard pour le sang qui gicle de l'arcade sourcilière fendue. Les voilà tassés contre le tibia d'Oleg, réconciliés dans la crétinerie, bouche ouverte devant une série américaine au rabais. Jacques s'approche de Sergueï, qui reprend ses esprits et le repousse brutalement. Dans le poste, le méchant vagit d'effroyables menaces. Jacques regarde la pièce ravagée, ses dix assiettes en miettes, ses pieds en chaussettes beiges qui s'imprègnent de potage, Sergueï qui tamponne sa blessure avec la housse du fauteuil.

— Merde ! Merde ! Merde et merde !

Pas une des cinq têtes ne bouge. Sur l'écran, deux héros bien rasés, en col pointu et pattes d'éléphant, jouent du colt avec des rictus adéquats. Les ennemis roulent dans la poussière de l'Ouest. Oleg jette par-dessus son épaule :

— Tire-toi, vieux. Je suis sûr qu'on t'attend.

Les Terreurs se trémoussent. Jacques a faim, il a soif, et tant de lassitude.

— Merde.

Il sort en claquant la porte si fort que le vieux Piotr, inquiet, entrebâille la sienne :

— C'est pleine lune, Jacques ! Venez chez moi, on regardera les étoiles par les trous !

Jacques n'entend pas. Il est déjà très loin.

Trop loin. Je le savais, bien sûr. Pleine lune, grande marée de Toussaint, le chiffre annuel des noyés, j'avais lu le guide, je lis toujours les guides. L'histoire à partir de cette nuit pouvait s'écrire de tant de manières différentes. Pourquoi,

pourquoi ai-je choisi cette fin-là ? J'ai de l'eau jusqu'aux chevilles. Froid, soif, faim, si las, si seul. Le sable devient meuble et fuyant, chaque pas me sonne dans le cœur. Je marche depuis des années, je marche depuis des vies entières. Dans mon dos, je sens le Mont qui de sa masse éternelle pèse sur moi. Est-ce que je suis coupable ? Sur quelle balance, au nom de quoi ? L'eau me grignote, elle gagne sur ma chair. Je me retiens de tomber à genoux. La fenêtre derrière laquelle ma vie d'hier repose est toujours dans l'ombre. J'enlève mes chaussures, mes chaussettes aussi. Je veux sentir, je veux mourir pieds nus.

J'écarte mes bras, j'écarte mes doigts. Je voudrais trouver des mots, je n'ai plus rien dans la tête. Juste le Miserere mei *d'Allegri, quelques notes tendues en arc, en pont entre le compromis et l'absolu, entre la lâcheté et l'accomplissement. Entre l'égoïsme et l'amour. C'est sur ces notes-là qu'il fallait vivre.*

L'aube se lève. Je devine la fenêtre d'Eve et, plus haut, tout en haut de la flèche, la statue de l'archange en armure, son bras levé vers moi.

COMME Tomek ne supporte plus les aliments solides, Anièva est devenue une virtuose du potage. Dans la double loge où père et fille habitent toujours, les fiches de cuisine voisinent avec les ouvrages d'art et d'histoire religieuse, les précis de mythologie et les classeurs de partitions. Anièva collectionne les recettes, qu'elle sélectionne en fonction de leur nom. Tomek affirme que les célébrités le mettent en appétit et déguste sans se lasser la purée Crécy, le potage Dubarry, le potage Condé, à la Corneille, à la Faubonne, le potage Choisy ou le potage Monaco... Pour tromper les heures, qui s'allongent à mesure que la paralysie le gagne, Tomek cherche l'histoire du prince, du maréchal, du génie des lettres ou de la favorite convié pour le dîner. Quand Anièva rentre de ses cours, il coiffe une perruque sauvée des mites, conseille à sa fille la robe la mieux appropriée à l'occasion culinaire et, tout en savourant le confit d'oignons du potage Soubise, ils s'évadent au Grand Siècle. C'est leur jeu préféré, le meilleur moment de la journée. Anièva dissimule le réchaud et les casseroles dans sa chambre, derrière un paravent, sous la fenêtre qu'elle prend soin d'ouvrir largement, même en hiver, à cause des odeurs. Il est interdit de cuisiner dans les locaux du théâtre Marinski, et si l'Administration les chassait, Tomek se retrouverait à l'hospice. Pour la vaisselle, Anièva doit remonter tout le couloir, jusqu'aux lavabos. Heureusement cette aile du vieux bâtiment ne sert plus, elle ne croise jamais personne. Pour l'alimentation, Anièva a ses cousines. Les légumes verts coûtent presque aussi cher que la viande, alors, à la crypte de l'église Saint-Nicolas-des-Marins, tous les jours entre cinq et sept, elle négocie ferme. Une botte de poireaux s'échange contre une neuvaine, une livre de tomates bien rouges contre une semaine de veilleuses. Les veilleuses rapportent bien et demandent peu de travail. Anièva les fabrique avec la cire qu'elle récupère dans les pique-cierges des autres églises, et qu'elle fond le dimanche en surveillant la cuisson des soupes pour la semaine à venir. De temps en temps elle rajoute un pigment et, devant les icônes de la crypte, ses petites bougies dans leur coque rouge prennent des teintes de bonbon. Le commerce des prières est plus subtil et plus contraignant. En professionnelle soigneusement organisée, Anièva a établi des catégories et un barème de tarification. Comme dans les magasins de pompes funèbres, elle offre les produits d'entrée de gamme, les grands classiques, la catégorie luxe et les prestations hors normes. Première distinction : les prières en faveur des défunts, et celles en faveur des vivants. À la rubrique des morts, il y a le deuil récent, les anniversaires de décès, le culte du souvenir, la dévotion aux ancêtres. De la fidélité inconsolable aux reproches motivés, elle fournit toute la gamme, avec, dans chaque cas, une invocation appropriée à un saint choisi par le client. Pour les vivants, elle ne fait pas de prêt-à-prier, mais exclusivement du sur-mesure. Elle donne rendez-vous à ses pratiques, en majorité des femmes d'âge et de condition variables, dans la cathédrale Pierre-et-Paul, aux heures de grand-messe. Un carnet sur les genoux, elle note la requête, son bénéficiaire et ce qu'elle nomme la « couleur » de la supplique. Pour la première prestation, elle rédige généralement un brouillon, qu'elle lit à voix très basse après l'élévation, quand l'orgue joue en sourdine. D'instinct elle sait trouver le ton et les formules et, de bouche à oreille, son nom fait du chemin. Retour de flamme, guérison, embauche, fécondité, mutation, querelle de voisinage, réussite d'examen, rien ne la déroute. Elle a même prié pour un canari décoloré, une saisie sur salaire, un appareil dentaire, une maison rongée par les termites. Elle compose ce qu'elle appelle ses canevas sur l'ordinateur de son amie Ilenka, et pour le reste, elle improvise *in situ*. L'atmosphère si particulière de Saint-Nicolas-des-Marins, avec son obscurité et sa tiédeur utérines, ses chapelles précieuses, ses parfums de vieille pierre, d'encens et de laine humide, avec le frottement des pieds et le murmure des *babouchkas* agenouillées l'inspirent sans qu'elle se force. Elle prie depuis sa petite enfance, depuis que sa mère est partie, et nulle part elle ne se sent davantage chez elle qu'aux pieds d'un saint ou d'une vierge dorée. Avec l'expérience accumulée, elle pourrait réutiliser des morceaux choisis, faire du couper-coller, mais elle met son orgueil à toujours innover. Elle connaît plusieurs écrivains publics, mais elle croit être la seule prieuse publique de Saint-Pétersbourg, et cette singularité la rend fière. L'attention qu'elle accorde à chaque cas, son organisation méticuleuse, son sérieux et sa ponctualité dans l'exécution des commandes ont fait sa réputation. De loin dans les faubourgs on vient la trouver, et les Pétersbourgeois qui ne peuvent se déplacer lui confient leurs morts et leurs vivants. Elle refuse les roubles et les devises étrangères, accepte parfois un pull ou une écharpe en remplacement des denrées comestibles et, par un système d'équivalence complexe, elle s'efforce d'adapter ses prix aux saisons. De carottes en navets, d'œufs frais en portions de boudin, ses réguliers deviennent des amis, presque des parents. À force de compatir à leurs chagrins, d'encourager leurs espoirs et d'évaluer les capacités nutritives de leur carré de légumes, elle les connaît mieux que sa propre mère, dont la voix et la silhouette l'ont quittée depuis longtemps.

Son père ignore tout de ce trafic alimentaire. Il pense qu'Anièva donne des leçons de piano, en attendant l'audition providentielle qui la fera remarquer. À bientôt vingt-deux ans, elle est trop vieille déjà pour espérer une carrière de soliste, mais Tomek rêve pour elle d'un quatuor. La musique, c'est un métier honnête, et au moins, on n'y risque pas sa vie à grimper sur des échafaudages. Anièva partira en tournée à l'étranger, elle retrouvera l'étoile filante, elle la persuadera de revenir. Allongé sur la banquette garnie de coussins qu'il ne quitte plus, une barricade de livres contre la hanche, un plateau couvert de feuilles à dessin et de godets d'aquarelle sur les cuisses, Tomek tend l'oreille. De la grande salle en dessous montent des airs vingt fois repris, des ordres secs, des tapotis cadencés et des claquements de mains. Il sourit. Le piano centenaire des débutantes tient ses aigus, le Kirov a dû envoyer un accordeur. C'est une aubaine pour Tomek et Anièva, cet instrument gratuit, disponible même la nuit. Après le dîner, qu'ils partagent vers huit heures, la jeune fille descend jouer pour endormir son père et, tous les matins, elle retourne au clavier afin de le faire rêver. Tomek se dit que son talent vaut mieux que les heures passées à respirer le talc d'apprenties ballerines qui jamais n'égaleront sa mère. Mais tant que les doigts d'Anièva font danser des élèves, la disparue continue ses arabesques dans le cœur du reclus. Les pas sont moins légers, bien sûr, l'âge a décharné les longs bras et les jambes de pouliche, mais la grâce demeure et, dans les grands yeux qui refusent de vieillir, les étoiles brillent toujours.

Les volets de la salle où la mère d'Anièva usait autrefois ses chaussons sont clos depuis quatre ans. L'école de ballet a regroupé ses unités dans le secteur sud du bâtiment, et les étages du quartier ouest ne servent plus qu'aux souris. Tomek n'en sait rien. Les cassettes, que sa fille fait enregistrer par une camarade et qu'elle passe en boucle sur un ampli de cinéma troqué contre un semestre de rosaires, l'entretiennent dans l'illusion que, depuis l'époque où il admirait son idole en tutu, presque rien n'a changé. Ce mensonge le sauve du temps qui effrite et qui fane, le temps tueur d'amour dont on ne guérit pas. Une oreille critique remarquerait que les morceaux de l'accompagnatrice se répètent et que les ordres des professeurs ne varient guère, mais Tomek n'entend que le rassurant murmure d'un passé conjugué au présent. Avec le manche de ses pinceaux, il marque la mesure des ployés-jetés et s'émerveille du doigté de sa fille qui, de graves en aigus, bat tendrement le pouls de sa vie immobile.

Dans la galerie marchande où les clients envoyés par le Grand Hôtel Europe rôdent avec des moues dépitées, Anièva surveille sa montre. D'ordinaire, son père tient jusqu'à neuf heures et demie, parfois dix heures moins le quart. La cassette ne s'éteint qu'à onze heures et, grâce au somnifère dissous dans l'assiette de crème Clamart, il ne se réveille jamais avant le petit déjeuner. Anièva a toute la nuit devant elle. La nuit pour nourrir le jour, le jour pour cacher la nuit. C'est Ilenka, sa chère et rieuse Ilenka, qui lui a trouvé ce boulot. Après la puberté, son amie a forci et ses cheveux ont foncé, mais à l'école, blondes et longues, blanches et minces, on les prenait pour des jumelles. Anièva, qui avait la mémoire souple, passait les examens de mathématiques et de poésie sous le nom d'Ilenka, qui courait, sautait et nageait à la place d'Anièva. Elles ne se sont jamais quittées, jamais trahies, jamais jugées. Ilenka aime les robes à volants, les petits chiens râleurs, les pâtes de fruits, les bijoux en vrai or, le chauffage central et le bowling. Les regards masculins lui font un effet de radiateur. Dès que la neige commence à tomber, elle laisse ses seins libres sous ses pulls moulants, et si d'aventure un homme la klaxonne dans une voiture confortable, elle s'allonge volontiers sur sa banquette arrière. Elle ne craint ni les violences, ni le sida, ni la police, elle craint juste le froid qui, lui serine sa mère, ruine la carnation d'une femme. Ilenka se sait ravissante et se croit idiote. Elle fait avec ce qu'elle a, tant qu'elle l'a. Demain, on verra bien. Anièva est sa confidente, sa sœur, sa passion. Elle l'admire, elle la bouscule, elle la couvre de cadeaux hideux, et soutient qu'elle forcerait la porte de saint Pierre pour aller la rechercher. La limpidité de son amie, cette façon qu'Anièva a de côtoyer le pire sans cesser de croire au meilleur, la cuirasse contre la boue, le mépris, contre l'ennui gluant qui sous le corps de certains hommes lui fait regretter l'enfance. Tous les soirs, avant de traverser l'avenue pour aller travailler, les deux filles prennent ensemble un café à la crème et une assiette garnie. Elles évitent les harengs, à cause des oignons, et le saucisson, à cause de l'ail. Le patron est intraitable, il renifle toutes ses recrues dans la bouche avant de les laisser entrer. Anièva raconte ses nouveaux clients, Ilenka aussi. Par-dessus le hachis de betteraves, elles listent les exigences bizarres de l'un, les extravagantes attentes de l'autre, et dissertent chapelets, onguents, misère humaine et tenue du vernis à ongles, tout en soufflant à lèvres rondes sur la mousse du café. Le serveur, qui les connaît, vient les prévenir. Dix heures, il faut y aller. Elles se repoudrent, elles lâchent leurs cheveux, elles se lèvent et s'ébrouent. Elles sont belles comme des anges et elles ont hâte de vivre.

C'EST comme pour la prison des gosses, que la pudibonderie administrative labellise « isolateur ». Au 175 de la perspective Nevski, sous la rampe de néons qui clignote, on affiche « dancing », pas bordel. Toujours le IIIᵉ millénaire. La pose. Jacques est passé cent fois devant l'affiche racoleuse, à côté du Hédiard local où les pommes rubicondes s'achètent à l'unité au prix d'une fellation. Passé deux cents fois, mais jamais entré. Pas du genre à payer son plaisir. Il se mépriserait de plonger dans des profondeurs tarifées, de frotter de sueur, de salive, de sperme une peau indifférente. Dégradant pour tout le monde. Pour lui surtout. Pas besoin, pas envie, même pas l'idée.

Alors pourquoi ce soir ? À cause du petit pont, qu'il a fallu repasser ? Des images ravivées, des vagues remontées dans sa gorge jusqu'à la nausée ? Parce que, après s'être fui la moitié de la nuit, droit devant soi en suivant les trottoirs qui mènent vers des lumières vivantes, après avoir tant marché, il s'est senti arrivé au bout de lui-même ?

Il monte l'escalier tapissé de photos de charme. Derrière une porte capitonnée, un premier palier moquetté de rouge sale et un videur à mâchoire d'ours. Pantalon passé au scanner, grognement, le plantigrade s'écarte, rideau noir, autre palier. Second ours, modèle lutteur de sumo, le scanner bipe, une patte empoigne la cuisse suspecte.

— Tu veux mes couilles aussi ? Je suis médecin, t'as un truc qui te tracasse ?

Un docteur, en Russie, on le laisse toujours passer. Au musée, au casino, dans une rame de métro bondée. D'ordinaire Jacques refuse d'en profiter, mais ce soir tout lui échappe. L'ours olympique se redresse, et en langage articulé indique le vestiaire. Jacques n'a pas de manteau, il n'a pas de veste, la préposée reprend ses mots fléchés. En déposant cinquante roubles sur son comptoir, Jacques revoit Priscille dans le jacuzzi du boulevard de Courcelles, haussant le même genre de magazine au-dessus de la mousse parfumée. Ses ongles toujours roses, ses épaules toujours bronzées, ses seins retouchés par un confrère obligeant, ses boucles soyeuses, taillées chaque mois avec un soin de pépiniériste. Ses mimiques avenantes et distraites, ses questions convenues, ses réponses interchangeables. Ses obsessions esthétiques et mondaines, ses régimes, sa gaieté de commande, son alcoolisme gracieux. Sa femme.

— Si c'est parce que vous êtes marié, ne vous inquiétez pas. Chez nous, tout est très « clean ».

Jacques dévisage l'hôtesse à croupe et sourire avantageux dont les doigts légers se sont posés sur les siens. La main gauche de Jacques est nue, mais à l'annulaire droit, il porte deux alliances. Il les a achetées dans une boutique de Saint-Germain-des-Prés, avant de partir pour le Mont-Saint-Michel. En sortant du cloître, cette nuit-là, il les a enfilées. Eve n'a rien remarqué. Priscille non plus. De l'or rouge, vingt-deux carats. Maintenant les anneaux font partie de lui, il ne pourrait plus les ôter.

– Vous voulez jeter un coup d'œil ?

La fille est en perruque rousse, la portière en velours prune, la musique qui pulse là-derrière propice au déhanchement. Jacques entrebâille. Rien d'inattendu. Rien de laid non plus, ni de vraiment vulgaire. Une scène surélevée, des spots tournants, des banquettes formant alcôve, des éclats de rires pointus. Peu d'hommes, manifestement friqués et majoritairement russes, beaucoup de jeunes corps parfaits. Jacques entre, l'air viril et dégagé, comme il sied en pareil lieu. Bouffée de honte, regarde-toi merdeux, bouffée de chaleur, les filles sont tellement belles, il s'installe à l'écart du plateau où une liane plus nue à chaque mouvement s'enroule le long d'un pilier lumineux. Allonge les jambes, respire à fond. Commande du champagne français, tout va rentrer dans l'ordre, novembre et le reste, il faut juste trouver comment oublier la brume.

À la table voisine, deux pimpantes chuchotent autour d'un crâne chauve. L'une des deux se penche en avant, se tasse, disparaît. La seconde laisse glisser les bretelles de sa combinaison et darde sa langue le long du cou du client. L'homme se carre dans les coussins et écarte les bras. Jacques tire son étui rouge, son cigare entamé. Oui, il a envie. Une envie brutale, rageuse, qui lui fouaille le sang et pulse jusque dans ses oreilles. Il transpire, ses paumes collent, la musique lui bat dans les veines, il mate deux blondes, il pourrait les bouffer. La plus grande le repère, tire sa copine, elles ondulent jusqu'à lui.

– On peut ?

Elles font. La grande glisse son bras derrière la nuque de Jacques. Elle sent l'imitation Chanel et la laque. Elle frotte avec naturel ses seins royaux contre la chemise blanche. Elle a l'air d'aimer ça. Des longues cuisses, la peau douce à pleurer.

— Moi, c'est Ilenka. J'étudie le droit, plus tard je serai procureur. Je travaille le soir pour payer mes livres, tu comprends. Elle, c'est ma meilleure copine, on s'est rencontrées au berceau. Elle aussi, c'est pour les études, mais c'est surtout pour son père, qui est tout seul. Si tu veux, on peut s'arranger tous les trois, tu as déjà fait ça en musique ?

Elle zozote légèrement. Jacques opine en pompant son cigare, mais oui je les crois, tes salades, toujours les mêmes et le barman qui note les horaires de tes passes. Mais oui, tu es adulte et libre, tu te vends en toute bonne conscience et moi je vais te gicler dessus avec la même bonne conscience. Hypocrite à braguette gonflée qui compatit et comprend en ne pensant qu'à sa bite dans ta bouche. Je ne suis pas un profiteur parce que tu n'es pas à plaindre, n'est-ce pas ? Je serai doux, je te caresserai, je me persuaderai que tu m'as choisi, que je te plais, que tu jouis, que toi aussi tu profites du marché. Un homme bien dans sa tête, une fille bien dans son corps, pas de mensonge, pas de dupe. D'ailleurs dans tous les milieux les femmes se prostituent ; avec leur patron, avec leur mari, avec leur amant ; pour une promotion, une assurance vieillesse, un bijou, un mot tendre. Simple échange de services, je ne voudrais pas que ma femme soit pute, mais venant de toi j'apprécie, ailleurs sûrement je te ferais la cour, mais oui je t'offre un verre, ta copine aussi, Jacques hèle la serveuse, deux autres coupes, Jacques bande, Jacques boit.

– Vous avez du feu ?

Jacques se tourne vers l'amie, demande son nom, ne l'entend pas, trouve son briquet. Alors seulement, au-dessus de la flamme, il la voit.

À mi-pente du rocher, la fenêtre vient de s'allumer. Le choc dans ma poitrine. Je vacille. Un carré de lumière jaune sur une muraille d'ombre. Je lui manque, elle me cherche. J'ai les mains mouillées, glacées. Mon briquet manque m'échapper des doigts. L'eau me monte jusqu'à l'aine et le courant me presse. Je protège la flamme, heureusement le vent ne souffle pas. Je la hausse, de toutes mes forces je tends mon bras vers le ciel toujours noir. Elle va regarder, elle va comprendre que c'est moi qui suis là, que tout peut encore commencer. La flamme brûle droit. Je pleure des larmes chaudes, je pleure d'espoir et de regret. Je te regarde, je te vois. Tu vas te lever. Tu vas venir à moi. Je suis vivant. Rien n'est joué.

Ces yeux pâles, cette mèche sur la joue. Cette façon d'incliner la tête vers l'épaule. Elle dit : « Merci. Vous avez de très belles mains », elle n'a pas l'accent pétersbourgeois. Le cou mince, des poignets et des chevilles d'enfant, un teint comme certaines fillettes russes de la campagne, nacré, transparent, où le sang et l'âme affleurent sous la peau. En l'embrassant, en la mordant juste un peu, Jacques boira ses secrets. Mais il les connaît déjà, ses secrets. Il n'a pas besoin de regarder son décolleté, ni sa taille, ni ses hanches. D'emblée il sait ce que pèsera son corps sur le sien, il sait le galbe de ses fesses, son odeur vraie sous le parfum bon marché et les crèmes affligeantes, il sait son goût et chacun de ses soupirs. La musique s'enfle, la strip-teaseuse sur son plateau tournant devient luminescente et floue, Jacques appuie ses paumes sur ses yeux et se renverse en arrière.

— Vous n'êtes pas bien ?

— Mais si, il est bien... Il veut qu'on s'occupe de lui, c'est tout, touche-moi ça comme il veut qu'on s'occupe de lui...

Ilenka amorce un mouvement glissant. Jacques la retient par le bras. Elle lui sourit avec une moue gourmande.

— Tu préfères ailleurs ou tu préfères autre chose ?

Sous ses paupières serrées pour nier l'évidence, dans le tintamarre de son cœur affolé, Jacques voit l'autre fille, reins tendres, seins menus, il ne voit qu'elle. À peine plus jeune que celle de Paris, à peine plus âgée que celle du Mont.

Sa tentation.

Les yeux toujours fermés, nuit étoilée par un visage blond, il cherche son souffle et, dans une hâte panique, le sens de tout ce qui a précédé et de tout ce qui va suivre.

Il n'y a pas de sens.

Juste l'habituelle déprime de novembre, deuil des beaux jours et deuil des illusions, quand l'âme perd son bronzage revient le temps des suicides, des liftings, des divorces. Rien à déchiffrer, pas de leçon à tirer. Des émotions autosuggérées, brèves décharges synaptiques, des souvenirs que l'on se fabrique pour se consoler de devoir vieillir, et mourir, et finalement tout oublier.

Elle ne l'a pas reconnu, elle ne le connaît pas. Lui ne l'a jamais vue. Entre ses cils prudemment entrouverts, il l'épie.

Elle fume, un coude sur son genou et le menton dans sa main. De l'autre main, doigts fins, ongles rongés, elle triture les pompons de la banquette. Elle est là comme elle pourrait être ailleurs, n'importe où. Si peu là que sa camarade lui pince la jambe et d'un œil en forme de tiroir-caisse la rabroue. La fille hausse les sourcils, c'est vrai, les affaires, les études, le père nécessiteux et le journal de bord du barman. Dans un mouvement gracieux et las, elle se rapproche de Jacques.

Elle sent la pluie. L'herbe foulée, le crépuscule. Le cœur de Jacques maintenant bat si lentement que chaque pulsation résonne comme une horloge géante. Il ne respire plus du tout. Peut-être il va s'évanouir.

Une paume experte lui explore l'entrejambe.

– C'est ma copine qui te fait cet effet-là, ou c'est moi ?

La caresse, précise et insistante, chasse la bruine sur des cheveux dénoués, le bonheur dans le creux d'une épaule, les yeux couleur de lune. Jacques se redresse. Seul maître de son destin. Il attrape le bras d'Ilenka, se lève et, sans un regard pour l'autre, l'entraîne.

– On n'emmène pas mon amie ? Elle connaît sa partition et c'est un sacré piano que j'ai là-haut, je t'assure ! Des paires comme nous, t'en trouveras qu'ici, tu ne viens pas si souvent, tu vas regretter...

L'escalier. Il y a toujours un escalier qu'on monte en savourant chaque marche, l'œil en grappin sur un petit cul moulé dont le balancement résume le présent et l'avenir, le cœur dans les mâchoires, les couilles et le portefeuille lestés. Ilenka précède Jacques en pensionnaire bien élevée qui fait visiter son dortoir. Le couloir est désert, silencieux, faiblement éclairé. Ne pas penser, retenir la magie du désir.

Se raconter que. Et la croire, elle, croire chacun de ses mots, chacun de ses gestes. Une jeune fille comme les autres, simplement plus jolie, plus savante et plus crûment offerte.

L'escalier, il faut assez vite le redescendre. Allégé de toutes les manières, l'esprit occupé seulement à classer des éclats de corps, des brûlantes ou banales sensations, à les fourrer dans un recoin où elles ne dépareront pas le reflet que renverra, demain matin, le miroir de la salle de bains familiale. Ilenka est restée pour ranger la chambre et repeindre son image insouciante. À son âge, se dit Jacques en vérifiant sa braguette, on est si lisse que les salissures n'accrochent pas. Elle a le temps, tout le temps de se ménager un futur, un métier sérieux, un gars sérieux, officine et studio conjugal empestant la Javel, tellement sérieux qu'elle en grossira comme Olga, se couvrira de couperose et de varices, crèvera d'ennui en regrettant les années lubrifiées où les jours, les hommes, les rêves glissaient avec aisance. Jacques rajuste sa chemise dans son pantalon. Merde, une tache de rouge à lèvres, les gosses vont rigoler. Il s'arrête, crache sur son mouchoir, frotte. Quand il se redresse, la fille aux yeux pâles se tient devant lui. Les marches sont trop étroites pour qu'on puisse s'y croiser. Elle le regarde à sa façon familière et distante, elle ne le reconnaît toujours pas. Jacques lui prend le poignet.

– N'y va pas.

Elle penche un peu la tête, hausse les sourcils, sourit de cette bouche qu'il voudrait mordre et panser.

– Il faudrait savoir ce que vous voulez.

Elle a raison. Depuis le début, c'est elle qui a raison. Elle se dégage doucement.

– Une autre fois, peut-être.

Il ne bouge pas. Elle doit le pousser, se glisser contre lui. Leurs torses se touchent, leurs souffles se mêlent. Il voudrait, il devrait, il s'écrase contre le papier peint, il ne peut pas.

Elle passe. En haut, sur le palier, elle se retourne brièvement. Cette mèche, ce long cou. Tout le sang de Jacques est descendu dans ses pieds. Elle lit ses joues blanches, son grand corps plaqué au mur, son regard halluciné. Elle se penche, arrondit les lèvres au-dessus de sa paume ouverte et, dans un geste de fée, elle lui souffle un baiser.

Une autre fois peut-être.

Quand ?

LES jours de repos où il ne peut cogner personne, le gardien Vania travaille ses muscles à domicile. Il enfile son débardeur estampillé « RED BULL », il engueule rituellement sa femme, histoire de se mettre en nerfs, il range sa vieille mère dans le débarras pour qu'elle lui lâche la grappe rapport à la teinture capillaire qu'il lui a promise, après quoi il s'enferme dans la chambre de ses fils avec sa panoplie d'haltères. Assis en tailleur sur le canapé-lit où ils dorment tous les trois, ses garçons serrent les dents, également partagés entre la crainte et l'admiration. Pectoraux saillants, deltoïdes bandés, luisant d'autosatisfaction et de sueur mâle, Vania d'une voix hachée leur explique que la vie, c'est pareil que la muscu, faut répartir la charge et visualiser l'effort comme une saloperie d'adversaire à crever. L'adversaire, dans les yeux plissés de Vania, c'est Jacques. Son indifférence aux règles, sa pauvreté sereine, son extrême compétence, son absence d'ambition, son incompréhensible passion pour les gosses. Sa foi. La foi de Jacques, Vania ne la digère pas. Il trouve ça louche, ce mot dans la bouche d'un mec aussi bizarre. Dieu reconnaît les

68

siens, et les siens ne ressemblent sûrement pas à une grande brèle de génial docteur qui bousille ses chances exprès. À moins que Jacques ne vise la sainteté. Depuis deux ou trois jours, c'est à ça que Vania pense, et d'y réfléchir lui file des aigreurs d'estomac. Quand il était môme, pour lui démontrer l'utilité de pratiquer l'altruisme plutôt que l'athlétisme, sa mère lui racontait l'histoire d'un type qui léchait les plaies des lépreux et les crachats des tuberculeux. Côté carrière, ça n'avait pas fait beaucoup de mousse, mais en attendant le paradis, le lécheur était rentré avec son nom en entier dans le dictionnaire des béatifiés. Vania révérait sa mère, du temps qu'elle était jeune et qu'il la trouvait plus sexy que toutes les autres mamans. Mais les crachats, il préférait les envoyer plutôt que les essuyer. Alors l'altruisme, il a décidé de le cultiver au boulot. Il s'est fait embaucher dans une cantine. Nourrir son prochain, c'est une tâche méritoire. Pendant huit ans, il a été aussi heureux qu'un Russe honnête peut l'être. Il a épousé sa molle et sotte Tatiana selon la tradition, une grande noce où ses copains ont fait l'orchestre, la cuite et le coup de poing. Il a engendré trois fils, acheté un mobilier complet avec télévision intégrée, et remporté un championnat de lancer de poids. Sous Gorbatchev, l'entreprise qui l'employait a fermé. Acculé par les traites, le fier propriétaire du salon à crédit a livré des patates, balayé un parking, vendu des œufs peints. Suite à quoi, pour résister à la tentation des boulots mafieux, il a essayé le concours de gardien de prison. Il est arrivé cent dix-neuvième sur cent vingt reçus, sa mère s'est liquéfiée de bonheur et il a échoué au sous-sol de Lébédéva. Depuis, il arrache les feuilles du calendrier en jurant que ses fils iront à l'université, et qu'il leur écrasera la gueule plutôt que de les laisser gâcher leur vie. Comme il n'arrive à haïr ni sa femme, qui lui est dévotement soumise, ni ses potes, qui ne le provoquent jamais, il a fait de Jacques son ennemi familier. Détester le toubib lui tient lieu de repos du guerrier. La nuit, au lieu de lutiner Tatiana, il songe au meilleur moyen de le dévisser, de le désosser, de l'étrangler, de l'étouffer, de le noyer, de lui remplir la bouche de terre, de le clouer entre quatre planches et de tringler une pute sur sa tombe. En crachant sur le lino de ses fils avant de soulever d'un seul élan quatre-vingt-trois kilos, c'est la mort anticipée de Jacques qu'il célèbre.

Les jours fériés, les portes de l'isolateur restent closes. Après l'avenue Nevski, Jacques a fait comme tant d'hommes russes les veilles de fête chômée. Il est allé au bowling, il s'est saoulé jusqu'à oublier son nom, il a marché au hasard, il s'est glissé dans un conduit de chauffage pour y dormir un peu, à l'aube les gamins qui habitent là l'ont chassé, il a marché encore, il est descendu dans le métro. Là, l'habitude reprenant ses droits, il a suivi machinalement le trajet menant à Lébédéva. Maintenant, dégrisé et transi, il traîne la savate devant la prison en espérant que quelqu'un prendra le tour de garde au guichet. Personne ne vient. Jamais le mur d'enceinte n'a paru à Jacques si noir, si haut, si désespérément infranchissable. Il éternue et s'essuie le nez sur sa chemise blanche maculée de cambouis. Hier, il a quitté la datcha sans sa veste, et il a oublié ses chaussettes dans la chambre d'Ilenka. Sa gorge le brûle. Ses yeux aussi.

Il trébuche, râpe son bras contre une borne, arrondit le dos et prend le chemin du retour.

Le chemin du retour.

Assis sur un tabouret au milieu de l'entrée, Anton attend. D'un geste précis, sans regarder, il envoie une balle de ping-pong du trou de sa paume droite au trou de sa paume gauche. Quand Jacques pousse la porte, il saute sur ses pieds.

— Il est rentré !

Anton voit les vêtements sales, les cernes violets, les pupilles dilatées. Il joint ses grosses pattes mutilées.

— Il a pris la mort ! Pourquoi il va prendre la mort sans nous prévenir ? Je vais lui donner du thé. Je vais le frictionner ...

Jacques repousse le marin qui essaie de l'envelopper dans un bout de couverture.

— Laissez, Anton. C'est un mauvais jour. Juste un mauvais jour.

— C'est pas mauvais jour ! C'est fête ! Ma femme a cuit *vatrouchka*, avec fruits confits, et les Terreurs ont tout rangé la maison. Ils attendent le docteur. Ils attendent avec la surprise.

Jacques avale sans respirer trois gorgées de thé bouillant qui lui mettent des nuages de vapeur dans la tête. Anton poursuit en baissant la voix :

— Paquet de France. Gros comme ça. Le pope a apporté en allant au cimetière d'à côté. Il a reçu hier. Un ami hongrois d'un ami français qui lui a déposé. Très vieux, l'ami français. Dessus, il y a tamponné FRAGILE. Dessous aussi.

Jacques est déjà dans l'escalier. Il ne veut pas savoir, mais il sait. La Toussaint. Il y a sept ans. Il y a mille sept cents ans... Eve ne lui a jamais écrit. Ni au temps de leur liaison, ni pendant sa détention, ni après sa libération. Mais il n'a rien oublié. Si profond qu'il soit descendu, si loin qu'il l'ait fuie, il l'a gardée en lui. Son écriture lui ressemblait. Souple, impatiente, des lettres minces, pressées de quitter la page. Jacques plisse les yeux dans la pénombre du palier. Sur la feuille de papier punaisée au milieu de sa porte, il lit : POUR SOLDE DE TOUT COMPTE.

La dernière fois qu'il l'a vue, elle était nue. Il l'a tirée de ses rêves. Elle l'a chassé de sa vie.

Dans le living, les gosses jouent aux cartes. Tranquilles, tous les cinq sagement assis autour de la toile cirée qui couvre la table ronde, comme des frères dans une famille normale. Plus aucune trace du pugilat d'hier. Ils ont réparé le lampadaire, recousu les coussins, lavé le sol et mis des vêtements propres.

– Salut *dzadzinka* ! Tu nous as manqué, vieux ! Tu t'en es payé une bonne tranche, au moins ?

Oleg observe Jacques avec un rictus de guetteur sur le point d'aligner sa cible.

– Qu'est-ce que vous avez fait du paquet ?

– Le paquet ? On t'envoie des paquets, à toi ?

Sergueï s'esclaffe :

– C'étaient des chocolats. On a tout mangé, t'avais qu'à revenir pour nous faire à bouffer.

Jacques tape du poing sur la table. Les cartes sautent.

– Je compte jusqu'à trois.

Ivan crache par-dessus son épaule.

– On l'a pas mangé, on l'a vendu. À Garmech. Il hallucinait, des petits plateaux comme ça, il avait jamais vu, il dit que pour peser la dope, c'est top.

Le sang de Jacques se fige. Il ouvre ses épaules, il serre les mâchoires.

— Vous l'avez mise où ?

Les enfants applaudissent, absolument pas impressionnés.

— Tiens ! Il a deviné !

— Il est moins con qu'il en a l'air !

— Ça te servait à quoi, avant ?

— Si tu nous racontes pas, on te dit pas où elle est !

— Tu vendais de l'or ? Des pierres précieuses ?

— De la came ?

— T'étais riche, alors ?

La poignée de porte de sa chambre tourne à vide avant de lui rester dans les doigts. Janek jubile :

— Le clou, je l'ai jeté aux chiottes ! Aux chiottes, je l'ai jeté !

Jacques marche sur Oleg. Il tend la main. Le garçon le regarde froidement :

— T'es sûr ? Tu crois que t'es prêt ?

— Je t'emmerde. Donne.

Les quatre autres s'écroulent de rire, roulent de leur chaise, gigotent sur le carrelage en se tenant les côtes. Oleg fouille dans sa poche et rend le clou. En bloquant sa respiration pour contenir les battements de son cœur, Jacques répare la poignée.

La balance du Peseur d'âmes est là. Au milieu du lit, sur le papier d'emballage déplié et lissé. Identique. Intacte. Toute petite et précieuse. Mais sur chacun des plateaux trône un énorme étron.

73

Jacques se retourne vers les gosses. Il voit trouble, il suffoque.

– Vous allez me le payer !

Il attrape la merde à pleines mains, il la lance sur Janek qui la prend dans les yeux, il attrape Sergueï, lui éclate les lèvres et lui tartine les cheveux, il cogne et barbouille au jugé, les gamins glapissent et se sauvent à quatre pattes, le petit Micha se tape la tête contre le mur en hurlant à la mort. Oleg attrape sa béquille et crie aussi fort qu'il le peut :

– Lâche-les, bordel ! C'est moi qui ai eu l'idée !

Jacques lui fonce dessus comme le taureau sur la muleta.

– Toi, je vais te buter !

Le garçon recule vers la chambre, s'efface avec une souplesse étonnante et claque la porte derrière le furieux.

– Non. Cette fois, tu vas tout me raconter.

II

– Où je l'ai rencontré ? Dans une vitrine. Un vrai début de film, la pluie en rafales, ni lui ni moi n'avions de parapluie, le vent chassait les gouttes sur la vitre et je les regardais dégouliner sur mon reflet, les gouttes, comme si mes cheveux, mes joues, mes épaules et mes cuisses s'étaient mis à pleurer. Vous voyez le tableau ?

L'officier de police judiciaire Nicolat opine avec une conviction sincère. Il a la moue compatissante et l'œil luisant. Pas tous les matins qu'une beauté de magazine débarque à l'heure du petit crème pour accuser son mec numéro deux d'avoir tué son mec numéro un. Et pas une professionnelle, la gamine. Mais des jambes, des jambes jusqu'au ras de l'âme, je vous dis que ça. Et touchante, et confiante. Elle est sous le choc, elle a besoin de s'épancher, sûrement que si Nicolat la prenait dans ses bras, elle lui pleurerait son chagrin sur l'épaule. Il aimerait bien, Nicolat, la serrer un peu contre lui pour la consoler. Consoler, il sait faire. On peut être flic et avoir du cœur, d'ailleurs c'est parce qu'il avait un surplus de cœur que Nicolat est entré dans la police. Il voulait servir son prochain. Il aurait pu choisir aide-soignant ou s'engager dans l'humanitaire, mais il craint les piqûres et l'avion lui donne la nausée. Et puis ses parents rêvaient de le voir en uniforme, avec le gros calibre et tout. Enfin l'arbre de Noël à l'Hôtel de Ville est magnifique, les félicitations du maire ensoleillent l'hiver, et avec son surplus de cœur, ses biceps et son flingue, Nicolat goûte les émotions simples.

La petite allume une cigarette. Ses mains tremblent. Nicolat se penche et lui tient le briquet. Elle a des cicatrices blanches sur les poignets. La faire parler encore. Pas du meurtre, pour l'instant Nicolat s'en fout du meurtre, il a juste envie de la garder devant lui.

— Vous voulez un café ?

Elle veut bien.

— Avec un petit quelque chose dedans ? Ça vous remonterait.

Elle fume comme si elle tétait. Elle ressemble à une feuille nouvelle, une feuille de frêne jeunette. Nicolat lui tend un gobelet en plastique.

— Hérisson, il était dans le magasin ?

— Non, dehors, comme moi. Juste derrière moi et aussi mouillé que moi. Il est très grand, il déteste la pluie et il crevait de froid. Incroyable ce qu'un costaud pareil pouvait être frileux. Ses parents auraient dû le vitaminer, il lui manquait sûrement un truc à l'intérieur. D'ailleurs, il lui en manquait plein, des trucs. Par exemple, il ne savait pas se détendre, profiter. Il fallait toujours qu'il prévoie. Les restos, mon avenir, nos rendez-vous, même le plaisir, il fallait qu'il prévoie. Une manie. Les décisions aussi, une manie. Planifier et décider, il tenait avec toute sa grande carcasse dans ces deux mots. Quand je pense que je me

suis collée avec un type pareil, franchement, je ne sais pas
ce qui m'est passé par la tête. Enfin quand je dis la tête...

Elle boit avec des façons de chat. Nicolat aimerait être
le café pour lui couler dans la gorge et la réchauffer du
haut en bas. Surtout le bas.

— Et alors ?

— Alors on était là, tous les deux, devant cette vitrine.
Moi qui me regardais, et lui qui me regardait me regarder.
On s'est croisé les yeux, dans la glace, on s'est souri, toujours dans la glace, moi j'ai remonté mon col et lui s'est
voûté un peu plus, moitié en manière de salut, moitié parce
que vraiment il se les gelait. Le magasin, c'était un antiquaire. Très chic, très cher, genre Haute Époque, en tout
cas le genre qu'on n'a pas envie de mettre chez soi, tellement ça doit être inconfortable. J'ai dit quelque chose à
propos d'une petite balance que le marchand avait placée
sur un beau socle en velours. À l'occasion des quatre jours
de l'Objet extraordinaire, vous savez, quand chaque barreau
de chaise se paie en lingots d'or. Il y avait une étiquette
bordée de doré qui racontait l'histoire de la balance. Des
bobards pour gonfler l'enchère, du genre : « C'est celle du
Jugement dernier, achetez-la et le jour de la pesée des âmes,
saint Michel vous aura à la bonne. » Jacques s'est penché.
Il a fait semblant de lire, mais c'était juste pour coller sa
joue contre mes cheveux. Je me suis retournée et ma bouche
a frôlé la sienne. C'est ma nature, j'aime jouer. Il s'est
redressé, il avait un air raide qui m'a attendrie. Je lui ai
dit : « On se plaît, non ? » Il a ri, un rire d'homme qui
aime les surprises. J'ai proposé un chocolat chaud,
n'importe où mais au sec. Il a hésité une seconde, on voyait
qu'il n'avait pas l'habitude de draguer, et puis on a couru

jusqu'au premier café. Il y avait beaucoup de monde, de la fumée, de la buée, du bruit. Ça non plus, il n'avait pas l'habitude. Il a enlevé son imper, il ne savait pas où le poser, où se caser. Sa carrure m'a impressionnée. Ses mains aussi. Ce type a des mains incroyables, des mains beaucoup mieux que lui. Une erreur de casting. À part ça, une bonne gueule, une gueule de brun à œil clair, mâchoire carrée, dents carrées, pif un peu tordu, plein de sourcils et de cheveux noirs, je me suis demandé s'il était aussi poilu partout. Entre parenthèses, il l'est. On a commandé deux chocolats, je voulais avoir l'air sage, ne pas le brusquer tout de suite. Je n'avais aucune idée en tête, juste envie de m'amuser. Les idées, elles sont venues plus tard et ce n'est pas les meilleures que j'ai eues. On a parlé. De rien, mais très fort parce que, avec la pluie, ça n'arrêtait pas d'entrer. On se serait cru dans le métro à six heures. D'ailleurs, il était six heures. Tout de suite il m'a dit : chirurgien, marié, deux filles. J'ai rigolé, je lui ai demandé de quoi il voulait se protéger en poussant son état civil au milieu de la table. Il a détourné les yeux, forcément, j'avais fait mouche. Ces types ou ces filles qui se bardent de leurs diplômes, de leur famille, de leur métier quand ils vous serrent la pince, vous pouvez être sûr que derrière la façade ripolinée, c'est tout lézardé. Ils ont peur. Ils ne savent pas bien de quoi, mais ils ont peur. La peur, ça rend frileux, alors on serre contre soi sa pile d'étiquettes. Pour se réchauffer. Ce n'est pas par hasard que Jacques était frileux. Moi, quand je rencontre quelqu'un, je ne lui demande pas ce qu'il fait, je lui demande ce qu'il aime. Je l'ai demandé à Jacques. Il a encore détourné les yeux et il m'a répondu : « Je vais réfléchir. Si on se revoit, je vous dirai. » Et puis après un petit

silence, il a lâché : « Au fait, on se revoit ? » Voilà. Il était
ferré. Je les ferre toujours avec ce truc-là. Pourquoi vous
me regardez comme ça ?

Nicolat avale la salive qui lui gonfle les joues. Lui aussi,
sûrement, il serait allé avec la gosse au café. Mais lui, il
aurait pris une fine, et puis... Il tripote les boutons de son
imprimante pour cacher son trouble.

— On dirait pas que tout ça vient de vous arriver. Vous
avez du cran.

— Vous me demandez comment Jacques et moi, on s'est
connus : je vous le dis. Vous allez l'arrêter, au moins ?

Nicolat se carre sur sa chaise, dans son bureau sans
fenêtre, tout de suite à droite dans le couloir central du
commissariat de la rue de la Goutte-d'Or. Il bombe le
torse en regrettant d'avoir gardé sa veste. Ses pectoraux
l'honorent, en bras de chemise, la petite les aurait sûrement remarqués.

— Qu'est-ce que vous croyez ? Qu'on laisse courir les
assassins quand on a le moyen de les choper ? Un peu,
qu'on va l'arrêter !

Il sort les trois feuillets, souffle pour sécher l'encre déjà
sèche et tend les pages à la jeune fille.

— Vous relisez, vous paraphez et vous signez.

Elle ne relit pas. Elle griffonne ses initiales n'importe
où. Nicolat se dévisse le cou. Elle sent la menthe dans un
jardin.

— C'est dur, mais quand même, faut pas signer sans
relire. Allez, je vous le lis.

Il reprend les papiers. Elle soupire, elle se recroqueville
sur sa chaise. Elle a les ongles bordés de noir. Elle les

mordille pour les nettoyer. Jour gris, sale aube. Les larmes lui montent aux yeux.

– Nom : Ebey. Prénom : Eve. Profession : comédienne. Domicile : 27, rue des Martyrs.

– OK, on sait...

Elle n'écoute plus. Elle pense à la concierge qui a trouvé le corps de Thomas hier matin, à l'heure des poubelles, au milieu du trottoir. Elle entend la sirène des pompiers, elle sent les virages que la camionnette rouge prend dans un crissement de pneus, et la perfusion qui s'enfonce dans l'avant-bras. Aux urgences de Lariboisière, Thomas attend sur un brancard, dans le couloir. Le masque à oxygène feutre les bruits ambiants. Succion douce. Douleur liquide. Thomas flotte. L'interne de garde se penche sur son corps. Il a les doigts rêches, la voix épuisée. « Merde, encore un qui va se tailler en douce... Branchez-le, attention à la colonne. Ça va, grand ? Vous m'entendez, là ? Vous avez mal ? Non ? Pas mal ? Si ? Mal ? Je le prends dès que je peux. Elle arrive, la relève ? » Thomas a froid, de plus en plus froid. Quand Eve est descendue à la morgue, c'est ça qui l'a frappée. Le froid. Le préposé a ouvert la fermeture Éclair, Thomas était lisse, l'air reposé, un peu étonné, mais surtout tellement froid qu'en le quittant, Eve a emporté ce froid avec elle. La mort, maintenant, pour elle, c'est ça. Un froid, un très grand froid. Elle est allée au bistrot, de l'autre côté de la rue. Plat du jour trente-neuf francs, la serveuse qui écrivait à la craie le menu lui a souri, elle avait les cheveux orange et un anneau dans le nez. Eve a commandé un cognac. Contre le bar, les habitués dissertaient courses et ces connards de politiciens, remets-moi donc ça, Aline. Au fond c'était bien que Thomas n'ait pas eu le temps de vieillir. La drogue l'aurait vieilli trop vite. Déjà il faisait plus vieux que son âge, le regard surtout, un regard qui vous passait au travers, qui voyait au-delà. La mère d'Eve disait qu'il avait beaucoup voyagé avant cette vie-ci, que sûrement Eve et lui s'étaient déjà rencontrés, déjà aimés. C'est vrai que dès la première fois, leurs peaux s'étaient retrouvées, elle ne pouvait pas mieux dire : retrouvées. Avec Jacques, elle se laissait faire, avec les autres elle jouait un personnage ou un autre, selon l'inspiration. Avec Thomas, elle était simplement elle-même, sans effort, sans mensonge. Bien sûr, elle ne s'en rendait pas compte. On ne découvre combien on a été heureux que quand on cesse de l'être.

Elle est retournée à l'hôpital. L'infirmier l'a accompagnée sans protester, pourtant c'était l'heure où l'équipe de jour devait le remplacer. Eve se souvient de son visage rond, très noir, avec un début de barbe. Il a ressorti Thomas du tiroir en expliquant qu'aux urgences, ils l'avaient déshabillé à cause de la consigne, que d'ailleurs il était arrivé torse et pieds nus, qu'il faudrait apporter des vêtements avant la mise en bière, qu'un spécialiste s'occuperait du visage, un type avec des doigts de fée, vraiment. Eve a pensé au *Petit Prince*, l'allumeur de réverbères, la Terre qui tourne de plus en plus vite, bonjour, bonsoir, bonjour, bonsoir, c'est la consigne. Tout ça était absurde, Thomas dans cette espèce de sac de couchage en plastique bleu, les yeux à moitié ouverts, à moitié fermés, bonjour, bonsoir, et ce petit infirmier, avec sa consigne et ses gestes doux, qui rajustait la mentonnière et lissait les cheveux du cadavre comme on fait aux nouveau-nés. Il sentait la sueur et la fatigue. Eve a demandé :

– S'il te plaît, prends-moi dans tes bras, je voudrais te parler de lui.

Le jeune homme a souri, un vrai sourire gentil, et il a dit :

– Ma femme vient d'avoir des jumeaux, j'ai promis de rentrer pour le biberon. Mais si tu veux, tu peux venir avec moi.

Eve l'a suivi, derrière le hammam La Baraka, deux pièces pleines de musique à réveiller un sourd, d'oncles à dents blanches, de cousines à croupe charnue et de bébés rigolards. Elle est restée jusqu'à minuit, à torcher les jumeaux, à bouffer des boulettes, à oublier. La femme de l'infirmier Djuma lui a déroulé un matelas. Elle a dormi tout au fond d'une tombe et s'est réveillée à l'aube, ce qui n'était pas son genre, avec l'impression d'avoir oublié quelque chose d'important, de vraiment important. Elle a quitté l'appartement sur la pointe des pieds. Dans la rue, il faisait sale. Un brouillard sale, une sale aube. On était dimanche, dimanche de Toussaint. Et là, elle s'est rappelé Jacques.

« J'ai tué Thomas. Je l'ai poussé. » La veille, à l'hôpital, comme Eve avait été la première à prendre des nouvelles et que Thomas était tombé de chez elle, ils lui avaient remis le procès-verbal des pompiers : *Landman Thomas, vingt-cinq ans, défenestré du sixième étage du 27, rue des Martyrs dans la nuit du 31 octobre au 1ᵉʳ novembre 1994, pas de témoin oculaire, pas de lettre, pas de trace de lutte, fenêtre restée ouverte, suicide probable. Traumatisme crânien, hémorragie cérébrale, admis aux Urgences le 1ᵉʳ novembre à six heures cinquante, décès constaté à dix heures trois.*

Eve avait dit merci machinalement, merci de quoi, je vous demande, et elle avait noté l'adresse du commissariat de la rue de Clignancourt. Là, on lui avait expliqué que la procédure était entre les mains de la permanence judiciaire de la rue de la Goutte d'Or et que l'enquête suivait son cours. La permanence judiciaire. L'enquête. D'un coup, Eve avait eu chaud. Ça réchauffe, la haine. Non, Thomas ne s'était pas suicidé. L'autopsie lui avait trouvé le sang assaisonné au LSD et au gin, un autre serait peut-être sorti par la fenêtre tout seul, mais pas lui. Il l'attendait, il savait qu'elle allait revenir. Juste une escapade au bord de la mer et il lui avait toujours répété que la jalousie, c'est le malheur des autres. Jacques allait payer. Il était le plus vieux, le plus installé, le plus riche. Oui, il allait payer.

— C'est bon ? On n'a rien oublié ?

Elle prend le bic, elle signe rapidement. Elle a des doigts minces et blancs. Nicolat se retient de ramener en arrière la mèche blonde qui lui barre la joue. Elle repose les trois feuilles sur la table. Elle est très pâle.

— Vous bilez pas, on va faire le nécessaire. On vous tiendra au courant. Je vous tiendrai. Personnellement. Si vous voulez bien.

Elle s'en moque. Elle le lui dit. Il comprend. Il se lève et tend la main avec une chaleur qui lui remonte aux joues. Elle serre sans conviction, remet son long manteau beige et sort en emportant avec elle la lumière de la pièce. L'officier de police judiciaire pose une fesse sur son bureau. Pauvre petite. Vrai, il va se défoncer pour choper le salaud qui lui a zigouillé son jules. Décidément, dans ce métier, on ne finit pas d'en croiser, des misères humaines. Nicolat donne un coup de fil au Parquet. Le substitut du procureur, qui a fait la nouba tout le week-end, bâille en l'écoutant. Présomption d'homicide, oui ; demande d'autopsie, normal ; pour le reste c'est dans le mouvement, le gars crèche boulevard de Courcelles, c'est comme si on y était. Nicolat hèle deux gardiens de la paix. Un grand costaud, le Jacques Hérisson. Et puis dans un immeuble bourgeois, ce ne sera pas désagréable d'arriver en force. La concierge, les voisins, les passants. Hérisson aura peut-être déjà appelé son avocat. S'il l'a fait, c'est qu'il est coupable. Nicolat resserre son ceinturon. S'il l'a fait, il est cuit.

Jacques n'a appelé personne. Il est assis dans le fauteuil en cuir offert par ses parents et que sa femme déteste. Priscille a tiré les rideaux de la bibliothèque. Des rideaux à l'anglaise, doublés de flanelle épaisse pour occulter parfaitement la lumière, même en plein midi, même en plein été. Rouges d'un côté et verts de l'autre, parce qu'à Noël, c'est dans cette pièce qu'on dresse le sapin.

– Et les enfants ? Tu y pensais, aux enfants, pendant que tu t'envoyais en l'air avec ta grue ?

Il n'y a que Priscille pour employer des mots pareils. Sa robe de chambre la boudine un peu, elle lisse machinalement ses cheveux tirés en arrière, les orteils de ses pieds nus se crispent sur la moquette ivoire. Sans maquillage, ses traits paraissent à la fois plus jeunes et plus durs. Jacques la regarde. Il lui semble qu'il ne l'a pas vue depuis des années. Sa femme. Cette énergie en elle, cette façon de faire front, de se tenir droite en pleine tempête. Si elle se tenait moins droite, il essaierait sans doute de la prendre dans ses bras. Peut-être. Il ne sait plus. Les cernes qu'elle a sous les yeux l'émeuvent. Il se souvient de son rire de fiancée. Il lui a juré sa foi, il lui a fait deux filles. Est-ce qu'il l'a aimée ? Et elle, est-ce qu'elle l'aimera encore ?

— Je vais décommander tes rendez-vous. Tu opères où, demain ?

Si bien élevée. On n'annule pas une soirée au dernier moment. On pense aux anniversaires, on envoie des fleurs avant les dîners, on remercie par un petit mot, on se lave matin et soir, on ne dit pas « chaussons », mais « pantoufles ». Jacques soupire. Qu'est-ce qu'il en a à foutre, maintenant, de ses patients ?

— Hôpital le matin, clinique après seize heures.

— Où est ton carnet de rendez-vous ?

— Je l'ai laissé au Mont-Saint-Michel. Dans le sac, dans la chambre. Avec la balance.

Elle le toise. Son regard est tellement cadenassé qu'il ne sait pas si elle le méprise, si elle lui en veut mortellement ou si elle souffre. Elle a les yeux, les sourcils et les cheveux d'un même brun tiède. Elle pourrait être belle, si elle s'en souciait moins. Elle ne se trouve que des défauts et à longueur d'année étudie les moyens de les corriger. Elle l'a sûrement épousé parce qu'il était chirurgien.

— J'ai besoin de ton aide, Priscille.

Elle ouvre le tiroir du bureau Empire.

— Tu penses que tu me pardonneras ?

— J'ai les coordonnées de Gillard. Il est très bien. Je vais l'appeler, je t'emmènerai chez lui.

— Gillard ? Pourquoi Gillard ?

— C'est un très bon psychiatre et il te recevra gracieusement.

Jacques se redresse sur son siège.

— Tu ne me crois pas, c'est ça ? Tu penses que j'affabule, que je débloque !

Priscille referme sèchement le tiroir et, d'une voix neutre mais définitive, répond :

— Tu m'as trompée, j'en prends acte. Mais tu n'avais pas besoin d'en rajouter. Et d'en rajouter à ce point-là, franchement, ça passe la mesure.

Dans l'entrée, deux petites filles enfilent leur manteau à col de velours et leur cagoule festonnée.

— Papa ?

Elles entrouvrent la porte, brunes et rondes, les joues lustrées de bonne santé et de savon doux, la bouche en forme de baiser enfantin.

— Où t'étais hier et avant ?

Priscille les prend par les épaules et avec cette fermeté aimable dont elle a le secret, les pousse vers leur nounou.

— Vous verrez votre père ce soir. Vous allez être en retard.

— Papa aussi il va être en retard, il est même pas rasé !

— Vous déjeunez chez la maman d'Héloïse. « Bonjour Madame, au revoir Madame », vous n'oubliez pas. Et s'il y a du poisson, vous le mangez. Bonne journée mes amours...

Mes amours. Bonne journée. Jacques se lève, ses articulations lui font mal, il ouvre grand la porte.

— Et moi, alors ?

Elles se nouent à ses genoux avec des roucoulements joyeux. L'aînée fronce son petit nez.

— Dis donc, tu sens bizarre, papa. C'est quoi que tu sens ?

Elle le regarde de très bas à très haut. Plus curieuse qu'étonnée, prête à accepter toutes les versions qu'il lui proposera. Innocente qui croit encore en lui. Il plie les genoux pour se mettre à son niveau.

— C'est une longue, une vraiment longue histoire...

— Et tu ne vas pas la lui raconter. Ouste, les filles. Les histoires peuvent attendre, les professeurs de tennis, non.

Elles grognent puis rient. Leur mère sait les prendre. Jacques l'entend qui les chatouille et les câline sur le palier. Elles l'ont oublié. S'il disparaissait de leur vie, il leur manquerait peu.

Quand Priscille revient dans la bibliothèque, elle est blanche comme une craie.

— La police est en bas. Devant la loge. Trois hommes. Ils vont monter.

Sa voix est comme décolorée.

— Jacques, dis quelque chose.

— Je t'ai tout dit.

— Mais ce n'est pas possible, enfin ! Jacques, je t'en prie !

Il la regarde. Pour la première fois depuis qu'il la connaît, il la sent désemparée. Il voit qu'elle ne comprend plus, il l'entend murmurer pourquoi nous, pourquoi moi ? Il lui prend le bras, il voudrait... Elle se dégage. Elle ne pardonnera pas. Il se détourne.

— Je suis désolé, chérie.

Et c'est lui qui va vers eux.

— Bonjour, messieurs.

Il tend la main, sa grande main qu'il n'a pas lavée depuis le Mont. Le policier en civil hoche simplement la tête et fait les présentations.

— Officier de police judiciaire Nicolat, gardien de la paix Laffite, gardien de la paix Grosjean.

Jacques a envie de les remercier. De les suivre tout de

suite. Mais Priscille les a rejoints et, fidèle à elle-même, elle prend l'initiative.

– C'est mon mari que vous venez voir ?

Nicolat lui jette un bref coup d'œil. Si elle veut la jouer mondaine, celle-là, elle va déchanter. À part ça, baisable. Il en revient à Jacques.

– Vous êtes Jacques Hérisson ?

– Oui.

– Thomas Landman, ça vous dit quelque chose ?

– Oui.

– Vous le connaissez ?

– Je le connais.

– Il est mort, vous le saviez ?

– C'est moi qui l'ai poussé.

– Faites attention à ce que vous dites, monsieur.

– Je n'ai rien à cacher.

– Il y a présomption d'homicide et j'ai un mandat d'amener contre vous.

– Je comprends. Je suis prêt.

– Vous reconnaissez avoir tué Thomas Landman ?

– Oui.

– Dans la nuit du 31 octobre au 1ᵉʳ novembre 1994 ?

– Dans la nuit du 31 octobre au 1ᵉʳ novembre 1228.

– Pardon ?

ET HOMME qui sans me regarder sculpte dans la pierre mon visage, tandis que dans la pierre jumelle je cisèle le sien, cet homme au muet sourire a fait que je suis devenu un démon et un saint.

Il ne m'a pas reconnu. Je porte la barbe, maintenant, et ni mes traits ravinés ni mon costume ne peuvent lui rappeler celui que j'ai été. Un autre corps, un autre cœur, dans ce qui me semble déjà une autre vie. Jusqu'à quel tréfonds peut-on renoncer à soi-même, à ce qui vous a mû, nourri, à tout ce qui vous a fait aimer et haïr ? Renoncer. À force de le remâcher, de m'en frotter, le mot s'est liquéfié, coulé en moi, il m'a imprégné. Je suis ce renoncement, ces yeux baissés, ces mains obéissantes, ce sang dompté, ce cœur qui bat au petit pas. Je suis cette voix tue, cette écoute de riens essentiels. Le vent, les vagues, les mousses sur le granit écorché et luisant. La plainte éraillée des mouettes, les humeurs du ciel lavé d'embruns. Le froid. L'humidité. Le jeûne. Les doigts gercés de sel, usés par les cordes, les yeux plissés pour passer sans souffrir du soleil blanc au tombeau de la crypte, pour déchiffrer l'insaisissable au long des nuits de veille. Pour cacher l'indicible. Pour épier l'ombre en soi.

En moi, il n'y a plus qu'un souffle régulier, une pâleur tranquille, le goût d'efforts à ce qui est désormais ma mesure. Il y a le pouls des heures et le rite des marées. Il y a surtout un homme. Cet homme-là, qui d'un ciseau prudent affine l'arête de mon nez sur la frise qui coiffe les chapiteaux du cloître. Mon compagnon, mon ennemi, mon salut. Thomas. C'est moi qui l'ai fait venir ici, c'est moi qui l'ai encagé. Il n'en sait rien. Il me croit son appui, son réconfort sous ce ciel sans avenir. Je m'en réjouis. Il sera douloureux de renoncer à lui. Depuis bientôt deux ans que nous travaillons côte à côte, je l'ai appris à la façon d'une langue étrangère. Dans le silence, la règle de l'abbaye est intangible, entre nous jusqu'à ce soir pas un mot n'a été prononcé. Je l'ai appris, pourtant. J'ai lu sur ses lèvres serrées, j'ai bu les larmes sous ses paupières closes. Deux fois je l'ai retenu au bord du gouffre, alors qu'il voulait s'y jeter. Je l'ai détourné de la mort tentatrice, je l'ai pressé contre moi. Je sais sa peau olivâtre, le parfum un peu âcre de ses cheveux. Je reconnais la couleur de son sang, je peux tousser de sa toux, ronfler comme lui, cracher à l'identique, nous avons faim aux mêmes heures et pissons en même temps. Je sais son sexe, aussi, les muscles de son ventre, ses fesses. Je les ai vus, je les ai regardés. Avec les images de son corps me sont revenues celles d'un autre corps. Intolérables d'abord, puis de plus en plus familières. C'est cela aussi, renoncer. Les souvenirs de Thomas sont entrés en moi, les rêves qui l'embrasaient sur sa couche m'ont brûlé et j'ai amèrement joui de ses plaisirs secrets. Sous ses mains, dans ses reins, en raccourci j'ai vécu les bonheurs dont je

92

me suis privé. Étrange compensation, dangereux compromis. Aujourd'hui pourtant, je crois que j'ai bien fait. Ses remords, ses regrets sont mélangés aux miens. En m'apprivoisant à lui, j'ai touché à mon but.

Cette nuit est notre dernière nuit ensemble. Le dernier tournant d'un chemin commencé il y a seize ans dans la poussière et le sang. Un chemin qui entre les colonnes de ce cloître presque achevé trouve le jardin, le puits, le lieu saint auquel il prétendait mener. À l'aube, je lui dirai. Je transgresserai la loi, à haute voix je lui dirai. Cet instant je l'ai si ardemment préparé, je me le suis raconté tant de fois. Je lui dirai où, grâce à lui, je suis parvenu. Combien je l'ai d'abord maudit, puis ce que je lui dois. Après...

Je souris. Lui aussi. Nous sommes presque heureux. D'être là, flanc contre flanc, les doigts serrés sur nos outils, dans l'obscurité qui noie la pierre fraîche. Du ressac acharné sur le pied des murailles montent des bouffées sauvages, mais ici il fait bon, tout est paix et beauté. Je sens gonfler en moi une mer de douceur. Je vais lui raconter. Il n'a rien deviné, il me croit quelqu'un d'autre. Sa naïveté me fait un peu pitié. Maintenant que l'heure approche, que notre histoire doit se conclure, j'éprouve pour ma personne une tendresse, une estime nouvelles, et pour lui, oui, juste de la pitié. Je suis le Peseur d'âmes, celui qui a jugé et s'apprête à trancher. Il est le pécheur. Il va plier la nuque sous la main de mon pardon. Et jusqu'à sa mort, au-delà même peut-être, il ira sous le poids gigantesque et ténu, sous le poids impalpable, implacable, de cette main. Ce sera ma vengeance consacrée, mon accomplissement, ma rédemption. J'attends ce premier, ce dernier bonheur. Je le savoure.

Je le retiens. Je remonte dans le temps, encore, encore, pour mieux le reculer. Je crois qu'il n'y aura pas d'après.

J'ai l'air robuste encore, mais je vieillis. Quand le brouillard tapisse la baie, il me semble que la mer étend à mes pieds le linceul dans lequel on me drapera. Je mourrai comme j'ai vécu, comme je suis né : sous le seul regard de Dieu. De la femme qui m'a mis bas dans l'ombre d'un porche d'église, par une longue nuit d'Auvergne à l'entrée de l'hiver, je ne sais rien. Le servant du curé m'a ramassé en venant sonner la messe. Il a pesté à cause du sang et des matières qui souillaient le pavé, il a lavé les marches et m'a ondoyé avec la même eau bénite, après quoi il a rempli son office en me tenant serré sous sa robe, entre la peau et la chemise, maintenu par la ceinture de laine qui lui bandait les viscères depuis qu'un cochon l'avait chargé et entamé au ventre sur la longueur d'une main. La paroisse de Chateloy était célèbre à cause de saint Principin, décapité par les Goths et qui avait cheminé jusqu'au sanctuaire primitif avec sa tête sous son bras. On tenait ses restes enfermés dans une armoire en pierre, et les fidèles venaient de loin pour les vénérer. Le servant se nommait Michel. Il m'a baptisé Jacques, du nom de son père à lui. Par la suite, on m'a appelé Jacques d'Hérisson, ou Jacques l'Hérisson, comme le château et le village dominés par mon église. Je dis « mon » église, parce que, dans ma première enfance, je n'en suis guère sorti que pour arracher les orties dans le cimetière attenant. Ce cimetière sentait le pin et la paix. Le vent soufflait tout autour, à longues plaintes qui me semblaient de puissantes confidences. J'enfourchais le muret de pierres grises qui domine la vallée et j'écoutais. Des heures, sans bouger, j'écoutais. J'entendais là des histoires incroyables, des histoires d'au-delà de nos monts, qui avaient traversé des forêts pleines de loups, des rivières noires et jaunes, qui avaient vu des mers peut-être. Des histoires qui venaient du ciel. Quand je descendais, je me sentais sage et fort. C'est à cause du vent, sûrement, que j'ai voulu partir loin, et que j'ai voulu moi aussi vivre des choses terribles.

Je les ai vécues, ces choses terribles. Vécues avec ma chair et mes os. Pourtant, ici, au Mont, je redeviens le petit bonhomme assis en haut du mur. Sur le chemin de ronde qui encercle l'abbaye, je me perche, et j'écoute, et j'attends. Je porte l'habit bénédictin, mais je ne suis pas un moine comme les autres. Le père abbé prétend que malgré ses efforts, mon âme lui demeure opaque. Il m'entend en confession chaque semaine et cependant il est sûr de ne pas me connaître. Il a raison. Je lui ai caché, je lui cache Thomas.

C'est sur la renommée de son talent de sculpteur décoratif qu'après avoir perdu Thomas pendant plus de dix années, j'ai retrouvé sa trace. J'avais eu tout loisir de méditer mon plan. Je m'étais déjà retiré au Mont, et le silence, et le vent m'avaient conseillé. J'ai usé de mes appuis pour faire affecter Thomas au chantier du cloître, commencé depuis six ans et qui entrait dans sa dernière phase. L'abbé avait engagé des artisans normands, mais aucun n'avait de génie véritable. J'ai donc dit à qui pouvait me servir : « Je connais l'homme dont l'archange a besoin. Comme moi, il a le cœur pur mais nombre de péchés à expier. Offrons-lui l'occasion de gagner son salut comme je m'applique à gagner le mien. Il a appris l'art de la pierre en Flandre et en Angleterre. Pour qu'il suffise à la tâche, je le seconderai. Il sera le maître et moi son assistant. Ensemble nous ornerons vos colonnes d'un jardin de pierre qui glorifiera la création, et à vos moines donnera souvenance des beautés fugaces auxquelles ils ont renoncé. » Thomas était marié et père. Il fréquentait rarement l'église de son village. Chez lui brûlait en permanence un grand feu, sur lequel il desséchait les poudres dont il usait pour ses badigeons. Les hommes d'armes se sont saisis de lui sous le prétexte d'alchimie. Après un bref passage dans une geôle où un homme très persuasif lui a parlé satanisme, question, bûcher, on l'a conduit ici. Le prieur, que j'avais préparé à cet entretien, l'a sommé de consacrer le restant de sa vie à servir saint Michel. En échange, le pouvoir spirituel commanderait au temporel de fermer les yeux sur ses pratiques, et sa famille ne serait pas inquiétée. Il y a seize ans, quand le Ciel l'a dressé contre moi, Thomas aurait protesté de l'innocence de ses actes et de ses intentions. Il y a seize ans, il se serait débattu, il se serait enfui. Mais il semble que le supplice de celle que nous aimions ait tué le vif en lui, comme il l'a tué en moi. Sous la menace d'un frêle abbé, Thomas le rebelle a courbé l'échine. Vêtu de la bure, scellé par la règle du silence, il s'est mis à l'ouvrage. Loin des siens, qu'il se croit destiné à ne jamais revoir, il est frère Thomas. Moi, je suis le frère sans nom. Notre histoire nous enchaîne l'un à l'autre pour l'éternité. Cependant si à l'aube nous avons achevé de graver nos traits dans la pierre, si le soleil se lève pour éclairer nos visages accolés et parfaits, si j'ai réussi à lui dire que je lui pardonnais et qu'il m'a embrassé, alors, demain, nous serons libres tous les deux.

D ANS la voiture de police, Jacques se tait. Les portes sont verrouillées. La sirène vagit. Priscille suit avec le coupé qu'elle s'est acheté pour ses quarante ans, puis se laisse distancer. Curieusement, ce n'est pas à Jacques qu'elle pense, mais à son père. À ce que dirait son père, s'il savait. À ce qu'il dira, s'il l'apprend. « Voilà ce qu'on récolte quand on épouse un homme sorti de rien. » Le sang monte aux joues de Priscille et son cœur cogne pour lui sortir des côtes. Le feu passe au vert. Elle cale. Collé à son pare-chocs, un klaxon furibond l'injurie. Elle fait signe de passer, tant pis, elle ne peut pas, pour une fois elle n'y arrive pas, elle va rester là, elle met son signal de détresse, elle ferme les yeux, elle se concentre sur son cœur, elle se force à respirer comme son professeur de yoga lui a enseigné, à inspirer avec le ventre en attendant que le calme revienne. Son père. Sa cambrure d'officier de cavalerie, ses épaules étroites, son regard impérieux, ses cheveux ras, sa belle moustache blonde. L'antithèse physique de Jacques. Ses ancêtres dans des cadres d'époque, ses bois, ses fermes, ses châteaux, sa retraite de conseiller honoraire à la Cour des Comptes. La négation sociale de Jacques. C'est pour emmerder papa que je me suis mariée. C'est pour fuir papa que je me suis mariée. C'est parce que j'admirais tellement papa que je me suis mariée. J'ai quarante ans, il m'a reniée et je reste sa petite fille. Une plainte monte dans la gorge de Priscille, un gémissement d'enfant seule dans le noir. Ils emmènent Jacques en prison. Jacques m'a trompée. Jacques a tué un homme. Qu'est-ce qui m'arrive ? Papa, qu'est-ce que je dois faire ? Elle cherche à tâtons son portable sous le manteau en cachemire qu'elle a jeté sur le siège voisin, et compose le numéro du grand appartement qu'elle n'a pas appelé depuis huit ans. Une voix de femme élégante et précise répond. Incapable d'articuler un mot, Priscille l'écoute détacher les syllabes :

— Qui est à l'appareil ? Ce n'est pas poli de déranger les gens pour rien. Allô ? Au revoir, tout de même.

Quand la femme raccroche, Priscille murmure :

— Personne ne saura, maman. Je te promets, personne ne saura.

Dans le salon de la rue de Lille, Geneviève de Marne se tourne vers son mari qui lit la *Gazette de Drouot* au coin de la cheminée.

— Louis, comment est-ce que je peux obtenir le téléphone du plaisantin qui vient d'appeler ? Je voudrais faire une réclamation.

Louis de Marne hausse le sourcil gauche, au-dessus duquel deux rides se sont creusées.

— Si tu estimes que tu as subi un préjudice, tu n'as qu'à porter plainte. La loi, c'est fait pour ça.

La loi. Priscille a grandi sous l'œil de la loi. Les codes de son milieu, les règles de la République, la parole de l'Église. Sa famille remonte à Charles VII, aux temps héroïques de la chevalerie française. Dignité, tradition, conscience de soi. Elle n'a jamais vu ses parents s'embrasser, ni même se tenir la main. Mais ils ne se disputaient pas, en tout cas pas devant elle. Éduqués selon les mêmes valeurs, par des nurses qui devaient venir de la même institution suisse, ils passaient les soirées familiales à discuter de cousins bientôt mariés ou récemment enterrés, du menu de la veille et de celui du lendemain, d'invitations à rendre, du choix d'un pensionnat adéquat pour leur petit Charles, des meilleurs restaurateurs de marqueterie, de roses anciennes et de rhododendrons. Ils affectaient de mépriser l'argent, de n'en débattre jamais, et y pensaient beaucoup. Louis de Marne était un humaniste distingué doublé d'un don Juan sûr de son droit, avec un zeste de flegme anglais pris à Oxford. Brillant en société, inaccessible à sa famille, autocrate, phallocrate. Son rêve secret avait été de s'engager dans la Légion, mais pour cause de pieds plats, on l'avait refusé. Il avait convolé sur le tard, avec une sienne cousine. Geneviève Adélaïde Marie, née Marne elle aussi. Il présentait ses trois enfants dans l'ordre inverse à celui de leur naissance : « Mon fils Charles, ma fille Aude, mon autre fille » – il oubliait toujours son prénom. Priscille aurait dû naître garçon, chez les Marne on commence toujours par un mâle. Son père ne lui avait pas pardonné ce manquement aux usages. Pour se racheter, jusqu'à sa rencontre avec Jacques, la fautive s'était montrée modeste et pieuse. La religion faisait partie de son quotidien, aussi évidente que la nécessité de se brosser les dents chaque soir et de laver soi-même ses sous-vêtements. Son père, qui travaillait, donnait des billets de cent francs pliés en quatre à la grand-messe. Sa mère, qui ne travaillait pas, donnait deux après-midi par semaine à sa paroisse et tenait la chorale quand le maître de chœur devait s'absenter. Elle avait une jolie voix de contralto. Son rêve à elle aurait été d'en faire usage. Ses parents lui avaient offert un professeur particulier, mais quand celui-ci avait milité en faveur d'une entrée au Conservatoire, on l'avait congédié. Chanter, n'est-ce pas, n'était pas un état pour une jeune personne bien élevée. Du coup, les grands-parents avaient converti les leçons de chant en cours de secrétariat trilingue et organisé quelques soirées à vocation matrimoniale. Geneviève de Marne était proprement amoureuse de son nom, elle avait choisi d'épouser son cousin essentiellement pour ne pas en changer et peut-être aussi, un peu, à cause de sa moustache. Une fois mariée, elle avait renoncé à chercher un emploi salarié, mais elle avait pris en main la comptabilité familiale. Elle avait le goût des tableaux à double entrée et du papier-calque. Priscille se souvenait des jeudis où elle récitait ses leçons pendant que sa mère alignait des chiffres dans des colonnes qui paraissaient à la fillette l'image même de sa vie, de leur vie, de la vie. Geneviève de Marne était pointilleuse et maniaque de l'ordre. Priscille avait les ongles ras, des draps à pli net, des souliers qui avaient toujours l'air neuf bien qu'ils eussent servi à sa cousine avant elle. Sa mère détestait le gaspillage, les éclats de voix, le tartre dans les baignoires, la paresse et ce qu'elle appelait la dissimulation. Chaque samedi, avant d'aller au lit, elle demandait à ses enfants un examen de conscience.

S'ils hésitaient, s'ils rougissaient, elle les soupçonnait de mensonge. Elle insistait jusqu'à obtenir la certitude qu'ils ne cachaient plus rien. Priscille admirait sa mère. Elle avait le ton juste, un peu sec, assez froid, mais juste. Les domestiques la respectaient. Elle leur offrait les manteaux qu'elle ne portait plus, elle les payait ponctuellement et avec le sourire, mais elle ne voulait rien connaître de leurs goûts ni de leur vie personnelle. Chacun son lot. Ce qui n'exclut pas la bonté – les Marne entendaient par là faire la lecture aux aveugles, envoyer des colis aux prisonniers, rendre de menus services aux grabataires délaissés par leur famille –, mais ce qui limite assurément la compassion. La compassion signifie à la lettre : « souffrir avec ». À quoi bon ? L'important, dans l'existence, est d'assumer ses choix en gardant visage lisse.

Priscille essuie ses joues, arrange ses cheveux dans le rétroviseur et remet son moteur en marche. Monceau, boulevard de Clichy, Pigalle. Les cabarets érotiques, les coiffeurs afro et, déjà, sur les trottoirs, les petites affaires. Montres, parfums, coutellerie, came en tout genre. Conciliabules, airs détachés, claques sur l'épaule. Sous le métro aérien, deux escogriffes s'esclaffent pendant qu'un troisième découpe un matelas avec une scie sans poignée. Priscille se gare en double file et ouvre son plan de Paris. Dans le coin, elle ne connaît que les déballages de tissu du Marché Saint-Pierre, et elle a oublié ses lunettes. Elle jure. Elle n'est jamais vulgaire mais volontiers grossière. Autre marque de fabrique. Où est cette putain de Goutte-d'Or ?

Au commissariat, le gardien de la paix Laffite prend les empreintes de Jacques. Le fouille, haut, bas, entrejambe, ôte les lacets de ses chaussures. Ouvre avec un délicieux sentiment d'importance la cage des garde à vue.

L'officier de police Nicolat pense à la gosse, tout à l'heure, dans son bureau, avec ses jambes jusqu'au cou, ses yeux verts, ses doigts blancs. Il s'approche de la cellule. Hérisson s'est assis sur le banc étroit, les coudes sur les genoux, le menton dans les mains.

— Sacré morceau, la petite Ebey ! Vous avez pas dû vous emmerder !

Jacques sent son cœur qui lui tombe sur les reins. Eve. Bien sûr.

— Vous l'avez vue ?

— Ben tiens ! Qui vous croyez qui nous a rencardés ? Elle est canon, ça !

— Vous l'avez vue quand ?

— Avant de venir vous chercher. Pâlotte, mais canon.

— Elle vous a dit que j'avais tué Thomas Landman ?

— Nan, elle nous a dit que son mec s'entraînait au parapente à partir de sa fenêtre, parce qu'avec les courants d'air qui remontent la rue des Martyrs, on grimpe facile jusqu'au Sacré-Cœur et que la nuit, ça dérange personne.

Jacques le dévisage. Appuyé au grillage, Nicolat se cure les dents avec sa clef.

— Pourquoi vous me parlez comme ça ?

Le policier lui sourit largement.

— Parce qu'y a un moment, dans la vie, où faut passer à la caisse, mon coco, et que là, tu vois, ça s'approche !

— C'est vous qui allez prendre ma déposition ?

— Nan. 1228, j'étais pas levé. Mais le commissaire y était

peut-être, allez savoir, l'est très fort en histoire ; pour les concours, ça lui a bien servi.

— Je vais le voir tout de suite ?

— On est pressé ?

— Non. Oui. Je préférerais.

— Ben on attendra. Le commissaire, quand il a des matins libres, il va à la messe.

Et pas n'importe laquelle. La messe chantée de Saint-Eustache. Le commissaire Apenôtre, Adeline pour son mari, Linou pour son amant, aime l'encens, les belles voix et le *credo* en latin. Elle s'assied toujours au bord du second rang, côté chaire. La vue sur l'autel y est excellente et les fumées dispensées par l'encensoir la nimbent même quand l'enfant de chœur s'y prend mal. Pendant une heure, le commissaire oublie les tracas du service. Le regard perdu dans les plis de l'aube de l'officiant, elle se déchausse, gigote des orteils et fait mentalement des listes. Liste des vêtements d'hiver à récupérer dans la cave. Liste des médicaments à se faire prescrire par le médecin de famille en prévision des otites, bronchites et angines saisonnières. Liste des cadeaux de Noël qu'il vaut mieux acheter dès novembre pour éviter la foule. Liste des réparations et améliorations annuelles du pavillon, à discuter avec Alain, son mari, vendredi prochain. Lorsqu'elle n'est pas de permanence rue de la Goutte-d'Or, le commissaire Apenôtre prend le train de quinze heures vingt gare Montparnasse, qui la met à Poitiers une heure trente-huit plus tard. Son père, ancien cheminot nostalgique, l'attend devant la locomotive, son vieux sifflet de chef de quai autour du cou.

Ensemble ils vont chercher les garçons à la sortie de l'école, seize heures quarante-cinq pour les deux petits, dix-sept heures pour les aînés.

Adeline Apenôtre a l'obsession des horaires et la passion des pendules. Elle les collectionne, alignées sur des planchettes molletonnées dans les tiroirs d'un semainier chiné à la brocante de Blois, ou accrochées dans le couloir qui mène à sa chambre. Ses doubles mois de salaire y passent, et parfois elle pioche en cachette dans le compte épargne des enfants. Elle en a de diverses formes, de diverses tailles, de diverses époques, certaines réellement précieuses, d'autres achetées à bas prix dans les foires. Toutes donnent l'heure à la minute près. Elle les vérifie méticuleusement chaque semaine, et à la moindre défaillance se rue chez l'horloger comme elle emmènerait un de ses fils chez le pédiatre. Son mari se félicite de cette marotte. Une femme qui s'amuse ne court pas le guilledou et ne fait pas de dépression. Lui construit des maquettes dans le garage reconverti en atelier. Avions, bateaux, chaque fois plus grands et plus compliqués. Il a gagné plusieurs concours régionaux et médite de passer à l'échelon national. Vaste ambition, sujet inépuisable pour les dimanches pluvieux. Sa femme et ses enfants le soutiennent. Il sait qu'il ira loin. Pas un instant il ne soupçonne que son Adeline puisse chercher ailleurs des satisfactions qu'il est certain de lui donner. Une étreinte mensuelle lui suffit, il pense qu'elle s'en contente aussi. Les femmes ont moins de besoins sexuels que les hommes, c'est connu, surtout en vieillissant, surtout après les grossesses. De retour à la maison, le commissaire Apenôtre embrasse sur les deux joues ce mari idéal, passe la revue des notes, distribue les corvées du week-end, ouvre le robinet de la douche et s'enferme dans la salle de bains pour donner un coup de fil au bureau où l'officier de police Nicolat regarde le dernier *Julie Lescaut* qu'elle lui a enregistré. Nicolat est le seul homme qui ait jamais osé appeler le commissaire « Linou ». C'est pour ça, et aussi pour ses imitations d'Aznavour et de Johnny, qu'elle continue avec lui. Moins souvent et moins acrobatique, mais quand même, elle continue. Nicolat l'idolâtre et sa fidélité lui tient lieu d'intelligence. Dans la police, la fidélité, c'est une valeur. Quand elle ne cuisine pas les délinquants du 18e arrondissement et qu'elle ne s'entraîne pas au trapèze volant avec son fidèle adjoint, Adeline Apenôtre est une femme très rangée. Elle vient de Richelieu, une bourgade des pays de Loire, climat lénifiant et château historique, et parle toujours de « monter à Paris », ce qu'elle fait en seconde classe et caoutchoucs par-dessus des escarpins trop étroits qu'elle ôte sous toutes les tables. Elle s'habille sur catalogue pour ne pas avoir à demander du 46 dans les magasins, porte un carré lisse et un maquillage pastel, enfin se penche avec le même enthousiasme militant sur les rubriques juridiques du *Particulier* et les ouvrages de Paulo Coelho. Elle a de l'énergie et des conseils à revendre, dont elle abreuve, asperge, inonde sa famille, ses voisins, ses gardiens de la paix et ses partenaires de tarot au Club des Dames du Cardinal. Dans le car de six heures trente-six pour Poitiers-Centre, ses quatre enfants rêvent d'être pensionnaires à la montagne. Dans sa Mégane de fonction, son mari rêve de gagner un séjour single au Club Med. Dans leur résidence « Les Pâquerettes », ses parents rêvent qu'elle cesse de leur téléphoner au moment du feuilleton pour leur faire raconter par le menu leur journée exactement semblable à la veille. Adeline est une mère, une épouse, une fille irréprochable

Quand, à douze heures douze, le commissaire Apenôtre pousse la porte avec un bel élan nourri d'orgues et d'encens, le gardien de la paix Laffite ne peut s'empêcher de piquer du nez vers ses pieds.

— Vous savez, patronne, à Paris vous devez être la seule à porter des caoutchoucs.

— Mais comment ! C'est très pratique quand il pleut à la sortie de l'église ! Comparez mes chaussures et les vôtres ! Alors ?

La patronne a le triomphe solaire. Il suffit de lui donner raison pour la voir rayonner. Au sens strict son visage large et plat, ses grands yeux bleus, sa gorge rebondie, ses mains courtaudes et toujours agitées rayonnent. Il fait soudainement plus chaud auprès d'elle. En hiver, les gens se rapprochent ; en été, ils s'écartent.

— Aidez-moi plutôt, Laffite. Le droit coince.

Le bonhomme s'accroupit et tire. Le mocassin part avec le caoutchouc. Le commissaire retient un juron. Laffite se fend d'un genou en terre, façon chevalier, et rechausse la patronne façon Cendrillon. Nicolat passe une tête.

— Oh, Château Laffite, tu te crois où ? Commissaire, j'ai un gros poisson pour vous dans le panier.

Adeline Apenôtre soupire. Elle aime son métier mais aujourd'hui, elle aurait préféré la balançoire.

— Gros comment ?

— Homicide.

— Flagrant délit ?

— Dénonciation. Mais du sérieux, enfin à ce qu'y semble.

— Crapuleux ? On connaît ?

— Plutôt passionnel, et pas de chez nous. Un chirurgien top classe, Monceau, Neuilly, qu'aurait refroidi son rival. Le cadavre, c'est Clignancourt qui l'a ramassé, secteur Martyrs. Un toxico défenestré, on allait classer suicide et puis la petite est venue cracher le morceau.

— La petite ?

— Leur môme à tous les deux. Au docteur et au camé. Sa déposition est sur votre bureau. Je vous monte le gars ?

— Il est calme ?

— Trop.

— Il a demandé un avocat ?

— Nan. Il dit que ça changerait rien. Il dit que de toute manière son histoire pouvait pas finir autrement.

— Il a l'air allumé ?

— Moi, je trouve pas. Mais sa femme veut le faire envoyer à Sainte-Anne.

— Classique.

— Elle a déposé, même chose, j'ai mis sur votre bureau. Mais elle veut vous parler à tout prix. Elle dit qu'il a pété les plombs, qu'il se croit au Moyen Age avec un ancêtre à elle.

— Super.

Le commissaire Apenôtre lève les yeux au ciel. Le plafond s'écaille de plus en plus, si les crédits tardent encore, elle demandera à son mari de venir jouer du pinceau. Dans la police, on paie de sa personne et même de celle des autres.

— Et à moi, il a dit que le mec il l'avait bien tué, mais

en 1228. Je l'ai interrogé pour vous avancer le travail, et il répétait que ça : 1228. C'est quoi, 1228 ?

— Philippe-Auguste, je crois. Ça promet. Bon. S'il s'agite, tu me le mets en cellule de dégrisement. Moi je me change, je lis leur courrier du cœur, et tu me les amènes. Elle est comment, la femme ?

— Genre têtu, mais digne. Deux petites filles. Des chous. Elle a demandé si vous aviez des enfants, j'ai dit quatre, alors elle a dit : « Le commissaire comprendra, j'attends. »

Adeline Apenôtre sourit. Elle a un faible pour les épouses trompées. Quand on les attire sur leur pente, elles en racontent toujours plus qu'elles n'avaient prévu.

— Lui d'abord, en bas. Elle, tu me la montes.

Il est grand. Même assis, il est grand. Et quand il se lève, la cellule où tiennent six hommes normaux rétrécit aux dimensions d'un carton à chaussures. Il tend ses poignets à Nicolat, qui lui passe les menottes. Il paraît fatigué, triste, mais effectivement calme. Un colosse débonnaire. Le commissaire note le pantalon froissé, la veste de bonne coupe qui semble avoir servi de serpillière, le col de chemise avachi et maculé de traces verdâtres. Les pieds nus dans des chaussures anglaises bien cirées. La barbe de deux, trois jours, accuse des traits plutôt ronds, presque gras, et les ombre de brutalité. Curieux mélange. Hérisson garde les yeux baissés sur ses mains. Quand, à la sortie de la cage, il les lève sur elle, Adeline Apenôtre y déchiffre une surprise qui ne lui déplaît pas. Elle se redresse de manière à ce que sa poitrine distende le chandail bleu nuit cousu des galons qui attestent son grade.

— Eh oui, le commissaire est une femme. Suivez-moi, monsieur.

Ils entrent dans la petite pièce aveugle où se déroulent habituellement les premiers entretiens. Elle s'assied. Il reste debout, les bras ballants, l'air d'un visiteur un jour de veillée mortuaire.

— Vous pouvez vous asseoir.

Il s'affaisse sur la chaise qu'elle lui indique. Maintenant il semble oppressé. Son regard cherche une fenêtre, n'en trouve pas, glisse le long des murs nus, s'enroule aux pieds métalliques du bureau, remonte jusqu'au code pénal posé dessus et reste là, frémissant de cils très noirs et très fournis. Le reste du corps est parfaitement immobile. Le commissaire Apenôtre remarque les mains immenses et crasseuses, posées sur les genoux comme des oiseaux abattus.

— Monsieur Hérisson, c'est cela ? Jacques Hérisson ?

Il hoche la tête sans répondre.

— Vous savez pourquoi on vous a arrêté ?

Il hoche à nouveau.

— On vous a lu vos droits. Vous avez déposé ?

Il a.

— J'ai examiné votre déposition. Elle est spéciale, votre déposition, c'est le moins qu'on puisse dire. Vous la confirmez ?

Il confirme.

— Monsieur Hérisson, ne jouons pas au plus fin. Dans la police, on croit rarement aux contes de fées. Qu'avez-vous fait dans la nuit du 31 au 1er ?

— Je suis sorti de l'hôtel. J'ai poussé la porte du cloître.

— L'abbaye n'était pas fermée à clef ?

— J'ai suivi les moines qui se rendaient à l'église pour la veillée de Toussaint.

— Et de l'église, vous êtes passé dans le cloître ? C'est cela ?

— Oui. J'y ai retrouvé Thomas.

— Thomas Landman ?

— Je ne connais qu'un Thomas.

— Vous aviez rendez-vous ?

— D'une certaine manière, oui.

— De quelle manière ?

— Je voulais lui dire que je lui pardonnais d'avoir aimé Eve mieux que moi.

— Vous parlez de Mlle Ebey ?

Il ne répond pas à la question. Il a un regard étrange, comme tourné vers l'intérieur de lui-même. Il poursuit :

— Je voulais l'embrasser, je voulais que nous nous libérions l'un de l'autre.

— Et puis ?

— Je l'ai poussé du haut de la terrasse.

— Monsieur Hérisson, je répète autrement ma question. Avec qui avez-vous passé la nuit de lundi à mardi ?

— Avec Thomas.

— Avec M. Landman ? Mlle Ebey a déclaré que vous aviez pris une chambre ensemble à la Mère Poulard, un hôtel du Mont-Saint-Michel. Vous étiez donc tous les deux ? Ou peut-être tous les trois ?

— Elle vous a parlé des visages dans le cloître ?

— Quels visages ?

— Thomas et moi. Nos portraits dans la frise de pierre, en haut des colonnes.

— Monsieur Hérisson, où est-ce que vous essayez de m'embarquer ?

Jacques relève la tête. Il a des marques sombres sous les pommettes et une expression absolument sincère.

— Là où j'étais, commissaire.

— Cette nuit-là ?

— Cette nuit-là, et pendant les seize années qui nous ont menés, Thomas et moi, à cette nuit-là.

— Seize années ? Quelles années ?

— Du carême 1212 à la Toussaint 1228.

— Monsieur Hérisson, ne me prenez pas pour une idiote. Il faut environ quatre heures pour aller du Mont-Saint-Michel à la porte de la Chapelle. Mlle Ebey prétend que vous l'avez quittée vers neuf heures du soir, et que vous êtes réapparu dans la chambre vers cinq heures du matin. Juste assez de temps pour rentrer à Paris, défenestrer Thomas Landman et revenir.

— J'ai tué Thomas au Mont, pas à Paris.

— En 1228, c'est ça. Vous lisez beaucoup de romans de science-fiction ? La machine à remonter le temps, ce genre de choses ?

— Je ne lis presque pas.

— Monsieur Hérisson, vous m'avez pourtant l'air d'un homme raisonnable. Vous vous rendez bien compte que votre version des faits ne tient pas la route ?

— Puisque vous le dites.

— Mais ?

— Mais c'est ainsi que les choses se sont passées. J'ai

111

poussé Thomas dans le vide, ensuite je suis allé retrouver Eve à l'hôtel et je lui ai dit que je l'avais tué.

— Pourquoi cet aveu ? Vous auriez pu vous recoucher, passer vos deux journées comme vous l'aviez prévu, retourner avec elle à Paris et continuer de vous taire. La victime se droguait, l'enquête aurait probablement conclu au suicide.

— Je n'ai pas réfléchi. Je l'ai réveillée, et je lui ai dit.

— Vous lui avez dit quoi, exactement ?

— Que j'avais tué Thomas.

— En 1228 ?

— Que je l'avais tué, c'est tout.

— La déposition de Mlle Ebey ne mentionne ni le cloître, ni la terrasse, ni rien qui se rapporte au Moyen Age. Vous ne lui en avez pas parlé ?

— Non.

— Et pourquoi donc ?

— Elle ne voulait pas m'écouter.

— Monsieur Hérisson, le parti que vous prenez ne vous mènera nulle part. Votre histoire est absurde. Même vous, vous ne la suivez pas jusqu'au bout. Nous allons tout reprendre à zéro, et vous allez me dire ce qui s'est réellement passé.

— Votre réalité et la mienne ne seront jamais les mêmes, commissaire.

— Vous allez vous attirer de gros ennuis, vous savez. Vraiment gros. Vous voulez que je détaille ?

Il secoue la tête, il a l'air épuisé.

— Monsieur Hérisson. Les croisades, c'était il y a très, très longtemps. Personne, même pas votre avocat, ne vous prendra au sérieux.

Jacques sourit, un sourire indulgent qui lui creuse une fossette dans la joue gauche. Bien sûr, il ne pouvait pas s'attendre à ce qu'un commissaire de police comprenne. Un avocat non plus, il s'en doute. Qui pourrait comprendre ?

LE TOMBEAU du Christ. Qui ne s'est pas croisé ne peut avoir idée de ce que nous avons vécu. Nous étions des apôtres, des fous, des princes, des amants. À l'heure du départ, devant l'évêque en grand camail qui bénissait la foule prosternée, nous nous sentions élus. Des ailes nous poussaient, rien ne comptait, ni les mois de marche forcée, ni les rivières en crue, ni les précipices, ni les plaies, ni les flux de ventre, ni la soif. Notre effort se nourrissait de lui-même, notre élan nous portait dans une sorte d'ivresse jusque sous la première muraille. Et puis là, au pied des murs, c'était tout autre chose. Au pied des murs, quand sonne le premier assaut, vous ne reconnaissez plus votre amour. Vous pensez baiser le sol, remercier le Ciel, et voilà que confondu avec vos compagnons, vous n'êtes plus qu'un cri. Un sauvage, un inconcevable cri. Vous vous videz dans ce cri et il vous emplit. L'air devient poussière, il fait nuit, à chaque inspiration vous avalez votre mort. Vous ne voyez pas avec vos yeux mais avec votre peau. Votre peau noire et sanglante des cheveux aux talons, votre peau hérissée et puante qui crache sa peur et devine avant vous le coup.

114

Dans la touffeur extrême, vous tremblez de froid. Autour de vous, contre vous, tout est hâte terrifiée, fouillis de membres et de bâtons. Vous êtes seul, sourd. La tête plongée dans une eau lourde, vous vous noyez et de toutes vos forces vous repoussez l'étau qui vous enserre. Il faut courir comme une bête traquée : vous courez. Il faut grimper : vous grimpez. Il faut démolir en aveugle des pierres, des chevaux, des cuisses, des dos, des épaules, des crânes sans visage. Vous frappez, pointez, déchirez, arrachez ; le fauve en vous retrousse les babines et hurle sa folie. Vous êtes un géant déchaîné, un grain d'orge dans la meule, vous vomissez l'odeur de la poix, de la poudre, vous avez oublié Dieu. Vous hurlez sans parole, d'un cri qui vous étripe, qui vous met tout le dedans dehors, vous avez l'âme aux lèvres et vos lèvres saignent. Vous mourez. Chaque fois, à chaque assaut, vous mourez. Au milieu des mouches, des chiens, des corbeaux, des vautours. Sous le regard indicible des fillettes déflorées, des femmes éventrées, des garçons de votre âge qu'on mutile, qu'on empale. Les vieillards abattus sur leur seuil, pour rien, pour se venger de soi, vous suivent pas à pas. Ils ont les yeux crevés, les paupières séchées. Mâchoires scellées, poings dérisoires serrés, leur raideur vous guette et derrière vous chuchote : « Va, va, achève de te damner. » Vous êtes mort, vous allez. Dans les cendres, les ruines honteuses, les trésors saccagés, vous accolez vos compagnons et pillez, bâfrez, et violez avec eux. Vous allumez des bûchers, vous y jetez après des danses païennes vos sacrilèges et vos blasphèmes, vous vous lavez de vin et de plaisir brutal, la victoire pue à peine moins que la défaite mais vous ne sentez plus rien, le ciel tourne, votre cœur bat lourd, vous pourriez le prendre à pleines mains et le poser là, au milieu de la ronde. Les rires vous cinglent. Il semble qu'on vous crache dessus. Le diable au milieu du brasier a le sourire de Dieu.

Le reste, tout le reste, ce sont des mots. Les mots des gens d'Église, chapelains en cotte de mailles, évêques vêtus et coiffés de ce sang que vous venez de téter. Ils parlent de rédemption, d'éternité, d'humilité. Ils calment, ils bercent, mais ils n'apaisent pas. À l'heure où la bête cuve et lèche ses plaies, elle n'entend pas les anges. Les mots qu'elle réclame, les mots qui la touchent sont ceux des chefs, ceux des princes, ceux du roi. Des mots qui claquent, qui flattent, des mots chamarrés, parés de louanges et de promesses habiles à déguiser l'abrutissement et le deuil. Des mots que chacun boit comme il a bu l'alcool au soir de la bataille. Fiers, rudes, ils grisent juste assez pour guérir le dégoût de se retrouver soi, poisseux de fatigue et de crimes, soi, ni moins ni plus qu'avant l'effroyable mêlée, soi infiniment las et perclus, à panser ses blessures et à pleurer ses amis. Ces mots-là ont du corps et survivent à ceux qui les ont prononcés. On les garde en bouche, on se les ressert le lendemain, lorsque sonne à nouveau l'assaut. Mais ce ne sont que des mots. Devant l'épreuve, dans la fulgurance du choix, quand le passé s'embrase, s'écroule, gicle sur vos mains, quand votre avenir tient à un seul geste retenu ou lancé, ils ne vous sauvent pas.

À l'époque où j'ai connu Thomas, j'avais quitté les armes depuis deux ans, mais je restais un soldat. Ma diplomatie sentait l'épée, je n'aimais pas les mots. Je craignais qu'ils ne me trahissent, et que, d'une obscure manière, ils n'eussent raison contre moi. Expliquer, c'est toujours mentir, à dessein ou par défaut. Même sincère, on est incomplet, à côté, en deçà ou au-delà. Ma pensée à moi, qui s'était formée avec mon bras, s'exprimait comme lui. Rassemblée, aux aguets, elle pressentait, elle devançait, elle parait, elle ajustait. Ensuite elle assenait ce qui sur l'instant était pour moi la vérité. Quand on procède ainsi, on ne peut se perdre en chemin. Il n'y a ni brouillard, ni détour, ni dérobade. J'ignorais le doute, le remords, les regrets. J'étais un homme de foi.

LES deux femmes se dévisagent. Priscille, tailleur-pantalon beige, cheveux lisses, le corps et le regard tendus en arc. Adeline Apenôtre, massive, musclée, les yeux attentifs, les coudes posés sur les papiers qui couvrent sa table. Derrière elle, sur un casier mobile, un magnétophone joue du Bach.

— Merci de me recevoir, commissaire. Mon mari n'est pas un assassin.

— Asseyez-vous, madame.

— Il suffit de regarder Jacques pour savoir qu'il est incapable de tuer.

— On est rarement ce dont on a l'air, madame. Au stade où nous en sommes, je vois seulement qu'il y a eu un décès qui ne semble pas accidentel, et auquel votre mari semble lié de très près. Mlle Ebey, qui vivait avec la victime, est venue le dénoncer, et votre mari lui-même s'accuse du meurtre.

— Il est devenu fou. Cette fille l'a rendu fou.

— Vous saviez que votre mari avait une liaison ?

— Jusqu'à ce matin, non.

118

Priscille serre ses bras autour d'elle. Elle porte un très joli bracelet. Son sac, qu'elle tenait sur ses genoux, tombe. Elle le ramasse, l'ouvre, le referme, le repose. Ses yeux se mouillent. Elle respire, croise ses mains sur ses cuisses. Son rimmel a coulé. Il lui donne un air meurtri qui contraste avec sa raideur. Le commissaire Apenôtre tend le bras vers le magnétophone, qui s'est arrêté, et change la cassette de face.

— Bach, ça aide. Surtout *Le Clavier bien tempéré*. Rigueur et fluidité. Mais les jours de fête religieuse, je passe toujours la *Messe en si*. Ça ne vous dérange pas ?

Priscille cligne des paupières. Cette sensation d'irréalité, contre laquelle elle lutte depuis qu'elle est entrée dans le commissariat, cette sensation d'être au spectacle qui ne veut pas passer.

— Non. Au contraire.

Et elle ajoute très vite, avec l'impression qu'une autre emprunte sa voix :

— Commissaire, je voudrais vous parler de mon mari. Je voudrais vous en parler pour que vous compreniez qui est Jacques Hérisson, que vous avez arrêté. Nous sommes une famille, commissaire. Mon mari est un homme respectable. Un chirurgien très estimé. Un excellent père.

— Il a avoué un meurtre, madame.

— Il n'est pas responsable. Il n'est plus lui-même. C'est ça que je veux vous faire comprendre.

— Depuis combien d'années connaissez-vous Jacques Hérisson, madame ?

— Neuf ans. Ce sera peut-être un peu long, mais c'est vraiment important. Mon mari n'est pas celui que vous croyez.

— Je ne crois rien, madame.

— S'il vous plaît, commissaire.

Dans le ton de Priscille, Adeline Apenôtre entend ce qu'elle attendait. La femme aux abois, qui va tout déballer. Elle se cale dans son fauteuil tournant et hoche la tête avec une bonhomie qui se veut encourageante.

— Je vous écoute.

— Nous nous sommes rencontrés pendant nos études. Jacques finissait son internat. Il était raisonnable, responsable. Il m'a fait la cour.

— Il a été votre premier homme ?

Priscille hésite.

— Madame Hérisson, ici, on ne fait pas du point de croix. Si vous voulez aider votre mari, il vaut mieux laisser votre pudeur au vestiaire. Alors ?

— Jacques était quasiment le premier. J'avais un peu peur des hommes.

— Vous aviez subi des violences ?

— Non. C'était comme ça.

Priscille pense : « C'est de papa que j'avais peur », et enchaîne :

— Je ne cherchais pas la passion mais une union durable. L'harmonie plutôt que des paroxysmes. Jacques entrait bien dans ce paysage. Il était très viril, très rassurant. Il semblait promis à une brillante carrière – il hésitait alors entre chirurgie réparatrice et chirurgie esthétique, en définitive, il a concilié les deux –, il avait des mains de pianiste et des manières aisément perfectibles, ce en quoi je me suis efforcée de l'aider. Je lui ai apporté ce que j'étais. Une « jeune fille de bonne famille », comme on dit. Nous aimions tous les deux les romans anglais, les chevaux, les plages bretonnes, les bons vins. Nous voulions ce que veulent, je suppose, tous les couples de notre genre : trois beaux enfants, un grand appartement où recevoir commodément, une dévouée Philippine à plein temps, un manoir dans une région desservie par le TGV et un voyage pour nos anniversaires respectifs. Un peu image d'Épinal, mais dans nos milieux, on se renie rarement. Je continue ?

— Je vous en prie.

— Mes parents ont refusé Jacques d'emblée. Sans le connaître, simplement sur la description que je faisais de lui. Une Marne épouser un Hérisson ! Le problème avec ma mère, c'est qu'elle a l'intransigeance de mon père, la vertu en plus et l'intelligence en moins. Ils ont menacé de me déshériter. Mon père avait un salaire médiocre, mais un patrimoine immobilier conséquent, pour moitié à Paris en immeubles de rapport, pour le reste en province, bois, vignes et plusieurs châteaux. Ma mère, elle, possédait l'appartement de la rue de Lille où nous avons emménagé après la naissance de mon frère cadet. De très beaux meubles, de très beaux livres, des rideaux à embrasses, de l'argenterie aux armes, d'immenses tapis qui étouffaient les pas. Dans cet appartement où mes parents habitent toujours, les enfants tournaient leur langue sept fois dans leur bouche et ne regardaient la télévision que le dimanche après-midi. Un western, généralement. À table, quand j'oubliais de croiser les mains au bord de mon assiette et que j'arrondissais le dos, mon père m'attachait une cravache en travers des épaules. Je me souviens d'avoir passé le printemps 1968 en Normandie, chez ma grand-mère, avec ma sœur. J'avais quatorze ans, elle douze. Comme on ne nous donnait à lire que *Point de Vue,* et que ma grand-

121

mère ne parlait avec nous que de la comtesse de Ségur et de saint François d'Assise, nous n'avions pas idée de ce qui se tramait à Paris. Lorsque nous sommes rentrées, en quelques mois nos camarades avaient grandi de deux ou trois années. Je ne suis pas sûre que nous les ayons jamais rattrapées. Cette enfance peut prêter à sourire, mais je ne la renie pas. La vie de mes parents et l'éducation qu'ils m'ont donnée répondent à une logique. Dans le monde d'aujourd'hui, ce n'est pas si fréquent. En épousant Jacques, j'espérais donner moi aussi une cohérence à ma vie, j'espérais pouvoir me dire dans ma vieillesse : oui, les choses sont en leur ordre, c'est ainsi que je devais les vivre.

— Vous vous êtes malgré tout mariée en opposition avec vos parents ?

— Ils ne me l'ont pas pardonné. Jacques est un enfant adopté. Une adoption plénière, il n'y a jamais eu moyen d'obtenir la moindre information sur ses antécédents. Mes parents ne supportaient pas l'idée que le père de leurs futurs descendants soit possiblement le fruit d'une prostitution, d'un viol, d'un inceste ou même d'un simple adultère. En plus Jacques est très brun, les yeux verts et très brun, ce qui pouvait cacher une ascendance juive ou manouche. Sans parler d'éventuelles tares génétiquement transmissibles, dans le genre hémophilie ou déséquilibre mental.

— Mais vous avez tenu bon. Vous aimiez votre mari.

— Je l'avais choisi.

— Et vous avez été heureux ensemble ?

— Oui.

— Depuis combien de temps êtes-vous mariée ?

— Huit ans. Bizarrement, j'ai moins de souvenirs de ma

vie de couple que de mon enfance ou de mon adolescence. À part la naissance de nos filles, deux berceaux blancs au milieu d'une grande chambre où nous baissions la voix, à part ces moments-là, tout est fondu, tout est flou. Jacques travaillait beaucoup. Il aimait son métier, la précision de son métier, son utilité, et aussi le fait qu'il se pratiquait en silence. Jacques était affable, bon vivant mais pas très liant, en tout cas pas très causant. Moi, je coulais des jours tranquilles. Son égalité d'humeur empêchait que nous nous disputions sur ces détails stupides qui pavent l'enfer des couples, il gagnait assez pour que notre situation matérielle soit telle que nous l'avions souhaitée, il dînait tous les soirs à la maison, il jouait avec les enfants, il engraissait moins que ses confrères et il me faisait l'amour une fois par semaine, ce qui, dans un cadre conjugal, est une moyenne enviable. Je ne vous choque pas, j'espère ?

– J'allais vous demander comment les choses se passaient au lit.

– Bien. Comme le reste, bien. Mes amies m'enviaient. Leurs maris à elles cumulaient tous les défauts. Lâches, égoïstes, coureurs, paresseux, violents, veules, goujats, paniers percés, maniaques, tyranniques, radins, que sais-je encore. Elles méditaient des vengeances sanglantes et finissaient l'hiver aux Maldives ou en cure de sommeil à l'Hôpital Américain. Beaucoup avaient des amants, mariés pour la plupart à des femmes qui ressemblaient comme des sœurs à leurs maîtresses, le piment de la transgression en moins, l'aigreur des déceptions mutuelles en plus. Ce petit monde passait des vacances au Cap Skiring, à Courchevel, en Corse. Histoire d'exaspérer les tensions, de chauffer le venin des plaisirs dérobés et de bien gratter ses plaies. Je recueillais les confidences, mais je ne me sentais pas concernée. Je n'arrive pas à comprendre qu'on pleurniche devant son miroir quand on est si gâté. Des caprices. Des caprices qui engraissent des psychothérapeutes à cinq cents francs de l'heure.

Le commissaire Apenôtre sourit. Priscille n'est pas à proprement parler sympathique, mais elle lui plaît bien. Une femme qui trace sa vie à la règle. Une femme qui ne se plaint pas. La dignité est une manière de courage. Elle hoche la tête.

– Je suis d'accord avec vous.

– N'est-ce pas ? Mes amies me serinaient que l'âge vient sans prévenir, ces rides ici, ces sillons là, que j'allais me réveiller toute fripée, qu'il fallait profiter de la vie et connaître la passion avant que le temps du désir soit passé. Leurs adultères ridaient ces amies plus sûrement que l'indifférence de leur mari et, en costume de bain, je leur trouvais la cuisse nettement plus flasque que moi. Je pense qu'un bon professeur de gymnastique fait plus de bien, au moral et au physique, qu'un amant.

– Vous avez trompé votre mari ?

Priscille hésite.

– À peine. Rien d'important.

– C'est ce que disent habituellement les hommes. Vous l'avez trompé souvent ?

– Deux fois. La première, avant notre mariage. Insignifiant. La deuxième, le soir de mes quarante ans. Un pari avec moi-même, une espèce de défi.

– Mais encore ?

– Jacques était de garde à l'hôpital et mes filles en vacances. Mes amies avaient organisé une fête en mon honneur. J'ai un peu bu, en tout cas plus que d'habitude. Dans ma tête, une cloche sonnait, quarante ans, quarante ans, c'est le début de la fin. La fin de quelque chose, oui, cela je le sentais bien, mais le début de quoi ? Un garçon me regardait rire et danser. Il était jeune, beaucoup plus jeune que moi. Pas très grand, beaucoup moins grand que Jacques, le type brésilien et vaguement canaille, les cheveux en catogan, un sourire de vampire à minuit. Il portait un débardeur noir sur des épaules carrées et il sentait un de ces parfums musqués qui tournent la tête aux femmes. Ma tête a tourné. Nous avons à peine parlé, à peine dansé. Ses yeux s'étaient posés sur moi, nos mains s'étaient touchées, la chose était entendue. Il m'a suivie chez moi. Je ne l'en ai pas prié, pas dissuadé non plus. Un taxi, un ascenseur, une porte. Dans l'entrée, il m'a prise dans ses bras. Tout semblait si naturel. J'ai simplement dit : « Et maintenant ? » Il m'a embrassée. J'ai ajouté, sans mesurer le ridicule de la situation : « Je ne vous garde pas cette nuit. » Il a souri encore. Il avait des dents de loup, aiguës, très blanches.

— C'est tout ?

— Non. Bien sûr il est resté, mais pas toute la nuit. Je déteste dormir avec un homme. L'impudeur du sommeil. Le désordre, l'abandon du sommeil. Il faut beaucoup d'indulgence pour supporter ce que révèlent un visage et un corps endormis. Les relâchements, les moiteurs, les odeurs, les bruits. Jacques et moi avions chacun notre chambre. Je ne l'entendais pas ronfler, mon premier regard ne le découvrait pas hirsute, l'œil encore poisseux de rêves où je n'avais aucune part. À ma demande, le garçon s'est donc relevé. Il a fumé une cigarette, debout près de la fenêtre, splendidement nu, parfaitement animal. En silence, comme si je n'étais pas là. Ensuite il s'est s'étiré, toujours nu, à croupetons sur la moquette, pour, disait-il, se « dénouer » la colonne vertébrale. Son impudeur m'a saisie. Nous n'étions pas intimes, nous n'étions pas amoureux, nous n'étions rien. Amant signifie « qui aime et se sait aimé ». Nous nous étions pris sans nous toucher vraiment, en tout cas sans nous atteindre, nous ne nous connaissions et ne nous chérissions pas plus après qu'avant. J'aurais voulu lui crier qu'il me choquait, qu'il me décevait, le faire rougir, lui arracher des confidences, griffer son indifférence repue pour, je suppose, laisser sur sa peau, dans son cœur, une trace de moi. Je n'ai pas pu. Je n'ai pas osé lui reprocher de n'être pas tombé amoureux de moi. Il s'est rhabillé, il a effleuré ma bouche d'un baiser de gigolo et il est parti. J'ai avalé un cachet pour m'endormir rapidement. Nous avons passé ensemble une seconde nuit, semblable à la première, désir et indifférence confondus au point qu'en sortant de ses bras, je ne savais qui, de lui ou de moi, je devais plaindre ou mépriser. Le matin qui a suivi, devant ma glace, je me suis trouvée pochée et pitoyable. Je me sentais comme un acteur honorable égaré dans un porno. Je me souvenais de ma nudité pas si flatteuse, de mes soupirs un peu forcés et, autant l'avouer, de la médiocrité de mon plaisir. Mais tout cela me semblait avoir été vécu par une autre que moi. Moi, j'étais Priscille de Marne, Priscille Hérisson. L'autre, celle qui avait entraîné un inconnu chez elle pour s'offrir sans être aimée, je ne la reconnaissais pas, je ne voulais pas la connaître. Je me suis juré de ne jamais renouveler l'expérience et j'ai pris un kiné à domicile. Mon ventre est redevenu plat et mes idées saines. Même Jacques me trouvait rajeunie, ce dont je me serais bien passée.

–Vous ne le désiriez plus ?

– Il s'empâtait. Je l'estimais, je n'avais rien à lui reprocher, mais c'est vrai, il m'attirait moins. Ce qui ne posait
pas vraiment problème parce qu'il avait peu de temps à
me consacrer. Vers quarante-cinq ans, un homme doué
touche au faîte de sa carrière, et Jacques était un bon, un
excellent chirurgien. Outre ses responsabilités à l'hôpital et
dans les deux cliniques où il opérait sa clientèle privée, il
y avait les congrès, les publications et une correspondance
fournie avec les universités étrangères qui l'invitaient régulièrement. Jacques allait au Japon, en Allemagne, aux États-
Unis. Il donnait des conférences. Chaque fois, il remplissait
les salles. Je ne dirais pas que j'étais fière, sans doute parce
que ces succès me paraissaient naturels, mais j'étais satisfaite. Le choix que j'avais fait de lui m'avait coûté, mais
c'était un bon choix. Nous étions un beau couple, un bon
couple. Un couple tel que je l'avais voulu, tel que je m'étais
appliquée à le construire. Solide, soudé par ces riens qui
tissent la vie et permettent de vieillir à deux. Mes parents
pouvaient m'ignorer, je savais que mon mariage valait le
leur, et même mieux que le leur.

On toque à la porte. Nicolat passe deux joues rasées de
frais et une moue embêtée.

– Commissaire, faudrait faire fissa.

Adeline Apenôtre prend sa mine sévère.

– Quoi ?

Nicolat montre du menton Priscille qui se mouche avec
délicatesse. Le commissaire fait le tour du bureau. Son
pantalon d'uniforme lui moule des hanches de Walkyrie.
En s'approchant de Nicolat, elle rentre instinctivement
l'estomac. Il lui souffle :

— En bas, ça cogne contre les barreaux. Fort.

— 1228 ?

— Ouais. Je le dégage ?

— I3P. Salviat est de garde. C'est un bon.

Priscille s'est retournée.

— I3P ? C'est pour mon mari ?

— Oui. Il s'agite un peu.

— C'est un calmant ? Il est médecin, il ne prendra pas n'importe quoi.

— On s'en occupe. Merci, Nicolat.

Le commissaire se rassied.

— Le comportement de votre mari n'avait pas changé, ces derniers temps ? Vous ne vous doutiez pas qu'il avait une maîtresse ?

— Non. Il était peut-être un peu plus distrait que d'habitude. Il se plaignait d'un sommeil capricieux, d'insomnies, de cauchemars.

— Vous aviez toujours des rapports ?

— Rarement, mais ça m'arrangeait plutôt. De temps en temps, il demandait à dormir avec moi. Quand je refusais, il prenait un air vague et il n'insistait pas. Il avait au coin des yeux un genre d'eczéma qu'il ne voulait pas soigner. J'insistais, mais il répondait : « C'est nerveux, ça passera comme c'est venu. » Il regardait beaucoup la télévision. Surtout les reportages qui passent à des heures impossibles et qui décrivent avec des images atroces la misère et les turpitudes d'aujourd'hui. Les gosses des rues, le trafic des femmes. Cette complaisance à reluquer les tares de la planète avait quelque chose de dérangeant, presque d'obscène. À deux ou trois reprises, je l'ai asticoté là-dessus. Il prenait le même air vague que lorsque je lui refusais mon lit. En fait, maintenant que j'y réfléchis, c'était bizarre, ce visage. Vous savez ce que c'est, quand on vit depuis longtemps avec quelqu'un, on ne le regarde plus. Et puis à part son eczéma, non, il n'avait pas changé. Il organisait nos vacances, il choisissait d'excellents investissements financiers, il prenait des places de théâtre. En revenant de nos soirées, il passait un moment dans la bibliothèque. Généralement assez long. Je m'endormais sans l'attendre. Mais je crois qu'il venait m'embrasser sur le front avant de gagner sa chambre. Il se levait tôt, il ne découchait que pour ses gardes de nuit et rentrait se changer à la maison. Nous recevions beaucoup et mes amies me jalousaient toujours. En apparence, vraiment, tout allait bien.

— Et puis ?

— Et puis, la semaine dernière, Jacques m'a parlé d'un congrès à cheval sur le pont de la Toussaint. Je n'ai pas demandé où. J'avais confiance en lui, je ne demandais jamais. J'aimais assez qu'il parte, je m'occupais de mon côté. J'avais planifié un programme, piscine, coiffeur, shopping, plus un petit régime, bouillon de légumes et biscottes, je voulais passer de cinquante-huit à cinquante-six kilos. J'étais joyeuse, pourquoi est-ce que je n'aurais pas été joyeuse ? Jacques est parti dimanche après le déjeuner. Je ne me suis pas inquiétée, à quoi bon se ronger les sangs, on est toujours assez tôt averti d'une nouvelle désagréable. Je dînais chez des amis, je suis rentrée tard, j'ai oublié de relever le répondeur. Lundi, toujours pas de nouvelles. Les filles m'ont demandé si leur père serait de retour pour le spectacle de marionnettes qu'elles répétaient. J'ai répondu : bien sûr, sans penser plus loin. Le soir, rien. Là, j'ai remarqué. Mon mari avait oublié son portable, je ne savais pas où le joindre. Je me suis dit qu'il appellerait s'il avait besoin de quelque chose, et j'ai regardé le film de Canal Plus au lit. Un très bon film, d'ailleurs.

— *Le Limier.* Je l'ai vu aussi.

— Jacques est revenu cette nuit. Il a ouvert grand la fenêtre, j'ai allumé et j'ai toussé. Il m'a commandé d'éteindre. Une drôle de voix rauque. Comme je ne réagissais pas assez vite, il est venu à mon chevet et a éteint lui-même. J'ai aperçu son visage... tout en saillies, avec des yeux brûlants et enfoncés, les joues mangées par une saleté de barbe noire qui lui donnait l'air d'un vagabond en quête d'un mauvais coup. Il avait les lèvres gercées, avec au milieu une grosse croûte encore fraîche. Il est retourné près de la fenêtre, il l'a refermée, il s'est adossé à la vitre et il a dit :

— Priscille, écoute-moi.

La chambre était sombre, mais je le voyais encore. Sa bouche blessée. Ses cheveux emmêlés, collés sur les tempes. Sa pâleur d'homme qui a commis l'irréparable et attend la sanction. La sanction. C'est ce mot-là qui m'est venu à l'esprit. Qui sonnait dans ma tête, dans le noir de cette pièce où un inconnu qui était mon mari allait m'avouer une chose à laquelle rien ne m'avait préparée. Il était entré par effraction dans mon sommeil et, je le sentais bien, il allait violenter ma vie. Je la voyais tout entière, ma vie. Elle ressemblait aux joues de mes filles. Elle était lisse, elle était pleine. J'ai pensé : Surtout, qu'il ne nous abîme pas. Je ne savais pas comment arrêter le temps, revenir en arrière, alors j'ai juste dit : « Va prendre une douche. Je t'en prie. » Jacques est venu jusqu'au lit. Il est resté là, contre le matelas. Il sentait mauvais, une odeur de sueur, de vase, de crasse. Il s'est penché, sa main a cherché la mienne. Ses doigts étaient glacés. J'ai eu un mouvement de recul. J'ai remonté le drap. Il s'est redressé. Quelques secondes je ne l'ai plus entendu respirer. Il s'était tourné vers la fenêtre. C'est en regardant cette fenêtre, ce jour grisaillant, qu'il m'a tout raconté.

— Qu'il vous a tout raconté ?

— Il avait une liaison depuis plus d'un an. Une femme qu'il connaissait depuis mille ans. Il n'y pouvait rien et ce qui devait arriver était arrivé, dans la nuit de lundi à mardi, il avait tué un homme. L'amant de cette femme. Il avait avoué ce crime à sa maîtresse comme il me l'avouait maintenant. Ensuite, il avait voulu mourir. Les sables mouvants, le glaive de saint Michel brandi au-dessus de la baie et la mer qui montait. Mais le « Peseur d'âmes » n'avait pas voulu de lui. On l'avait repêché, rejeté dans cette vie qui n'était plus la sienne. Il avait perdu cette femme aimée depuis huit siècles. Il avait perdu la vérité qui soutenait ses pas.

— Vous l'avez cru ?

— J'ai essayé, je vous promets. J'ai essayé de comprendre. Je sais que les hommes ont des coups de tête, des coups de sang, et qu'un mariage dure rarement sans quelques compromis. Mais là, c'était autre chose. Il n'arrêtait plus, comme un disque rayé il continuait avec ses histoires abracadabrantes : le cloître et l'archange, l'Eve du XIII⁰ siècle qui était comédienne aujourd'hui, la volonté de pardon qui s'était changée en meurtre, le nécessaire châtiment, et encore les croisades, et encore l'abbaye du Mont-Saint-Michel. Il avait combattu auprès de mon ancêtre Gilbert de Marne devant la forteresse d'Acre. Il ne se pardonnait pas les enfants cathares brûlés vifs dans leurs églises. De ses mains, il avait sculpté tout un jardin de pierre. Le vent salé saoule mieux que le vent du désert. L'odeur de l'herbe foulée resterait à jamais celle de l'amour enfui. Et je voyais l'aiguille de la pendule tourner, et je le regardais dans son fauteuil en cuir, avec sa mine à l'envers et son odeur de fauve, qui serrait ses mains noires en regardant dans le vide, et je me disais : Ça y est, il a craqué, c'est fini, il a craqué.

— Pourquoi fini ?

— Je ne sais pas. Je sentais que c'était fini.

— Vous croyez votre mari coupable du crime dont il s'accuse ?

— Non. Jacques force le cerf à cheval, mais il n'étranglerait pas un poulet. C'est un doux. Son système nerveux a disjoncté, tout ce qu'il raconte se passe dans un délire, une autre réalité. Ces choses-là arrivent, quand on passe la limite de ses forces. Jacques se surmène depuis des années. Il opère jour et nuit, il accepte toutes les urgences. La chirurgie use terriblement les nerfs, on fait des dépressions graves, on se suicide beaucoup. Et puis il y a eu cette fille. C'est elle qui l'a tiré au fond.

— Il vous a parlé d'elle dans quels termes ?

— Il ne me l'a pas décrite, mais j'imagine. Une sangsue qui a repéré le pigeon idéal. Je vois bien comment elle a mené sa barque. Jacques est fait d'un seul bloc, il est incapable de mener une double vie. Elle s'est infiltrée et elle l'a rongé de l'intérieur. Il a perdu ses repères, il s'est effrité, et maintenant il ne sait même plus qui il est.

— Alors selon vous, la nuit de lundi à mardi, il s'est passé quoi ?

— Ils sont partis ensemble pour le Mont-Saint-Michel. Elle lui a fait prendre un de ses trucs, elle se droguait certainement, son julot devait lui servir de dealer. Jacques a halluciné et il est resté dans son trip, coincé entre Jérusalem et le cloître de l'abbaye. Jacques a besoin d'aide. Il faut le soigner. Il faut peut-être l'enfermer, mais sûrement pas en prison. Son cas ne relève pas de la justice mais de la médecine. Nous sommes des gens honnêtes, une famille respectable. Je vous en conjure, envoyez Jacques dans un hôpital, qu'on s'occupe de lui.

— Il est en route pour l'Infirmerie psychiatrique de la préfecture de police. En interne, nous disons I3P. Sainte-Anne. Le docteur Salviat va l'examiner. La suite de la procédure dépendra du résultat de l'expertise. Mais que Jacques Hérisson ait perdu ses facultés mentales ne veut pas dire qu'il n'ait pas tué Thomas Landman.

Priscille ouvre et referme son sac. Ouvre et referme. Le commissaire cherche son regard.

— Madame Hérisson, vous seriez très soulagée que votre mari soit déclaré irresponsable, n'est-ce pas ?

Ouvre et referme son sac. Baisse les yeux. Ne pas crier. Ne pas pleurer. De la tenue. De la dignité.

— Madame Hérisson, si votre mari n'est pas coupable, est-ce que vous resterez avec lui ?

Mon Dieu, faites que Jacques ne revienne jamais.

JE REVOIS le ciel blanc du dimanche où tout a commencé. Un dimanche de carême, cette année 1212 où la femme que j'aimerai jusqu'à la fin des âges est entrée dans ma vie. J'étais Jacques, dit Jacques le Droit. Je portais haut mon nom, je croyais ce que je voyais et me méfiais du reste, je révérais Dieu et chérissais mon prochain, j'aimais rire, frapper, boire, prier. J'aimais songer aussi, après la bataille ou après le plaisir, songer à tout ce qui m'échappait, à ce qui dans ce monde se passait hors de moi, loin de moi, et que je ne pouvais ni saisir ni comprendre.

C'était un matin de Pâques et il pleuvait. J'étais arrivé la veille, après une chevauchée à tuer plus brute que moi. J'avais dormi dans l'écurie, je craignais pour mon équipage, et la femme de l'aubergiste pour le sommeil de son bonhomme. La drôlesse avait crié tout son saoul, moi joui d'elle tout mon content, le cocu n'avait rien entendu et les croquants n'avaient pas touché mes chevaux. C'était ainsi qu'il fallait vivre. J'avais ma morale à moi, elle était celle de mon temps et des hommes de ma sorte. Je tenais que l'important est de se cramponner à l'ancre qu'on s'est une fois pour toutes donnée. Il n'y a de sirènes que pour ceux qui veulent bien les entendre.

La bourgade ressemblait à ces villages neufs et prospères où il doit faire bon vivre. Une quarantaine de maisons en torchis serrées les unes contre les autres comme des femmes frileuses, la plupart passées à la chaux mais fort souillées du bas, rehaussées de colombages pour celles qui portaient étage en surplomb. Point de pavage ni de ruisseau d'évacuation, un lavoir de bonne taille, une place carrée avec sur ses bords une taverne, la grange d'un maréchal-ferrant et quelques échoppes d'artisans. Les seules bâtisses en pierre étaient la halle, l'hôtel du prévôt, celui de la comtesse d'Etiane, veuve du comte suzerain, et le presbytère où logeait le sacristain du prêtre qu'on venait d'enterrer.

Moi, au milieu de ce village, au milieu de ce matin de Pâques, je me sentais immortel. Je venais pour faire le bien, c'était là ma mission en cette vie. Dans la cour de l'hôtel du prévôt, tout encombrée de pierres à bâtir et de poutres, j'écartai à coups de botte des poules et un verrat. Je poussai la porte basse qui donnait sur le magasin, rempli jusqu'au fond par les tonneaux de bière et de vin, les sacs en chanvre pleins de farine et d'orge, les chapelets d'oignons, les tas de viandes salées et de poissons séchés. Je ressortis et grimpai deux à deux les marches de l'escalier en bois collé à la façade. La grande salle était si grouillante de cottes humides, de longs voiles, de culs de marmots, de tonsures et de chiens boueux, que je fendis le tout sans chercher qui saluer. L'étroit degré en pierre qui menait à la salle haute sentait la pisse et le moisi.

– Ainsi donc, voici le grand Jacques ! Ou dois-je dire Jacques le Grand ? Nous vous attendions hier. C'est vrai que vous êtes grand. Pourquoi avez-vous tant tardé ?

L'homme qui me parlait sur ce ton désinvolte se tenait piqué sur son siège comme si, en s'asseyant, il s'était enfoncé un cierge dans le fondement. Sec, menton glabre, tonsure discrète sur boucles portées à mi-cou, bottes souples sous l'ample tunique de laine claire qui recouvrait son vêtement religieux, c'était forcément l'évêque. Le gros vautré sur le second fauteuil, avec la chape rouge des envoyés du Saint-Siège, était donc le nonce apostolique. Celui-là m'examinait de l'ourlet de ma cape à la pointe de mes cheveux taillés court sur mon front, avec la moue du maquignon sur le marché aux veaux. Le plus costaud, debout entre les sièges des deux hommes d'Église, était probablement le prévôt. Il portait l'épée au côté et le menton arrogant des petits barons querelleurs. Le nonce était excessivement gras, comme beaucoup de ses pareils, et aussi blanc qu'un fromage frais. Il pressait sa main droite sur ses côtes, pour y préserver le trésor de son cœur, et de la gauche battait moelleusement la mesure de ses mots. En quelques phrases onctueuses, il me fit comprendre qu'il souhaitait à la fois banaliser la raison de notre rencontre et m'en faire sentir l'importance. Me pénétrer de sa toute-puissance avant de me la déléguer, et me persuader de l'urgence où il me plaçait de résoudre une situation qu'il était incapable de dénouer lui-même.

— Que Votre Grâce s'en retourne confiante. Mon pape et mon roi seront bien servis.

— En êtes-vous certain ? La tâche est délicate...

— N'est-ce pas parce qu'elle est délicate que Rome me choisit ?

— Certes, on vous connaît pour un homme plein de ressources, mais entre les musulmans de Terre Sainte, les cathares de l'Albigeois, et nos hérétiques d'aujourd'hui, il y a malgré une sensible parenté quelques non moins sensibles différences...

— Je prendrai le temps de les apprécier, mon Seigneur, tout en ayant garde que ce temps soit bref. Après quoi, j'emploierai les moyens les mieux adaptés.

Le prévôt opina de la barbiche séparée en trois brins sous une moustache huilée. Le nonce se rengorgea, rajoutant quelques plis à son cou en collier, et montra un rouleau de cuir que son secrétaire tenait serré comme un nourrisson.

— Les pièces que nous avons collectées sont rassemblées ici. Peu de choses, à dire vrai. Quelques témoignages, deux ou trois interrogatoires. Personne n'avait prévu que la chose prendrait une telle ampleur. Bien sûr, il eût mieux valu l'arrêter plus tôt. Mais enfin. Nous en sommes là. *Hic et nunc.* Le pape s'inquiète, le roi aussi. Ils m'ont chargé du dossier. Pourquoi moi, Dieu seul le sait, qui en cette matière joue une étrange partie. Mais enfin. Le pape, le roi, moi. Maintenant, vous. Pourquoi vous, Dieu aussi doit le savoir, c'est lui qui m'a soufflé votre nom. À vous de me convaincre que j'ai bien entendu. Vous voici maître à bord. Avant la Pentecôte, nous devons tous avoir oublié jusqu'à l'idée de ce qui nous occupe aujourd'hui. Soyez ingénieux et discret. Que Notre-Seigneur vous ait en Sa sainte garde, qu'Il vous conseille et soutienne votre bras.

Le nonce se leva. Il n'était pas plus haut qu'une génisse. Après un geste de bénédiction très vague, il me tendit sa main à baiser en regardant vers l'escalier où l'évêque, le prévôt et tous leurs gens le suivirent avec des bruissements satisfaits. J'entendis qu'en bas, on leur faisait grand respect. J'étais seul, ou presque. Je me frottai les mains et commandai de porter des torches, des chandelles, tout ce qu'on pourrait trouver. Le parchemin huilé qui obturait les ouvertures maintenait certes la chaleur du feu, mais absorbait la lumière du dehors au point qu'à midi, on songeait à se coucher. La flamme des torches brûlait en grésillant, les chandelles puaient le suint, mais dès que j'y vis clair, je me sentis chez moi. C'est un trait de mon caractère, qui est né de mon séjour en Orient. La lumière me conforte, elle m'ancre. La pièce où je me trouvais ne comptait pas plus de huit pas sur quatre. Jonchée au centre de roseaux coupés et sur les bords de paille plus très fraîche, elle était raisonnablement haute, meublée de trois coffres, d'un lit à tentures, d'un prie-Dieu, d'une table en bois noirci, de deux chaises à haut dossier et de tabourets posés ici et là. La pierre nue des murs était peinte de ronds dans des carrés, le tout en rouge et gris, souligné sur le pourtour par une frise figurant du feuillage. C'était la chambre de mon hôte, c'était aussi là qu'il recevait les visiteurs, qu'il prenait ses repas et que se réchauffaient ses chiens courants, avec qui il semblait partager le lit et le couvert. D'où je déduisis que le bonhomme était veuf, ou pas assez en cour auprès de son suzerain pour avoir l'honneur de se voir consentir une épouse. Avec les torches, on m'avait apporté du vin, et du fromage qui sentait le pis. Je m'assis, je cognai mes talons contre le rebord du foyer, je rotai, j'étais à mon affaire. Je pris le rouleau de cuir. Le légat avait dit vrai. Pour la traversée qui m'attendait, il n'y avait pas là grand biscuit. L'affaire était la plus étrange, sans doute, qu'on m'eût jamais confiée. Des enfants. Il s'agissait d'enfants qui levaient une croisade. Par centaines, par milliers. Sans armes, sans vivres, sans chefs, sans prêtres, nu-pieds sur les routes, les paumes tournées vers le ciel et le cantique aux lèvres, avec la lumière du Christ en auréole et la résolution farouche de délivrer Son tombeau. En chemin depuis la cour de l'évêque, où j'avais résidé ces derniers mois, j'en avais ricané sur ma selle. Marcher jusqu'à Jérusalem, le joli conte ! Se battre pour Jérusalem... d'un coup j'avais cessé de rire. La sueur avait mouillé mon col et j'avais craché une mauvaise salive. Pour qui se prenaient-ils, ces gamins ? Qui se cachait derrière eux ? Sous les apparitions exquises ou démoniaques, j'avais toujours débusqué des intérêts grassement humains. Dieu ne loge ni dans les rais de lumière, ni dans les braises fumantes. Le tonnerre n'est pas sa voix et Il ne foudroie pas les pécheurs. Ce que ces enfants avaient vu ou entendu pour se jeter dans une pareille folie, d'emblée je le récusais. Le nonce attendait de moi une enquête. Je n'allais pas enquêter. Je ne me souciais pas de comprendre. J'allais débusquer les meneurs. Quelles que fussent leurs raisons, elles étaient fausses. J'allais traîner ces morveux par leurs oreilles d'âne pour les mettre à genoux. Et parce qu'ils étaient dans l'erreur, j'allais les forcer à se renier.

Aux situations compliquées je trouvais d'ordinaire des issues simples. C'était ma force. Je lui devais de n'être plus seulement un fils de personne, mais un grand gaillard sûr de son droit autant que de son bras. Je n'estimais rien tant que la vérité. C'est sous sa bannière que j'avais suivi le vent. L'année de mes seize ans, mon seigneur Archambaud, vassal du comte de Champagne pour le fief de Hérisson, avait reçu de son suzerain ordre d'armer une poignée de chevaliers prêts à suivre le roi en Terre Sainte. Je servais alors aux écuries du château, où le père Michel, devenu curé en titre de Châteloy, m'avait introduit. Les chevaliers ont toujours besoin d'écuyers, de palefreniers et d'hommes de pied. Je montais à cru, je lisais le latin d'église, je connaissais les plantes guérisseuses, je tuais à la fronde un chevreuil et, pour n'avoir rien à perdre en ce monde, je ne craignais pas de m'embarquer pour un autre. Je suis parti. J'ai entaillé mes semelles de bois puis mes pieds jusqu'à l'os, j'ai vomi mes entrailles dans la cale des navires, entre les jambes des chevaux devenus fous de terreur. Des hommes de plus en plus puissants m'ont accroché au cul de leurs charrettes, honoré de leur attention puis de leur confiance. J'ai accouché des juments, recousu des blessures, monté des palissades, construit des tours de bois et creusé des tombes. En plus des pratiques de la guerre et des coutumes des contrées traversées, j'étudiais la géographie des visages et des gestes. Dans les débuts, on me conviait rarement à parler, j'avais donc tout loisir d'observer. Les rides autour de la bouche, la façon de porter la tête, de regarder en face ou de biais, le timbre de la voix, le modelé des soupirs. Les mains. Ce que les lèvres taisent, les mains l'avouent. Observez leur forme, leur respiration, leurs silences. Vous saurez comment la femme que vous désirez s'abandonne ou se masque, comment elle prendra soin de vous, si elle vous enchaînera, vous meurtrira, vous trahira. Vous saurez la franchise, la bonté, la mélancolie, la paresse, l'envie, la volonté, le goût de l'argent, celui du plaisir, celui du meurtre. On ne vous trompera que si vous décidez de prêter le flanc. Personne ne vous surprendra. Cette science-là, qui à mon retour d'Orient s'est enrichie de la fréquentation des gens d'Église, me donnait presque toujours une longueur d'avance. J'en profitais sans abus. Le pouvoir engendre la dépendance, et je me voulais libre absolument. Je ne manquais de rien et c'était bien assez. Ma monture m'emmenait où je devais aller, et je n'avais ni sœur à doter, ni mère sur qui veiller. Je portais des habits commodes, je mangeais avec une cuillère en bois, je dormais indifféremment dans la paille ou la plume, je méprisais les bijoux. Je ne me souciais pas de paraître, et encore moins de séduire. On me trouvait avenant parce que j'étais large, sain, et que mes cheveux restaient drus. Les filles me cédaient sans que je les prie trop. Quand elles tardaient, je les forçais. La guerre n'apprend pas la patience. Je n'espérais d'elles que ces plaisirs robustes dont on se lave au torrent. L'amour ne m'attirait pas. On dit « tomber amoureux », et non « monter amoureux », ce qui renseigne assez sur le caractère de cette inclination. En toute sérénité, je préférais rester droit. Je semais des enfants, ici et là. J'en apercevais quelques-uns, au hasard de mes retours. Ils ne me ressemblaient pas. Leur mère s'était fanée. Ils appelaient le mari « papa ». Je n'avais aucune nostalgie. Je gardais en moi certains visages, des taches de soleil sur des peaux dénudées, une veine qui battait au creux du cou, la nuit sous une chevelure. Je les feuilletais, dans un ordre qui variait avec les saisons. C'était mon livre d'heures à moi, pour les heures grises où le temps peinait, pour les heures rouges où mon sang bouillonnait. Quand on est homme et qu'on se veut fort, on doit trouver en soi tous les secours. Je ne me plaignais jamais. Jamais je ne me blottissais dans des bras arrondis en berceau, pour y pleurer ou m'y cacher. Quand le chagrin me tirait par la manche, je partais dans la campagne. À grands pas qui résonnaient dans ma tête, je m'emplissais de terre, de feuilles, de nuages, de lumière vive, je m'en gavais, je m'en bourrais jusqu'à recouvrir comme une chape ces souvenirs qui brouillent le goût de vivre. Le chagrin tire vers la nuit, le silence. Le chagrin tire vers la mort, et la mort, je connaissais.

Ce qui me donnait du chagrin ? J'ai du mal à le dire, mais je vais essayer. Certains soirs de novembre, les bougies brûlaient bas, la lumière des torches s'épuisait dans la froideur humide. La brume s'enroulait aux mollets, elle remontait, elle se glissait sous la chemise. Quand elle se coulait le long de mon dos, je me sentais pris de faiblesse. Je ne pouvais m'empêcher de me retourner, d'épier les mouvements de mon ombre. Je frissonnais, je tendais l'oreille. Il me semblait que j'attendais quelqu'un, que je l'attendais depuis toujours, que je l'attendrais jusqu'à mon heure dernière. Il me semblait aussi que s'il venait, si je le croisais, si même il s'arrêtait devant moi, je ne le reconnaîtrais pas. Il passerait, et ma vie passerait avec lui. Heureusement, novembre ne durait qu'un mois dans l'année et il était des contrées sans brouillard. Quand il faisait clair dehors, il faisait clair en moi. Je me regardais sans trouble et ce que je voyais me plaisait. Entre le bien et le mal, ce que je me devais et ce que je me refusais, la ligne était franche. Si elle serpentait, je la suivais. Si elle s'interrompait, j'attendais de la retrouver pour poursuivre mon chemin. J'acceptais que toute chose, douce ou cruelle, vînt en son heure et en son ordre. Je ne croyais pas au destin, qui est le visage solennel du hasard. Je croyais que chacun pose naturellement le pied dans le pas qu'il s'est préparé. Je croyais que rien n'arrive qu'on n'ait, d'une manière ou d'une autre, avec détermination ou avec l'obscur désir de se nuire, voulu. Chaque jour, je bâtissais mon trône et je creusais mon tombeau.

Les mois ont succédé aux jours, les neiges aux prairies, les sables aux tempêtes. J'ai pris du muscle, du souffle.

Entre les bras des agonisants et les cuisses des filles à peau d'or, je me suis cuirassé le corps et le cœur. J'ai appris. L'exaltation. La peur. La haine. La violence. Comment les accepter, les dominer, les aiguiser, s'en faire une lance et un bouclier. Et aussi, dans l'attente du combat souvent plus pénible que le combat lui-même, dans les hurlements, l'effroyable corps à corps, l'odeur des incendies et des viscères, dans la fatigue animale et les sanglots des captifs, j'ai appris la joie. La joie puissante et âpre que donne le sentiment du devoir accompli. Pendant ces douze années où j'ai porté la fronde, puis la masse, puis l'arbalète à traits, puis l'épée, cette joie m'a guidé et soutenu. Par elle, j'ai toujours su que j'étais dans le vrai.

L A petite pluie sale de Paris. L'odeur du goudron mouillé colle aux vêtements. Doigts meurtris par le cliquet du parapluie, les passants se hâtent, arrondissent les épaules, s'appliquent à évacuer l'instant.

« Est-ce que l'instant suivant vaudra mieux ? », se demande Jean Salviat en longeant la rue Cabanis qui mène à l'hôpital Sainte-Anne. Il s'est levé sans peine, habillé sans hâte, il a mâché sans faim deux tartines sans beurre et bu sans plaisir son café au lait écrémé. Il s'apprête sans joie à endosser sa blouse blanche pour examiner sans parti pris les psychoses de son prochain.

« Au fond, qu'est-ce que je fais *avec* ? », s'interroge-t-il en entrant dans le hall qui sent la machinerie d'ascenseur et le nettoyant industriel au pin des Landes. Rien avec une épouse, rien avec des enfants, rien avec des amis. Jean Salviat est un solitaire par choix, qui n'a jamais ressenti le besoin de s'encombrer d'une épouse, d'enfants, ni même d'amis. Il a aimé, pourtant. Une fois, il y a si longtemps. Il venait de fêter sans excès ses vingt ans et il envisageait d'entrer au petit séminaire. Elle devait être d'origine égyp-

144

tienne et elle ressemblait à une lune de printemps ; même clarté douce, même mystère, même présence lointaine et rassurante. Il étudiait sans passion Aristote et saint Augustin ; elle avait les hanches pleines, un profil aigu, des mollets un peu lourds, et sur les joues un duvet qui promettait des pilosités affolantes. Plus âgée que lui, mariée, mère de jumeaux. Elle poussait un landau double au parc Montsouris, où, les après-midi cléments, il s'installait avec *L'Équipe*. Il lisait *L'Équipe* et *Le Monde* depuis l'âge de treize ans, de la première à la dernière page. Elle ne lisait que *Marie-France*. Le sort des femmes en pré-ménopause et des stars en mal de partenaire semblait la soucier extrêmement. Elle s'asseyait sur le banc préféré de Jean Salviat et plongeait dans ses magazines comme une nageuse soviétique dans sa piscine. Lui l'épiait, avalant son souffle, se retenant de tourner les feuilles de son journal pour ne pas attirer son attention. Incapable d'oser, et même d'envisager quoi que ce soit. Pendant des semaines, il l'a ainsi adorée en silence, priant les saints du Ciel de lui envoyer sinon un secours, du moins un signe. Quand, en la voyant feuilleter des catalogues de layette, il a compris qu'elle attendait un troisième enfant, Salviat s'est tourné vers Dieu. Mais l'appel divin, en lui, s'était tu. Il a songé au suicide. Il a renoncé au séminaire. Il a pris une maîtresse puis une autre, très jeunes, très blondes, et il a suivi quantité de cours, à la Sorbonne, à l'École du Louvre, à la faculté de médecine de la rue des Saints-Pères, pour étirer au maximum le temps avant de se décider à vivre. À vingt-cinq ans, il déchiffrait les hiéroglyphes du temple de Louxor, à trente-deux il se spécialisait dans le diagnostic et le traitement de la schizophrénie, à trente-cinq il enseignait l'exégèse biblique à l'Institut Catholique, à quarante il reprenait le cabinet d'un ami psychiatre. Maintenant qu'il approche de la retraite, il se concentre sur ses activités à l'Infirmerie psychiatrique de la préfecture de police. À ses yeux, Sainte-Anne figure un Purgatoire dans le style de Jérôme Bosch, et l'I3P une déclinaison contemporaine du Jugement dernier. Son goût pour l'art et son tempérament mystique y trouvent chacun leur compte. Les commissaires de police parisiens lui envoient pêle-mêle les faux et vrais délirants dont le discours leur semble suspect. À charge pour lui d'apprécier leur santé mentale au moment des faits qui leur sont reprochés, et d'évaluer leur dangerosité présente et à venir. Jean Salviat côtoie les plus vertigineux abîmes, mais le calme l'habite. Son oreille est une caverne où l'écho des cris, des angoisses, des mensonges roule et se perd. Il habite à côté des Arènes de Lutèce et de sa vieille mère. Un deuxième étage sur cour, sans ascenseur, ce qui n'est pas dérangeant, et sans soleil, ce qui l'est davantage. Il vit sans faste, sans hâte et sans télévision. Depuis qu'on l'a ramenée de l'hôpital militaire où l'interne l'avait découpée puis recousue en concluant à une erreur de diagnostic, sa mère refuse de quitter son lit. Échevelée, lasse par avance du moindre effort, absente au monde, elle porte des couches et ne s'intéresse qu'à son petit chien, qu'elle fait dormir et manger sous ses draps. Jean Salviat la soigne avec dévotion, fermeté, intelligence ; mais sans espoir. Avec des sursauts de révolte contre la déchéance de cette beauté et de cet esprit révérés, avec la tentation d'injurier le Ciel qui avilit en tuant à petit feu, avec un amour à la fois douloureux, résigné et ardent ; mais sans espoir.

« C'est parce que maman n'espère plus rien que j'ai renoncé à espérer pour elle », se dit-il en remontant un interminable couloir. « Et pour moi, qu'est-ce que j'espère ? »

La porte du bureau qui porte son nom manuscrit sur une étiquette plastifiée ne s'ouvre pas. Verrouillée de l'intérieur. Salviat frappe. Rien. Il tape plus fort, avec le poing. L'aide-soignante Monica, robuste oiseau des îles en tablier vert pâle, vient lui prêter main-forte. À l'intérieur, une chaise tombe.

— Voilà ! Voilà ! C'est bon ! C'est bon !

Une clef ferraille dans la serrure. Deux tours. Le grand âge se barricade. Bouleversante faiblesse. Lorsque la porte s'ouvre sur le père Diligent, menu, voûté, le sourcil broussailleux sur l'œil embrumé de cataracte, Jean Salviat se retient de serrer le vieil homme dans ses bras. Monica fulmine.

— La prochaine fois, mon père, c'est la consultation pour déboucher vos oreilles ! Vous n'y couperez pas, c'est moi qui vous le dis !

Elle attire le vieux prêtre sur son imposant giron, et trois bécots comme des claques, et elle le repousse en le tenant à bout de bras, et elle l'inspecte des pantoufles à la tonsure.

— Un : chaussures. Deux : peigne, vous avez l'air d'un sans-abri. Trois, enlevez-moi ces miettes. Franchement, Ramona vous néglige.

Ramona est la gouvernante, l'enfant et le corps du père Diligent. Ses yeux, ses jambes, ses doigts, son ouïe, sa mémoire. Il l'a ramenée des Célèbes en 1946, dans un avion sanitaire, l'a baptisée et laissée libre de célébrer le culte de ses ancêtres, a rapidement renoncé à lui apprendre à lire et l'a finalement adoptée. Elle ne l'a jamais quitté. Ni un jour, ni une heure. Quand il disait la messe, elle le guettait depuis la sacristie. Elle l'accompagnait dans toutes ses visites, patientait debout, toujours debout, dînait à l'office ou ne dînait pas, veillait et jeûnait à son image. Elle est même allée avec lui au Vatican, où le pape Jean-Paul II en personne l'a bénie. Dans l'intimité, le père Diligent l'appelle Marie, ou Bernadette, ou Thérèse. Ils parlent ensemble une langue qui n'appartient qu'à eux, mélange de plusieurs dialectes indonésiens, de français et de latin. Ramona mesure un mètre quarante. À côté d'elle, le minuscule père Diligent se sent géant. Ils se chamaillent comme des perruches et n'imaginent pas de plus grand réconfort que de s'endormir de part et d'autre d'une cloison si fine qu'ils s'entendent respirer. Ils sont heureux, absolument heureux. Le père Diligent sait qu'à sa mort, Ramona coupera sa tête et qu'elle l'embaumera pour la garder sur sa table de chevet jusqu'à sa propre mort. Ils n'en ont jamais débattu. Dieu se moque bien d'une tête de plus ou de moins, alors pourquoi en débattre ?

— Bonjour, mon petit Jean. Je vous demande pardon, je m'étais endormi.

— C'est le jeudi que vous venez d'habitude, mon père. Pourquoi aujourd'hui ?

— Parce qu'il fallait. Je ne sais plus pourquoi, mais je me souviens qu'il fallait. Alors je suis venu. Et je me suis endormi.

Monica glisse son bras sous celui du vieux prêtre.

— Maintenant il faut vous réveiller et laisser Monsieur Jean, qui a un paquet à dépiauter. Un recommandé de la Goutte-d'Or. De la part du commissaire Apenôtre, vous vous souvenez, père, c'est vous qui avez baptisé ses garçons...

Le révérend père Diligent n'écoute pas. Il a quatre-vingts ans, comme la mère de Salviat. Peut-être que, comme elle, il est las d'entendre. Peut-être que les urgences du monde n'en sont plus pour lui. Les urgences du monde. Les soubresauts, les poussées de colère, de haine, de concupiscence, de désespoir. Coups de tonnerre, ouragans, giclées de lave, rivières en crue. La surface enfiévrée et précieuse de notre si petite planète. Le père Diligent et la mère de Salviat s'éloignent chaque jour davantage de cette surface-là, la surface des choses qui échappent à leurs doigts tremblants, la surface des faits, des sentiments, des mots dont le sens se brouille et n'éveille plus d'écho. Chaque jour un peu plus ils s'enfoncent, descendent vers l'eau profonde, sombre et paisible, l'eau couleur de nuit où, ici et là, clignotent leurs souvenirs.

— Elle va comment, votre mère, Monsieur Jean ?

— Stationnaire, Monica, merci.

— Non, pas merci. Je voudrais que vous aussi, vous soyez heureux.

Monica aime son mari depuis vingt-sept ans comme au jour de leur rencontre dans un dancing de Fort-de-France, et elle ne comprend pas que Jean Salviat vive seul. Quand elle a fini son service, elle vient souvent lui vanter les mérites de telle ou telle amie de son quartier, blanche tout ce qu'il y a de blanc, fraîchement veuve et consolable, à rencontrer pour dimanches en guinguette et plus si affinités. Salviat s'étonne de la mortalité conjugale à Joinville-le-Pont, et remercie sans jamais appeler les numéros que la zélée marieuse glisse dans ses poches. Il se sent trop ancré à sa solitude, à ses habitudes. Assis. Rassis. Sans passion, sans partage, sans postérité, certes. Mais aussi sans ces tracas domestiques qui soudent et démangent les conjoints, sans les harassantes responsabilités du chef de famille, sans avoir à fournir constamment les preuves de sa virilité et de ses sentiments.

— Mon teckel est mort hier soir.

Monica tord une moue censément désolée. Le révérend renifle en promenant autour de lui un regard égaré.

— Je ne pense qu'à ça. Qu'à ça.

Jean Salviat soutient le vieil homme jusqu'à la table en formica, l'aide à s'asseoir et prend, dans la bibliothèque métallique où il range les livres à plat et non sur la tranche, une petite boîte de chocolats à la menthe. Le visage du père Diligent s'éclaire.

— Oh ! Mon cher Jean !

Salviat lui sourit comme il sourirait à sa mère. Entre eux passe quelque chose de lumineux, de subtil, qui pourrait ressembler à un ange. D'une main rassurée, le vieux prêtre tapote les chocolats.

— Voilà. Tout est bien, tout est bien.

Ramona passe par la porte entrebâillée un mufle luisant de lotion fauchée sur les chariots de la toilette matinale :

— Tromper le jour. Rentrer ?

Le père Diligent secoue la tête. Ramona arrondit l'œil de la poule devant un poussin récalcitrant.

— Quoi faire ?

— Bernadette m'attend.

— Moi oui. Mais toi ?

Ramona dit « tu » au prêtre qui lui parle toujours à la troisième personne.

— Je reste avec Jean. Je l'assiste. Thérèse s'occupe avec Monica. N'est-ce pas, Monica ?

L'aide-soignante hausse les épaules. Quand on travaille dans une maison de fous, on devient moins regardant. Au départ, au départ de sa vie, quand elle a débarqué à Paris avec trois cents francs en poche et son Denis qui conduisait des bennes, Monica voulait s'occuper de vieux. À cause de leurs souvenirs, qu'ils racontent si bien et qui lui rappelaient les veillées dans la case de sa mère-grand. Elle s'est retrouvée chez les barjots, et comme les fous racontent encore plus d'histoires que les vieux, elle est restée. Dix ans durant, elle a torché le cul de Pompidou, de Jésus, de Gandhi, de phobiques, de maniaques, de criminels. Ensuite, estimant qu'elle avait assez prouvé son mérite pour qu'on ne lui en tînt aucun gré, le service du personnel de l'Assistance publique l'a affectée à l'I3P, dont personne ne veut parce qu'il y a trop de passage pour établir ce que les médecins appellent « le contact ». Pourtant, Monica est une professionnelle du contact. À Sainte-Anne, personne ne sait y faire comme elle. Monica s'y prend par les pieds. Elle ne parle pas au patient, elle parle aux pieds. Elle regarde les pieds. Elle les masse, elle les frictionne, elle les pommade, elle les couche sagement sur un petit oreiller qu'elle appelle « doudoune ». Après, le malade est tout calme. Il se laisse examiner, manipuler, répond sans agressivité aux questions qu'on lui pose et, parfois, il s'épanche. Monica note les confessions qui l'émeuvent dans des cahiers plastifiés. Elle attribue un carnet à chacun de ses « réguliers », qu'elle surnomme Bugs, Titi, Gros Minet ou Daisy, en fonction de l'illustration de couverture. Le réapprovisionnement en cahiers identiques est le souci majeur de son existence, elle en entretient longuement ses favoris qui pour la plupart ne sont pas sortis dans Paris depuis des années, mais qui tous se passionnent pour sa quête papetière. Ceux qui cachent quelques billets dans leur pochette de cantine se sont cotisés pour lui offrir une panoplie de relieur. Salviat leur a montré un catalogue. Après des disputes homériques, ils ont choisi le modèle et la mère de Titi est allée l'acheter. Monica a cassé la presse dès le premier essai. Sa patience, sa douceur, l'habileté de ses doigts, elle les donne à l'hôpital, il ne lui en reste plus pour les tâches domestiques. À la maison, c'est Denis qui tient le ménage et qui surveille les devoirs de Robin (Hood) et de Peter (Pan). C'est aussi lui qui chante les berceuses et qui masse les pieds. Denis n'a jamais trompé Monica. Il l'appelle « mon grain de sable » et lui écrit des poèmes. La Seine roule des nacres géantes, les clochards dansent la biguine sur les escaliers du Sacré-Cœur. Quand Denis et Monica seront vieux, ce qui n'arrivera pas de sitôt bien qu'ils avancent en âge, ils retourneront à Fort-de-France. Monica retapera la case de sa mère-grand, elle taillera le flamboyant pour qu'il lui offre ses plus belles fleurs et, à son tour, elle racontera ses souvenirs.

L'officier de police Nicolat a tenu à livrer son colis en personne, histoire d'avoir quelque chose à raconter à la petite Ebey, quand elle reviendra rue de la Goutte-d'Or. Si l'expertise psychiatrique conclut à la santé mentale, la garde à vue reprendra. Vingt-quatre moins six, encore dix-huit heures de buissonnade pour coincer le Hérisson, lui raser ses piquants, lui tamponner un matricule et lui passer un bel habit de taulard. Nicolat ôtera le manteau de la môme, il lui offrira un autre café-calva, et en attendant que le commissaire la reçoive, il lui remontera le moral en rêvant de lui remonter autre chose. C'est la première fois, depuis que Nicolat fréquente sa patronne, qu'il ose penser à une autre femme. Linou ne pardonnerait pas un écart et Nicolat a beau être flic, il n'aime pas les risques. Mais un surplus de cœur, ça ne se commande pas. Pourvu que Salviat ne fasse pas de zèle. Pourvu que le grand Hérisson n'en rajoute pas trop. Pourvu que l'enquête suive son cours. Le Parquet la confiera sûrement au commissaire Apenôtre, Linou se déchargera forcément sur Nicolat, donc Nicolat ira rue des Martyrs. Il voit d'ici l'appartement d'Eve, capharnaüm miniature tout plein de ses habitudes et de ses odeurs. La marque de sa tête sur l'oreiller. Les pots de confiture ouverts, où elle trempe son doigt qu'après elle lèche en plissant ses yeux de chat. Les mégots imprimés de ses lèvres. Nicolat se mord l'intérieur de la bouche. Merde, cette gosse, dire qu'il ne l'a pas vue plus d'une heure...

Jean Salviat referme le dossier qu'il a parcouru rapidement, et d'un signe congédie le flic qui suçote sa joue sur le pas de la porte. Une fameuse gueule de crétin, celui-là. Le commissaire Apenôtre devrait mieux s'entourer. Salviat boutonne le bas de sa blouse blanche. Il ne tend pas la main. Il regarde Jacques par-dessus ses lunettes demi-lune.

— Je vois que nous sommes médecins tous les deux. Bonjour. Mettez-vous là, à côté du père Diligent. Il n'assistera pas à notre entretien mais, si vous le souhaitez, il vous verra après. Le révérend père Diligent est aumônier ici. Prenez les chocolats, mon père, Monica vous emmène à côté, elle vous tiendra compagnie.

Jacques salue de la tête. Il se tient voûté, la nuque ployée à la manière des pénitents sur le chemin de croix des églises. Le père Diligent l'observe avec intérêt avant de passer à regret dans la pièce contiguë. Salviat se rassied.

— Installez-vous confortablement, monsieur. Dans la mesure du possible. Vous êtes en sécurité, ici. C'est moi qui ai demandé qu'on vous enlève les menottes. Je ne suis pas là pour vous reprocher quoi que ce soit, mais pour essayer de vous comprendre.

— Et si vous ne me comprenez pas, vous ferez demander au préfet une mesure d'internement d'office. Je serai estampillé malade mental et j'échapperai à la justice.

Salviat hausse les sourcils.

— Je vois que vous êtes très au courant.

— J'ai opéré un de vos confrères, j'ai une bonne mémoire et je vous assure que je ne suis pas fou. Gillard. Une cloison nasale.

— Benoît Gillard, oui. Sa femme se plaignait de ses ronflements. Beaucoup d'humour, fin praticien. Mais il n'est plus chez nous. Il a renoncé à l'hospitalier.

Salviat sourit. Un sourire neutre, un sourire de mi-temps. Le déféré est calme, indubitablement. Un calme épais, lourd. Quand il se tait, le silence dans la pièce se densifie. L'homme fait songer à une eau dormante, au fond d'un bois sombre où personne depuis des siècles ne s'aventure. Il fixe Salviat, mais on dirait qu'il ne le voit pas. Il est ailleurs et ici. Ici et ailleurs.

— Bien, docteur Hérisson. Racontez-moi ce qui se passe.

Jacques relève des yeux verts, cernés, indifférents.

— Il se passe que je viens d'être placé en garde à vue pour un meurtre que j'ai commis.

Jean Salviat remonte ses lunettes sur son front.

— Vous n'en semblez pas particulièrement affecté.

— Ce qui arrive devait arriver. Personne n'y peut rien.

— Qui avez-vous tué ?

— Un homme. Un homme qu'une femme aimait plus que moi.

— Je lis qu'on vous a arrêté ce matin à la suite d'une dénonciation, et que vous avez avoué aussitôt. La femme qui vous a dénoncé est celle que vous aimiez ?

— Oui.

— Vous êtes sûr d'avoir tué ?

Jacques attend quelques secondes avant de répondre :

— Oui.

— Vous voulez bien me raconter ?

— Tout est dans ma déposition. Vous l'avez lue, je suppose. Il n'y a rien à ajouter.

Salviat farfouille dans le dossier.

— Quand était-ce, déjà ?

Jacques se tait. Il est las. La fatigue pèse sur lui comme le corps d'une géante endormie. Il peine à respirer, il lui semble que s'il amorce un mouvement, la chair de la géante va lui entrer dans la gorge.

— Monsieur Hérisson, quand cela s'est-il passé ?

— La victime a été découverte hier, et moi, je l'ai tuée il y a mille ans.

— Comment expliquez-vous ça ?

— Je ne l'explique pas. Je l'ai vécu.

— Où l'avez-vous vécu ?

— À l'abbaye du Mont-Saint-Michel. Dans le cloître, d'abord. Ensuite sur la terrasse ouest, d'où j'ai précipité le frère Thomas.

— La victime était un moine ?

— Par force. Moi aussi, mais par ruse.

— Que voulez-vous dire ?

— Ce que je dis, rien de plus. Thomas était rentré au monastère sous la contrainte, moi j'avais pris l'habit pour l'y attendre.

— Vous aviez prémédité de le tuer ?

— Non. Au contraire. Nous avions aimé la même femme et je voulais l'absoudre du mal qu'il m'avait fait. Puis tout s'est renversé.

— Qu'est-ce qui s'est renversé ?

— Le sens de notre histoire.

— Et le corps est tombé ?

— Oui.

— Qu'avez-vous ressenti ?

— Un vide. Comme si c'était à l'intérieur de moi qu'il tombait.

— Mais où est-il véritablement tombé ?

— Sur les rochers.

— Vous l'avez vu s'écraser sur ces rochers ?

— Le jour n'était pas levé.

— Qu'avez-vous fait alors ?

— Je suis allé trouver la femme que nous aimions tous les deux.

— Il y a mille ans ?

— Il y a mille ans et aujourd'hui. C'est la même femme. Elle s'appelle Eve.

— Vous êtes allée la trouver alors, ou maintenant ?

— Quelle différence y a-t-il ? C'est la même femme. C'est la même histoire, il n'y a que les décors et les circonstances qui aient changé : je l'aimais, je voulais la rendre heureuse, elle m'a préféré Thomas, je l'ai perdue.

— Thomas Landman est tombé par la fenêtre de son appartement, rue des Martyrs. Vous le savez, n'est-ce pas ?

— C'était le studio d'Eve. Elle m'y recevait aussi. D'ailleurs c'est moi qui payais le loyer.

— Les pompiers ont ramassé M. Landman sur le trottoir, vers six heures du matin. Dans le 9e arrondissement, pas au Mont-Saint-Michel.

— On me l'a dit.

— N'est-ce pas étrange ? Un homme que vous tuez en Bretagne et qui meurt à Paris ? La même nuit et en ...1228 ? Je ne parle pas de la plausibilité de l'acte, mais de sa situation dans le temps.

— Je vous le répète, je ne cherche pas à expliquer. C'est ainsi.

— En quelle année sommes-nous, monsieur Hérisson ?

Jacques soupire.

— En 1994. Je ne suis pas fou.

— Que ressentez-vous maintenant ?

— J'aimerais qu'on cesse de m'interroger. Je voudrais dormir.

— Vous vous reposerez bientôt. Mais nous avons encore quantité de choses à nous dire.

— À quoi bon ? Vous m'écoutez, mais vous ne m'entendez pas.

Le bip d'urgence de Salviat sonne trois coups brefs, dans une tonalité aigre. Jacques sursaute et machinalement porte la main à sa ceinture.

Salviat s'est levé, il a ouvert la porte et répond à l'appel

en arpentant le couloir. Derrière Jacques, une voix feutrée
chuchote :

— Moi, je vous entends, monsieur. Je vous entends même
très bien.

Jacques se retourne. Tordu en cep de vigne, le père
Diligent agite sa main droite au-dessus de la boîte de
chocolats qu'il tient serrée contre son ventre. Le majeur
manque, coupé à la deuxième phalange.

— Bornéo. Une dispute, dans un village indigène. J'étais
têtu, en ce temps-là, je refusais de céder. Je vivais avec eux
depuis six mois, j'insistais pour qu'ils me traitent comme
un des leurs. Ils m'ont traité comme un des leurs. Ils m'ont
mangé le doigt.

Le vieil homme claque deux fois du dentier.

— Il faut savoir céder.

Il fixe Hérisson. Sous la taie qui l'embue, l'œil est noir,
vif, pénétrant.

— « *Ne pleure pas, car je t'ai racheté ; je t'ai appelé par ton
nom, tu es à moi.* » Comprenez-vous ce que je vous dis là ?

Un sanglot monte dans la gorge de Jacques. Le vieil
homme se penche encore un peu plus et murmure, comme
à travers le judas d'un confessionnal :

— « *Je suis celui qui cherche, qui cherche sans repos.* » Vous
chercherez longtemps, mon fils. Vous n'êtes qu'au premier
pas. Le tout premier pas.

CE DIMANCHE du carême 1212, donc, je terminais mon fromage et mon vin dans la salle de la prévôté. Le logis me semblait maintenant moins rustique et je ne m'étonnais plus que le jeune comte d'Etiane, seigneur d'une dizaine de villages autour de celui-ci, m'eût appelé à la rescousse. Sans doute craignait-il pour son moulin, ses vergers, son bétail, son marché mensuel, et pour les revenus qui en découlaient. Il tremblait pour ses fermiers déjà éprouvés par le gel de l'an passé, pour le peuple de serfs et de journaliers qui trimaient sur ses terres, pour cet équilibre à la merci d'une disette ou d'un prêche inspiré. Il craignait pour son âme, aussi. Il l'avait confié au nonce, et le nonce me l'avait écrit. Le roi pensait comme ce jeune comte, qu'il avait pris en affection, et le pape pensait comme le nonce. Il y avait grand danger à laisser ces prétendus croisés poursuivre leur chimère. Ils paraissaient n'avoir pas plus de protecteur déclaré que d'ennemi avoué, mais autour d'eux la rumeur s'enflait. Des enfants bénis. Des enfants abusés. Des martyrs. Des saints. Des damnés. Où était la vérité, pensaient le comte, le nonce, le roi, le pape ? Et de cette vérité, que fallait-il faire ?

J'étais assis devant le feu, à la place du maître, le ventre plein et l'âme tiède. Dehors il ne pleuvait plus. J'avais donné des ordres pour que, de gré ou de force, on amenât les chefs devant moi. J'attendais. Le premier que les gens du prévôt me présentèrent était bègue. Curieux, pour un meneur, même un meneur d'enfants. Treize ou quatorze ans, trapu, des yeux de grosse grenouille, sale comme un cul de porc. Quand le brutal qui l'avait ramassé le lâcha, il me fixa franchement. Il n'avait pas peur, il tenait la pose, lui aussi attendait. On lui avait dit que j'allais l'éprouver, pourtant il semblait confiant, attentif et confiant. Je l'observai, ses pieds chaussés de lambeaux de peau de bique, ses cheveux taillés à la serpette, sa bouche un peu bêtasse, la figure hâlée, le torse maigre sous la ceinture drapée, les yeux brillant d'une fièvre qui devait couver depuis longtemps. Je lui fis signe de me montrer ses mains. Il les tendit. Robustes, mangées de cals, les ongles bleus.

— Ton père est teinturier ? C'est dans le baquet à couleurs que tu as pris ces taches ?

— Mon père y est mort noyé, dans le baquet.

— Et ta mère ? Tu sais qu'elle doit pleurer, à l'heure qu'il est, ta mère ! Satan lui a enlevé son fils aîné ! Elle va devenir quoi, sans toi, ta mère ?

— Elle a cinq garçons et elle ne s'est pas souciée de moi depuis qu'elle m'a mis en apprentissage.

— Alors c'est ton maître que tu as abandonné !

— Il m'a donné sa bénédiction. Il croit que je suis parti pour une femme.

— Une femme ?

160

— Quand on dit : « par amour », vous autres grands bâtards pensez forcément à une femme.

Je lui allongeai une forte taloche qu'il reçut sans ciller. Ensuite il dit que quelque chose, il ne savait expliquer quoi, s'était imposé à lui, installé en lui. Une conviction, une évidence. Il avait quitté le tailleur de pierre chez qui il travaillait et s'était mis en chemin vers le sud, haranguant, rassemblant, étonné de la facilité avec laquelle les petits qui glanaient le grain, pilaient le linge, déterraient les racines, tressaient le chaume ou gardaient la volaille, se levaient pour le suivre. Il ne pouvait dire combien de recrues comptait sa troupe, il en arrivait toujours plus qu'il n'en partait. Non, pas d'armes, pas non plus de chevaux. Vers Noyon, une paysanne leur avait donné son baudet pour porter à tour de rôle les plus jeunes. On les avait chassés de Senlis où ils espéraient remplir leur musette. Ils avaient mangé l'âne et attrapé un flux de ventre en buvant l'eau de la Nonette. Ils avaient contourné Paris, à cause de l'archevêque qui ne croyait pas en leur mission et les eût envoyés volontiers au bûcher.

— Est-ce vraiment toi le chef ?

— C'est moi le guide. Quand ils en ont besoin, c'est moi le père.

Chef et père à treize ans ! De toute ma taille, je me levai et le toisai. Il ne détourna pas les yeux. Je me campai devant lui. En fait, il n'était pas si petit. Mais j'avais des épaules de lutteur et je pouvais sans broncher renverser un taureau.

— Tu veux savoir ce qu'il advient des chefs de ton espèce ? Tu veux savoir ce qu'on leur fait, pour leur ôter le goût de mener plus faibles qu'eux à une mort certaine ?

Je le poussai vers le feu, dont les braises évoquaient les tortures de l'enfer.

— Celui qui t'a infecté comme tu infectes les autres, comment t'a-t-il convaincu ? Et toi, à ceux que tu convaincs, quelle fable vends-tu ?

Sur un chantier, il avait entendu parler du mouvement qu'un certain Nicolas avait levé en Allemagne quelques mois plus tôt. Une troupe mélangée de guenilleux, d'apprentis, de saisonniers sans emploi, d'orphelins, de vagabonds, tous pauvres entre les pauvres, qui avaient suivi la route du Rhin et cheminaient vers la Bulgarie. Je pensai au moine Pierre L'Ermite qui en 1096 avait le premier endossé la croix, avant même le départ des seigneurs, entraînant des milliers d'hommes, de femmes et d'enfants vers les déserts fauves où les Infidèles les avaient massacrés. Il s'agissait là aussi de miséreux, mais ils étaient encadrés, avec à leur tête un homme mûr, connu de l'Église et béni par elle. Dans le cas qui m'occupait, les choses semblaient avoir pris corps comme une boulette de neige grossit en dévalant une pente. Le petit gars s'appuyait au manteau de la cheminée pour ne pas basculer dans le feu. Il soutenait mon regard.

— Si je meurs, un autre me remplacera. Nous finirons plus nombreux que les étoiles au ciel et la mer s'ouvrira devant nous. Notre cœur est pur et notre cause est juste. Tuez-moi. Je serai plus tôt là-bas.

Je l'attrapai par un pan de sa chemise à l'instant où il allait tomber dans le feu. Le tissu se déchira. En se rajustant, il me regarda avec un mélange de commisération et de patient mépris.

— Je vous plains.

Je le frappai. Il tomba, sa pommette se mit à saigner. Il resta à terre, je me retins de lui bourrer les côtes. J'aurais pu le broyer. Si je n'avais pas déjà tant tué, et souvent de si triste manière, je l'aurais fait. Il se redressa. Il ne pleurait pas. Entre ses dents serrées, il murmura :

— Mon Père, pardonnez-leur, ils ne savent pas ce qu'ils font.

Je me penchai, la colère me battait dans les oreilles, vraiment j'aurais pu le tuer. Je commandai :

— Répète, répète plus haut.

Il protégea son visage de son bras replié. C'est vrai, il n'avait que treize ans, mourir l'effrayait moins que souffrir. Il bégaya :

— Ce que vous faites à un plus petit que moi, c'est à moi que vous le faites.

Il avait raison, le bougre. Mais cette raison, qui la lui soufflait ? Je le giflai. Il ferma les yeux, il ne respirait presque plus. Je le saisis par une épaule et je le soulevai comme ça, comme je fais d'un lapin. Il ne pesait rien. Un petit sac d'obstination et d'erreur. Je secouai le petit sac, qui rouvrit ses yeux de grenouille. Sur moi. Un regard au-delà de la peur, un regard sans âge, imbu d'une supériorité paisible. Je lâchai le sac et, du pied, je le poussai contre la pierre du foyer. J'aboyai :

— Réponds avec tes mots à toi ! Je veux des noms, une histoire qui ait du sens, pas des bouts de paraboles !

Il sourit vaguement, avec une clarté lunaire sur son mufle souillé, et il crachota :

— Une histoire ? Tu veux une histoire ? Je vais te mener à quelqu'un qui te racontera.

Je l'assommai. J'étais Jacques le Droit, j'avais porté le

fer et le feu en terre païenne, qui n'avait pas combattu avec moi ne me disait pas « tu ».

Après celui-ci, j'en vis quantité d'autres. Les hommes du prévôt les harponnaient en ratissant la région, le premier de la ligne, le plus costaud, le plus vif, celui qui en marchant chantait le plus haut. Par paquets de dix, vingt, trente, les groupes convergeaient vers Sens, pour suivre le réseau d'Agrippa jusqu'à Autun et rejoindre la voie de Valérien qui descend par Lyon puis Valence jusqu'à la mer. Je connaissais bien ce chemin des Romains. Les chariots l'empruntaient, des bastions le balisaient et les brigands attaquaient surtout les convois. Les brigands n'effrayaient pas mes enfants, mais la plupart n'avaient jamais quitté leur clocher et, faute de pouvoir se repérer autrement qu'avec les étoiles et le soleil, ils suivaient ce qui était déjà tracé. De surcroît ils avaient mal aux pieds, et la pierre d'une bonne route blesse moins que les sous-bois. Pour des futurs martyrs, je les trouvais douillets. Ils ne racontaient rien qui pût me surprendre. Depuis Marseille, ils comptaient rejoindre Venise et gagner à leur cause un armateur de cogues, qui sont des gros bateaux de commerce, plus lents que les galères mais plus stables dans les tempêtes. Embarqués sur deux ou trois de ces navires, ils se voyaient déjà arrivés à Constantinople. Après... Après, dans leurs yeux fixes qui malgré mes menaces et mes coups ne versaient pas une larme, tout ressemblait à un rêve que je connaissais bien. Du sable, des pierres dorées, des indigènes à mœurs très cruelles, des animaux extraordinaires qui gardent l'eau dans la bosse de leur dos, beaucoup de serpents et de scorpions. Et au bout, précise et scintillante comme le sont les mirages, une ville blanche entourée de murailles. Une ville magique dont les maléfices retenaient le corps du Christ prisonnier depuis plus de mille ans. Un beau conte d'avant dormir. Si j'en avais eu le loisir, j'aurais bordé ces petiots dans un lit clos au lieu de les juger. Mais le service du bien, que j'incarnais, m'interdisait de m'attendrir. J'étais l'arc, j'étais les flèches, et ma main ne devait pas trembler. Le problème restait que dans ce fouillis, je ne parvenais pas à me fixer une cible. Les garçons qu'on m'amenait me tenaient tous le même langage illuminé et confus, duquel n'émergeait aucune forme précise. C'était la ronde de l'homme qui a vu l'homme, le chien qui court après sa queue. On leur avait parlé de, ils avaient cru comprendre que, en dormant ils voyaient ceci, pendant la messe à nouveau cela, et les récits des aînés, et les nouvelles colportées de marché au grain en foire à bestiaux, sur le roi qui dans ses palais menait vie de satrape, sur les dignitaires de l'Église occupés à grossir leurs bénéfices, sur les comtes et barons qui, sevrés d'Infidèles, prenaient pour ennemi mortel leur voisin. J'en abîmai quelques-uns, à juste proportion de ce que j'escomptais en tirer. Je ne réussis à en décourager aucun. Comme on manquait d'endroits où les enfermer, je transformai les écuries du prévôt en prison. Les valets se signaient en traversant la cour, et les vieilles femmes apportaient en cachette du gruau aux gamins. Ma colère couvait, mais je n'avais pas de haine. Je m'exaspérais seulement de sentir la matière m'échapper à mesure que je refermais sur elle mes bras. Ils étaient des centaines, je ne pouvais pas les mettre tous aux fers ! Chaque fois que j'en saisissais un, il en poussait effectivement un autre. Qui avec les mêmes chants et la même détermination entraînait ses compagnons une lieue plus loin.

Je repensai au premier petit gars, le bègue, avec ses ongles bleus. J'ordonnai qu'on me le ramenât, la plaie sur sa pommette avait séché, il avait maigri et il me regardait un peu moins droit. Je demandai :

— Tu as perdu ta langue et les paroles du Christ ?

Il répondit :

— À quoi bon prêcher, vous êtes à vous seul un désert.

Je levai la pogne, il soupira. Je me contins, je grognai :

— Mène-moi à ce quelqu'un, ce quelqu'un qui m'aidera à vous comprendre.

Il s'éclaira, on eût dit une chandelle dans une citrouille.

— Parce que maintenant vous voulez nous comprendre ?

Je hochai la tête. Ce n'était qu'un demi-mensonge, après tout. Il me prit par la main, pas l'ombre d'une rancune, un père avec son grand garçon. Nous descendîmes ainsi l'escalier, les gardes levèrent un sourcil stupide, nous franchîmes le guichet et débouchâmes devant la halle. C'était jour de marché sous le soleil pascal. Yeux de Grenouille me sourit :

— Vous verrez, *elle* saura vous convaincre.

Je ne relevai pas. Il ajouta :

« Je m'appelle Thomas. Et vous, je sais, c'est Jacques. » Nous nous mîmes en route vers les champs.

—JE suis mal fringuée, je sais. Mais c'est votre faute, j'ai dû emprunter des trucs à une copine. Merde, vous pourriez quand même m'autoriser à rentrer chez moi pour prendre des vêtements ! Mon mec est à la morgue et je n'ai même pas le droit de dormir dans mon lit ! Combien de temps vous allez les laisser, vos scellés ?

Eve Ebey a une voix trop vieille pour elle. Un peu rauque. Feutrée, comme un lainage lavé à chaud. Elle s'assied sans que personne l'en prie et sort son paquet de cigarettes. Nicolat l'arrête d'un geste inquiet.

— On ne fume pas dans le bureau du commissaire.

— Et pourquoi on ne fume pas ? Pourquoi *je* ne fumerais pas ?

— Mme Apenôtre est asthmatique.

— Condoléances. Fait chier. Alors, ces scellés ?

— C'est le commissaire qui décide. Au cas où ça durerait un peu, faudrait voir à vous loger ailleurs. On a relevé les empreintes, l'enquête de proximité sera bientôt bouclée. Mais vous devriez aller chez vos parents, en attendant.

— J'ai l'air d'une fille qui dort chez ses parents ?

167

Non. Franchement non. Nicolat n'ose plus regarder Eve de bas en haut, ni de haut en bas, d'ailleurs. En bas, il y a les cuisses. Et en haut, les seins. Pas très gros, à ce qu'il devine, mais qui pointent si bien qu'avant la fin de la journée sûrement le tricot sera troué. La jeune fille croise les jambes. Elle a des chevilles incroyablement fines. Elle soupire. Ses expressions changent si vite que Nicolat se demande auquel de ses visages il doit se fier.

— Ils ont transporté Thomas à l'Institut médico-légal. Il était déjà mort, vous aviez besoin de le faire charcuter en plus ?

— Quand on part sur une enquête de décès, surtout avec présomption d'homicide, il faut une autopsie en règle. Je suis désolé.

— J'ai retrouvé sa mère, là-bas. Elle m'a dit que c'est vous qui l'aviez prévenue, que vous étiez gentil, que si je vous revoyais, je devais vous remercier.

Nicolat attend. Un merci, c'est toujours doux à entendre. Mais rien ne vient. Eve a baissé son menton pointu, elle ressemble à la petite fille qu'elle devait être il n'y a pas si longtemps.

— Sa mère voulait lui parler une dernière fois, comme moi. On s'est assises dans « l'amphithéâtre », c'est comme ça qu'ils appellent la salle où ils présentent les corps. On crevait de chaud là-dedans, mais Thomas, quand on nous l'a roulé sur son chariot, c'était un bloc de glace. Il ne se ressemblait plus du tout, j'ai cru qu'ils lui avaient cassé le nez en le déménageant. Sa mère s'est mise à pleurer et moi, j'ai engueulé le préposé. Il a répondu que les morts changeaient avec le temps, comme les vivants, que le thanato-practeur allait passer, un artiste qui faisait des miracles avec le maquillage. La mère de Thomas et moi, on ne savait pas comment se tenir, alors on est restées là, debout à côté du chariot, à essuyer notre nez. Un moment idiot. En remontant, on s'est serré la main, et puis elle m'a dit :

— Il m'avait tellement parlé de vous, j'ai l'impression de vous connaître. Son frère ne peut pas venir, il est aux Marquises. Vous comprenez.

Tu parles, que je comprenais. Thomas et son frère s'étaient fâchés à cause de moi. Le frère fabrique des bateaux. Conçoit des bateaux, plutôt. Les plans, les cotes, tout ça. Il a commencé dans un super-labo, en Floride, où des super-techniciens recréent avec des maquettes les conditions des grands naufrages des dix dernières années. Thibaut faisait les maquettes. Au cinquantième, mais tout à l'identique. Dans un bassin géant, avec des espèces de pales à roulis, les super-techniciens fabriquent des houles croisées, des vagues qui dans la réalité doivent mesurer plus de dix mètres. Des filins retiennent la maquette qui se fait chahuter, ballotter, submerger. Sur ordinateur, les scientifiques suivent les réactions du bateau, de la première voie d'eau jusqu'au moment où il s'enfonce. Thomas avait visité ce labo avec son frère, c'est là qu'ils s'étaient brouillés. Le directeur avait proposé un job de dessinateur à Thomas, qui avait refusé. Il craignait qu'on se quitte trop longtemps. Ces bateaux-là, n'empêche, ça lui aurait bien convenu. Des voyages à l'amarre et des naufrages trois fois par jour... Il paraît qu'au XIXe siècle, il y avait un métier comme ça : « naufrageur ». Une fois, Thomas m'a dit qu'avec mon tempérament, il m'aurait bien vue « naufrageuse ». Les nuits de brume, les types allumaient des feux sur les plages pour attirer les bateaux sur les récifs. Ils noyaient les survivants et ils repartaient avec la cargaison échouée. Très lucratif, il paraît.

Elle s'interrompt et jette à Nicolat un coup d'œil en crochet.

— La garde à vue, pour Jacques, vous allez la prolonger jusqu'à quand ?

— La garde à vue de M. Hérisson est suspendue, mademoiselle. Elle reprendra à sa sortie de l'Infirmerie psychiatrique.

Eve se retourne. Dans l'embrasure de la porte se tient une robuste statue de Maillol en chandail galonné, pantalon bleu marine et galoches de caoutchouc. La statue tend la main. Eve décolle à peine les fesses de sa chaise et serre vaguement les doigts carrés. La statue rejette le haut du corps en arrière, forçant la visiteuse à se lever tout à fait. Après quoi, bonne joueuse, elle sourit d'un sourire assorti à ses doigts.

— Je suis le commissaire Apenôtre. Nous aurons les résultats de l'expertise dans l'après-midi.

— Parce que vous croyez que Jacques est fou ? Me dites pas que vous vous laissez balader par lui, quand même !

Adeline Apenôtre dévisage la jeune fille. Elle est jolie, oui, et même un peu mieux. Son charme tient à quelque chose d'impalpable, une légèreté, un côté fluide qui donne envie de se pencher pour plonger au cœur de sa matière. « Un physique musical », pense le commissaire, qui joue du hautbois depuis l'enfance. « On dirait un petit torrent de montagne », pense au même instant Nicolat, qui a grandi dans les Pyrénées. Plutôt blonde, plutôt grande, très mince, une tige née pour ployer et s'enrouler, longs doigts, longs cils, teint diaphane, habillée d'une manière qui ne fait songer qu'à la déshabiller, avec des yeux de serpent d'eau, durs et brillants. Désirable. Vénéneuse. Adeline Apenôtre bombe le torse sur le mode gladiateur entrant dans l'arène, fait le tour de son bureau et insère la cassette des *Variations Goldberg* dans le magnétophone.

— Rasseyez-vous, mademoiselle. Et rassurez-vous, je connais mon métier.

— C'est sa femme qui joue la carte folie, ou c'est lui ?

— Mlle Ebey, le propos n'est pas là. Vous êtes pour l'instant le seul témoin à charge. C'est une lourde responsabilité que vous avez endossée. Vous comprenez bien cela ?

— J'ai sûrement fait moins d'études que vous, mais je sais compter, reconnaître ma droite de ma gauche et me souvenir que mon amant m'a dit qu'il venait de tuer mon jules.

— Je ne vous agresse pas, mademoiselle. Nous sommes là toutes les deux pour faire avancer cette affaire.

— Pas pour les mêmes raisons.

— Quelles sont vos raisons, Mlle Ebey ?

Eve ferme les poings en s'enfonçant les ongles dans le gras de la paume.

— Thomas est mort.

— Qui était Thomas Landman, pour vous ?

— Mon mec, mon officiel.

— Vous viviez ensemble ?

— Il habitait chez moi.

La jeune fille penche la tête vers son épaule. Ses traits un peu secs s'adoucissent comme si une main aimée les avait caressés.

— Pas facile mais génial. Un artiste, un type avec une tête comme une chaudière, et tellement d'idées en train de bouillir là-dedans, qu'il n'arrivait jamais à en choisir une pour la concrétiser. Côté pratique ça gênait plutôt, parce qu'aucun de ses projets ne se réalisait jamais, mais côté conversation, c'était tous les jours carnaval. Il me faisait rêver. C'est important de rêver.

Elle sourit. Quand elle sourit, elle est irrésistible.

— Je vais vous raconter un truc. Jacques, ça le faisait marrer. Thomas aussi. Le truc, c'est que je préfère le rêve à la vraie vie. Depuis que je suis gosse, je préfère le rêve. Ma mère m'a fourrée en pension pour m'en guérir, mais vous pensez bien que ça n'a rien arrangé. Mes profs, je les rendais gâteux ou alors franchement agressifs. On me renvoyait de partout et j'en étais fière. J'aime me sentir différente. Différente, c'est le commencement d'unique et unique, c'est exactement ce que je veux être. Dans la journée, je fais mon marché et la nuit, je fais ma cuisine. De rêves. J'explique : quand on me demande mon avis, quand je dois choisir une option ou une autre, je réponds dans le vague, je joue les gourdes. Et puis le soir, sous ma couette, je déballe ces moments, ces questions, ces gens, devant lesquels je me suis défilée. Je me demande ce que j'aurais pu faire ici, ce que j'aurais pu dire là et, dans chaque cas, je suis le fil. La réalité, vous n'en avez qu'une. Moi, je vis cent mille choses, je prends tous les chemins, je pousse toutes les portes, ma vie à moi, elle est infinie ! Évidemment il faut de l'imagination, un talent de comédienne et pas trop besoin de sommeil. J'ai tout ça. De naissance, je l'ai. C'est comme la bosse des langues, si vous voyez. Vous voyez ?

Adeline Apenôtre a déplié vingt et un trombones, qu'elle a rangés par groupe de trois sur son grand buvard vert. Il est rare qu'un témoin l'agace spontanément, et qu'en plus, elle ne sache pas pourquoi. Elle relève son nez rond en ravalant une sournoise envie de mordre.

— Je vois.

Eve la toise. Avec son œil glacier, avec toute sa longueur de cuisses sur laquelle Nicolat se retient héroïquement de loucher.

— Je ne crois pas, non. Vous avez la bosse de quelque chose, vous ?

Le commissaire s'entend répondre d'un ton martial :

— Du service public.

Eve tape du plat de la main sur le bras du fauteuil.

— Vous rigolez ?

Vexée, Adeline Apenôtre rougit. Heureusement, le fond de teint « spécial sport » camoufle.

— Rarement. En l'occurrence, pas du tout.

— Et ça vous est venu comment ?

— Vers douze, treize ans.

— Vous étiez tellement moche ?

Adeline Apenôtre appuie sur l'insolente deux yeux de plomb. Eve mord sa lèvre inférieure et le fidèle Nicolat, aussitôt et bien malgré lui, se met à grignoter sa bouche.

— Vous énervez pas, moi aussi, j'étais moche. Mais si. Les genoux en osselets, le cheveu filasse. Les autres filles se moquaient grave. Du coup, maintenant, avec les femmes, je suis teigne. Désolée, je peux pas m'en empêcher. Et puis que vous soyez flic, faut dire, ça n'arrange pas.

Le commissaire ouvre le dossier posé sur son bureau. Les trombones s'éparpillent.

— Si vous voulez que justice soit faite, il faudra vous en accommoder, de la femme flic.

Eve pivote sur son siège. Nicolat s'est punaisé en affiche contre le mur.

— Vous y croyez, vous, à la justice ?

Le bon gars cherche quoi répondre pour l'impressionner favorablement, mais sur le moment il ne sait que branler du chef à la manière des petits chiens articulés sur la plage arrière des voitures.

— Moi, depuis que j'ai compris ce que les médecins légistes avaient fait à Thomas, la justice, ça me branche plus trop. Je pourrais boire quelque chose ?

Depuis sa visite à l'Institut médico-légal, Eve n'est plus la même. Sa haine de Jacques, sa volonté de lui faire payer la mort de Thomas, elle les a laissées là-bas, à la morgue. L'homme de marbre maillotté comme une fève, avec son absence de front et ses yeux saillants, cet homme-là, elle ne l'a pas reconnu. Elle aimait Thomas. Elle ne parvient pas à aimer celui qu'il est devenu. Elle est sortie du bâtiment tête baissée, surtout ne retenir aucune image, et elle a couru le long du quai, jusqu'à Notre-Dame. Elle s'est assise sur un banc, à côté d'un clochard en pantoufles, et elle l'a aidé à donner du riz aux pigeons. Les oiseaux se posaient sur ses bras, elle soufflait sur leurs plumes. Le clochard lui récitait du Hugo et elle n'avait plus froid. Avec le jour neuf, le vent allait se lever. Il la pousserait à reprendre le large. Jacques sous les verrous, Thomas dans sa glacière, ses deux hommes avaient quitté la scène. Elle avait mieux à faire que de poursuivre une vengeance. Si elle voulait survivre, il fallait qu'une autre pièce commence.

Ses esprits enfin rassemblés, Nicolat bredouille que l'espoir fait battre le cœur de la justice, une idée personnelle et optimiste, mais déjà la gosse ne s'occupe plus de lui, elle se tortille pour ôter sa minuscule veste en cuir, elle fait craquer ses doigts. La justice, c'est sûr, présentement elle a l'air de s'en contrefoutre.

— Un café ? Je vais chercher un café.

Nicolat n'a pas dit : « Pour vous aussi, commissaire, avec deux sucres », et il est déjà à la porte. D'un regard superglu, Adeline Apenôtre lui cloue les groles au plancher.

— La machine est en panne et Mlle Ebey doit nous parler de ses relations avec le déféré.

Eve se redresse sur sa chaise.

— Si je veux.

— Mademoiselle. C'est sur votre version des faits que repose l'accusation.

Eve soupire.

— Vous maintenez votre déposition ? Vous voulez la modifier ?

Eve plante deux pics à glace couleur d'azur dans les prunelles d'Adeline.

— Vous me prenez pour qui ?

Le commissaire a une longue expérience du pic à glace, et son outillage vaut celui de la petite.

— Nicolat m'a expliqué comment vous avez rencontré Jacques Hérisson, mais après ?

— Quoi, après ?

— Vous, lui, Thomas Landman.

— C'est notre histoire que vous voulez ? Elle ne vous regarde pas, notre histoire.

— Tout ce qui concerne Jacques Hérisson et qui peut avoir un lien avec le décès de Thomas Landman dans la nuit de lundi à mardi me regarde, que cela vous plaise ou non. Nous sommes dans le cadre d'une enquête pour homicide qui a démarré à votre initiative, je vous le rappelle.

– Ça va, j'ai compris.

Du bout du pied droit, Eve balance son soulier. Petite pointure, talon bobine. Adeline Apenôtre meurt d'envie d'ôter ses caoutchoucs qui la font transpirer, mais devant la petite, elle se retient. Elle revoit Hérisson, assis dans le bureau du rez-de-chaussée, avec sa gueule ravagée et cet étrange calme qui émanait de lui. La petite Ebey aussi est étonnamment maîtrisée. Le même mélange de présence aiguë et de distance, d'agressivité et d'indifférence. Adeline a examiné le cas sous tous ses angles. L'escapade amoureuse planifiée, l'aller-retour dans la nuit, la double dénonciation tactique agrémentée du charabia médiéval, tout indique un plan longuement mûri. Le chirurgien a dû potasser ses croisades pendant des semaines, repérer les lieux, collationner les indices aptes à donner de la crédibilité à son histoire. Les deux visages dans le cloître du Mont-Saint-Michel. Le bourg de Hérisson, près de la chaîne des Puys. Gilbert de Marne, l'ancêtre de son épouse, au siège de Saint-Jean-d'Acre. Malin, très malin. L'intime conviction du commissaire Apenôtre est que le grand Jacques a tué avec préméditation, sans autres circonstances atténuantes que la passion amoureuse qui, blablabla, conduit à des folies. Ensuite, il a sorti 1228 de son chapeau en espérant que ce leurre détournerait l'enquête. Il ne croit pas au premier mot de son histoire, comment y croirait-il ? Il manœuvre, il feinte. À moins qu'il n'ait fabriqué ce délire de manière inconsciente, pour échapper à l'horreur de son acte. Mais il semble vouloir être jugé, et on ne juge pas un fou. Alors ?

– Alors ?

Eve a remis sa chaussure. Elle étire ses jambes, découvrant une nouvelle rallonge de peau sous collant voile.

– Je ne suis pas votre genre, hein, commissaire ? Ne vous en faites pas, j'ai l'habitude. Jacques, c'était pareil. Je n'étais pas son genre mais c'était comme avec vous, ça m'excitait plutôt.

Ce qui exciterait Adeline, ce serait d'attraper la petite et de la tordre en serpillière. Néanmoins elle répond d'une voix neutre :

– Continuez.

– Bon. Autant y aller, on sera débarrassés. D'abord la balance, puisque c'est ça le début. Jacques l'a achetée, ce con. Une fortune. Il fallait vraiment qu'il roule sur l'or pour claquer des sommes pareilles dans une vieillerie qui ne donnait même pas la mesure exacte, parce que l'antiquaire n'avait pas les poids d'origine. Remarquez, c'est peut-être ça qui m'a excitée. Je ne sais pas ce qu'il en est pour les femmes, mais il y a des hommes qui donnent envie de profiter d'eux. Pas forcément des nuls, Jacques était con mais pas nul. Pas forcément des mous, des faibles, des ratés, des crétins, des gros pleins de fric sans rien dans la tête ou dans le pantalon. À part Jacques, j'en ai connu plusieurs qui suscitaient ça et qui pourtant étaient des mecs formidables, des mecs qui en jetaient. Mais ils ont tous quelque chose, un endroit bien tendre et bien appétissant, où je ne peux pas m'empêcher de planter les dents. C'est succulent, de mordre là-dedans, difficile de vous expliquer, c'est presque comme prendre son pied. Avec Jacques, je me suis retenue une semaine ou deux, le temps qu'il se décide à m'emmener à l'hôtel. Thomas et moi on pariait, ce sera aujourd'hui, ce sera demain. Thomas n'était pas jaloux.

177

Pour lui, le corps n'était qu'un instrument bon à jouer la musique du plaisir, il disait qu'un pianiste se moque de voir un autre musicien poser les mains sur son clavier. Et puis Jacques était vieux, et tellement raisonnable. En vrai je ne le trouvais pas si vieux, et il m'attirait justement parce qu'il était raisonnable. J'aime bien les vieux. Les hommes qui ont de la bouteille. Autour de cinquante ans. Le double de moi, même un peu plus. J'aime l'idée qu'ils pourraient être mon père. C'est banal, je sais, mais on s'en fout. Avec mon père, on s'est perdus de vue. Il bourlingue toute l'année, une tournée ici, une virée-là. Quand j'étais petite c'était pareil, ma mère râlait, mais elle n'a jamais pu le retenir. C'est un artiste, mon père, un chanteur. De rock. Pas très connu, mais il se défend. Quand j'étais petite, il parlait de nous emmener aux States, et il nous racontait la belle vie qu'on mènerait tous les trois, là-bas. Il y est parti, mais sans nous. Il est resté en Floride deux ans, ensuite en Californie cinq ans, il m'envoyait des cartes postales avec des palmiers, avec des dauphins, avec des phoques, avec des fesses nues et toujours la même phrase au-dessus de sa signature : « On s'éclate. T'aime. » Il signait « Jules », jamais « papa ». Son vrai nom c'est Lucien, mais il trouve ça nul, pas typé. C'est lui qui a voulu m'appeler Eve. Il disait : « Qu'y z'y viennent, les marsouins qui te confondraient avec d'autres pouffiasses ! Tu es la première. Tu es la seule. Rappelle-toi bien ça. » Et il me lisait *Le Petit Prince*, le passage où le gosse va voir les roses qui se ressemblent toutes, et où il se rend compte que sa rose à lui, elle est unique au monde. Depuis que les hommes me regardent, et ils ont commencé assez tôt, j'en cherche un qui me regardera comme ça, comme une rose unique au monde.

Ma mère, elle faisait des bouquets. Elle en fait toujours, d'ailleurs, je ne sais pas pourquoi je parle d'elle au passé. Ses bouquets plaisent beaucoup, en tout cas plus qu'elle. Les fleurs séchées, ça ne vieillit pas. Ma mère a des doigts de fée et pas plus de cervelle que ses œillets. Elle croit aux promesses des hommes, aux anges, au mauvais sort, aux esprits vagabonds et à la résurrection des corps. Jamais elle ne sort le 13 du mois, ni ne retourne le pain, ni n'offre un canif ou des ciseaux. Elle lit son horoscope chaque matin, et pas un seul horoscope, tous ceux de la presse féminine, tous ceux de la presse télé. Tous, quoi. Elle copine avec la marchande de journaux au coin de sa place, près de la porte de La Chapelle, à côté du MacDo. Vous voyez ? La marchande est lesbienne. D'où surabondance de magazines gratuits. Ma mère ne remarque rien. Quand j'essaie de lui ouvrir les yeux, elle les écarquille et me répond que j'imagine le mal partout. Elle est Vierge. Sage les jours pairs, folle les jours impairs. Elle me certifie qu'elle mourra un jour pair et qu'elle m'a conçue un jour impair. C'est sûrement vrai. Moi, je suis Balance. Un modèle d'équilibre dans le déséquilibre. Il paraît. Je la vois peu, ma mère. Elle pèse une tonne. Il devrait y avoir des écoles réservées aux mères, pour leur apprendre la légèreté. Des écoles où on leur enfoncerait dans la tête que la vocation de leur fille n'est pas de vivre la vie qu'elles n'ont pas réussi à avoir. De réussir là où elles continuent d'échouer. De mériter leur tendresse et leur admiration, à elles qui manquent tellement de tendresse et que personne n'admire.

Jacques, c'était comme ma mère, il me voulait du bien. Il n'y a rien de plus gluant que le bien. Il disait que j'avais de l'étoffe, mais qu'on voyait au travers. Du potentiel sans méthode, du tempérament sans caractère, des opinions sans certitudes, du bon sens sans éthique. Au début j'ai pensé : Chic ! il va m'aider à grandir, et je l'ai admiré pour sa belle détermination à faire de moi « quelqu'un de bien ». « Quelqu'un de bien ». C'était son grand mot. « Tu es quelqu'un de bien et tu ne le sais même pas. » « Si tu t'appliquais à devenir quelqu'un de bien, tu verrais comme toute ta vie changerait. » Au début, j'ai marché. Personne ne m'avait jamais parlé ainsi, personne ne s'était soucié de regarder, au-delà de moi, la femme que je pouvais être. Mon père regardait sa peur des responsabilités, ma mère regardait sa médiocrité, Thomas regardait mon cul. Jacques, son trip, c'était Pygmalion. Pygmalion, Galatée, vous connaissez ? Au début, je trouvais ça flatteur qu'un homme de sa stature dans tous les sens du terme, costaud, beau mec, grand chirurgien, friqué, se préoccupe de mon avenir dans ce monde et dans l'autre. Je l'écoutais. Il m'offrait des livres, il m'inscrivait à des cours de théâtre, il me faisait répéter mes textes, il corrigeait mon vocabulaire. Il me donnait des leçons de maintien, comment croiser mes jambes, comment ranger mes couverts sur mon assiette et m'essuyer les lèvres. On se croyait un peu à l'auto-école, mais je faisais des progrès et j'aimais ses encouragements. C'est ça qui m'a tenue à lui. La confiance qu'il mettait en moi. Je n'avais pas l'habitude. On avait toujours joué avec moi, et moi aussi, je jouais avec les hommes. Ma vie, c'était des instants. Tu me donnes, je te prends. Tu me plais, je t'oublie. J'avais poussé comme ça, mon père me disait : « coquelicot sauvage », et ma mère : « graine d'ortie ». Jacques ne jouait pas. Tellement sérieux que par moments, c'était à crever de rire. Il parlait souvent de la brièveté de l'existence, du peu de temps dont chaque humain dispose pour remplir sa mission sur cette terre. Un langage de curé, et pourtant il allait rarement à l'église. Non, le point c'est qu'il était curé dans l'âme, de naissance, comme moi je suis une inventeuse d'histoires. Peut-être à cause de son métier, aussi. Quand on passe ses journées à charcuter des gens qui clamsent entre vos doigts ou qui, s'ils s'en tirent, ne seront de toute manière plus jamais comme avant, sûr, ça finit par déteindre.

Ça avait déteint. Avec moi pareil, Jacques voulait marquer un avant et un après. Dans mon corps, dans ma tête. S'il n'avait pas été marié, il m'aurait fait un enfant. Pour l'irréversible. Pour nier la mort, justement parce que la mort l'habitait et qu'il fallait se montrer plus fort qu'elle. Au lit, vous n'imaginez pas comment cet homme en apparence si tranquille se déchaînait. J'en avais eu, des amants gourmands, des gros calibres, des vicelards, des marathoniens, mais un numéro du genre de Jacques, jamais. Dès qu'on s'y mettait, c'était comme s'il partait au combat. En armure, à cheval, avec les cris de guerre et tout. J'étais une forteresse à prendre et il me prenait. Il y avait des ennemis à trucider, des filles à violer et il me saccageait, et il m'embrochait. Je vous jure, c'est ce que je ressentais. Quand votre adjoint m'a raconté ses déclarations d'hier, ses salades de chevalerie avec l'Eve qui me ressemble, ça m'a trouée. Et puis, j'ai réfléchi. Il y a des bouquins qui prétendent qu'on garde dans nos gènes la mémoire de nos ancêtres. C'est un de mes ex qui m'a expliqué ça. On n'en sait rien, au fond, de comment fonctionne la mémoire, comment les choses s'impriment, comment elles se transmettent. La génétique, les journaux en sont pleins, mais personne n'a de preuves. Pour les salades de Jacques, il y a forcément eu une graine, et pas n'importe laquelle. Priscille Hérisson, ça va l'arranger de soutenir que Jacques est devenu fou à cause de moi. L'aubaine pour se débarrasser du vilain mari adultère. Cette poseuse a trop d'orgueil pour supporter de se faire cocufier comme tout le monde. Son chirurgien modèle ne l'a pas trompée sciemment, pauvre lapin, il ne savait plus ce qu'il faisait. En tout cas, l'année dernière, il remplissait les bonnes cases dans la feuille d'impôts, il ne greffait jamais trois seins et elle ne se doutait de rien. Moi, avec Thomas, je pensais à l'avenir. Le mien, celui que Jacques voyait pour moi. Le nôtre, celui que je voyais pour nous. D'abord, il faut préciser qu'à force de penser à demain, à mes futurs rôles, à notre futur bonheur, Jacques passait complètement à côté de notre présent. Ensuite, je voulais bien voir mon avenir avec ses yeux à lui, mais lui refusait de voir le nôtre avec mes yeux à moi. Le hic, la « pierre d'achoppement », comme il disait, c'était Thomas. Je m'entêtais à ce qu'il accepte Thomas avec moi, Thomas entre nous, et lui pesait de tout son poids pour que j'éjecte « ce parasite », comme il l'appelait. Il était raide jaloux, une jalousie de tigre, de barbare, qui tranchait bizarrement avec son personnage bien élevé. Les premiers temps, avant qu'il comprenne combien je tenais à Thomas, il se surveillait. Il pensait qu'il devait me laisser la bride un peu lâche, le temps que je m'habitue. Il pensait qu'entre un jeunot sans boulot et lui, la pesée serait vite faite et qu'il l'emporterait sans avoir à se battre. Pas une seconde il n'imaginait que je pouvais avoir des critères différents des siens, et que Thomas à mes yeux pouvait valoir autant, voire davantage que lui. Encore l'orgueil. C'est fou ce que ça rend con, ce truc-là. Quand il a saisi qu'il devait me prendre avec mon mec ou pas du tout, il s'est lâché. Et là, vous auriez dû voir. La violence qu'il avait là-dedans, vous auriez dû voir. Il ne m'a jamais frappée, mais j'avais peur, vraiment j'avais peur. Ça présentait des avantages, d'ailleurs, l'excitation de notre rencontre commençait à retomber, la peur redonnait du piquant. Quand il était bien jaloux, je le trouvais plus viril que Thomas. Oui, je sais, c'est aussi nul que d'aimer les vieux parce que mon père s'est tiré, mais je n'y peux rien. Vous choisissez ce qui vous fait mouiller, vous ?

La gifler une ou deux fois, pour voir voler ses longs cheveux. La boucler dans ce que Nicolat appelle « la cage aux folles », avec les ramassis du quartier, les putes bien défoncées, les travelos, les loques pas lavées depuis six mois, plus la joviale Bertha qui est la plus immonde des maquerelles de Pigalle. Mais Adeline Apenôtre est une femme rigoureuse. Elle a fait vœu de servir son pays, pas ses instincts. Elle croise les bras sous son giron et se contente de répondre :

— Gardez ce genre de questions pour la cour de récréation, mademoiselle, et tenez-vous-en aux faits.

Eve sourit. Un but dans chaque camp, balle au centre.

— Des faits, c'est exactement ce que je demandais à Jacques. Du concret. Une pension. Un appartement où je viendrais à ma guise, mais où je n'habiterais pas puisque je dormais avec Thomas. Je voulais qu'on se montre officiellement ensemble, qu'il me présente à ses amis, que sa femme sache qu'elle avait perdu. Je voulais aussi qu'on fasse un fils, qu'il reconnaisse l'enfant, même s'il était un peu de Thomas, ou beaucoup de Thomas, qu'il l'entretienne et s'en occupe aussi bien que de ses filles. C'est un excellent père, Jacques. Enfin, c'était. Évidemment je demandais beaucoup. Pas beaucoup dans l'absolu, je connais plusieurs couples qui vivent ce genre de vie, mais beaucoup pour Jacques. À cause de son obsession du bien, le bien-penser, le bien-faire. À cause de ses certitudes en béton, son existence réglée au métronome, travail, famille, patrie, plus la chasse à courre pour éliminer les toxines et le compte suisse en prévision de la retraite. Vous vous souvenez des trois petits cochons ? La maison de paille, la maison de bois, la maison de briques ? Jacques, avec ses études, son boulot, sa femme à particule et ses filles en classe chez les bonnes sœurs, il se croyait à l'abri de tout. Bon petit maçon qui mettait le bon ciment avec la bonne truelle pour dissuader le méchant loup. Il n'avait pas prévu que j'entrerais par la cheminée et que ça ferait un sacré courant d'air. Mais c'est ça, vivre. Avoir chaud, et puis froid, et puis chaud, et puis froid. Le grandiose, avec Thomas, c'est qu'il me donnait chaud et froid en même temps ; deux chats sur une gouttière, on était ; on regardait la lune, on se faisait une ligne et on partait dans les étoiles... Jacques, il n'aimait que l'eau tiède. On aurait dit qu'il avait un thermostat intégré, et surtout ne pas prendre de risques, surtout ne pas se découvrir.

Il me voulait gratis, qu'on ne casse pas un seul pot, que ses filles grandissent en pensant que leur papa était un mari et un père admirables, que Thomas disparaisse comme un vilain cauchemar, et que je l'aime fidèlement, dans la joie et dans l'absence d'épreuves, jusqu'à ce que la mort nous sépare ou, si monde meilleur à venir, ne nous sépare pas. Idyllique, le tableau. Seulement les contes de fées, c'est comme mes histoires d'avant dormir, on les écrit, on se les raconte, mais on ne les vit pas. Jacques croyait qu'en y appliquant toute sa volonté, on arrive à plier les gens et les événements. Quel intérêt, je vous demande ? Pauvre type. Sa maman avait oublié de lui faire apprendre ses fables quand il était gamin. Moi, je plie, je laisse passer la bourrasque et je me redresse, peinarde, sous le soleil. Jacques, c'était du chêne pur chêne, du cœur de chêne. On fait des poutres maîtresses et des meubles qui tiennent des siècles, avec ce bois-là. Bien sûr, quand la tempête s'est levée, quand « choisir » s'est mis à signifier « renoncer », quand il s'est rendu compte qu'il ne maîtrisait rien, qu'il ne possédait rien et que ses belles certitudes fondaient dans la brume de novembre, alors d'un coup, il est tombé. Ce que je n'avais pas imaginé, c'est que Thomas tomberait aussi. Avec Jacques, je jouais une partie que je pouvais accepter de perdre. Mais Thomas, personne ne pourra le remplacer. On ne remplace pas le vent, la musique, le rêve. Je porterai toujours son deuil. Je continuerai à montrer mes cuisses et à allumer votre adjoint mais, dedans, j'aurai toujours froid. Ne me regardez pas comme ça. Moi aussi, je suis capable de souffrir. Et même, je vais vous dire, je suis même capable de prier.

— Je ne vous juge pas, mademoiselle.

— Si, vous me jugez. C'est votre truc, à vous aussi. Pour ça, vous ressemblez à Jacques. Le bien, le mal, la damnation, le rachat. Et moi, bien sûr, je suis la copine du serpent.

— C'est votre interprétation.

— Je suis moins tête folle que j'en ai l'air, vous savez.

— Vous m'avez l'air d'avoir la tête très bien vissée sur les épaules.

– Avec vous, on est deux. Sauf que moi, ma tête, elle me sert à m'évader, et vous, la vôtre, elle vous sert à mettre les gens sous les verrous.

– Je vous signale que c'est vous qui avez dénoncé Jacques Hérisson.

– Qu'est-ce que je pouvais faire d'autre ? Tant pis pour Jacques. On n'aurait pas dû prendre un chocolat chaud ensemble. Chacun a ses limites, le truc, c'est de les connaî-tre et de ne pas trop forcer. Thomas, il forçait depuis toujours, la dope, le sexe, les nuits blanches, l'alcool, le jeu, les petits boulots et les grosses dettes. Danser sur la corde raide, il avait l'habitude. Mais Jacques, non. Forcément, ça devait mal se terminer. Il ne supportait plus de me partager. Il voulait que je choisisse. Et moi, normal, je répondais : « C'est à toi de choisir, mon grand, pourquoi je ferais ce que tu n'es pas capable de faire ? »

Eve fixe le commissaire.

– D'où le week-end de la Toussaint au Mont-Saint-Michel. Vous me suivez ?

— DOCTEUR Hérisson, je parle au médecin, au brillant chirurgien que vous êtes. Comment analysez-vous votre cas ?

Jacques cligne les paupières. Ses yeux le brûlent. Où est-il ? Qui est ce psychiatre vieillissant, avec ses ongles de grand fumeur, son absence de lèvres et son interrogatoire doucereux ? Confesseur tarifé, qui d'une main condamne à la nuit des fous, de l'autre entrouvre le paradis avec une ordonnance d'anxiolytiques.

— Votre question n'a pas de sens. Ce n'est pas le médecin qui se trouve devant vous.

— Alors qui ?

— Il y a eu un avant. Il y a eu un après. Et puis il y a maintenant.

— Un avant ?

— Avant ma rencontre avec Eve. La jeune fille qui m'a livré à la police. Quand je vous ressemblais, je suppose. Un homme qui, parce qu'il s'était beaucoup mêlé de la vie d'autrui, croyait avoir beaucoup vécu. Un homme pétri de bonne conscience, qui donnait son avis sur tout avec la conviction de détenir la vérité.

Salviat remet ses lunettes sur son front. Il ressemble à un journaliste en fin de carrière pendant un débat télévisé tendu.

— Ne croyez pas que la ligne entre le bien et le mal me soit toujours aisément perceptible. On rencontre ici des situations qui font douter même de soi.

— Ah oui ?

Jacques regarde le bloc de papier où son interlocuteur a dessiné un entrelacs de feuilles d'acanthe. Le psychiatre pose l'avant-bras sur la feuille.

— Et « l'après » ? Qu'appelez-vous « l'après » ?

Jacques ferme les yeux.

— Après, j'ai coulé dans un puits. Très vite. Tout s'est mis à tourner, et plus je descendais, moins je reconnaissais le monde qui m'avait construit. Eve fait cet effet-là.

— Quel effet ?

— Je suis allé à Cayenne, une fois, pour un colloque. Dans le grand bois guyanais, il y a une petite mouche qui pond dans le conduit auditif des mammifères endormis. Les larves éclosent et se nourrissent du cerveau de leur hôte. Les bêtes se fracassent la tête contre les troncs d'arbre. Les hommes sont pris de vertiges, de migraines, de crises de lubricité et de férocité. Ils perdent le sommeil, l'appétit, la vue, l'ouïe. La plupart finissent par se pendre ou se jettent dans les bras d'eau dormante. On ne connaît pas de remède. Moi non plus, je n'avais pas de remède. Eve était entrée en moi, elle se nourrissait de moi. Mon dernier sursaut a été de m'en remettre à saint Michel, celui qu'on nomme le Peseur d'âmes. Je jouais mon va-tout. Le Jacques d'avant et celui d'après, chacun dans un plateau de la balance.

– Qu'a donné la pesée ?

Avec l'index de sa main gauche, Hérisson suit le tracé des veines qui courent sur sa main droite.

– C'est à vous de me le dire.

Un temps passe, assez long. La pluie bat les carreaux poussiéreux. Il doit être près de quatre heures. Depuis son dîner avec Eve, à l'auberge du Mont, Jacques n'a mangé qu'un paquet de chips et une tablette de chocolat. Il a si faim que la tête lui tourne, et pourtant il sent qu'il ne pourrait rien avaler. Il a tellement sommeil que si on l'oubliait, il s'endormirait là, assis sur sa chaise en plastique. Il prend une inspiration assez profonde pour être la dernière. Il aimerait qu'elle puisse être la dernière.

– L'abbaye ne ressemble à rien de ce que j'imaginais. C'est une merveille mondiale, oui, le lieu touristique le plus visité de France, un monastère livré aux foules et dont quelques bénédictins tentent bravement de préserver le caractère sacré. Mais c'est surtout un mystérieux vaisseau que les vents, les marées, les hommes battent depuis plus de mille ans, une arche indestructible qui dans ses pierres garde la mémoire du temps. Le silence y parle. L'ombre y cache des présences. Très vite après sa fondation, le pouvoir suprême a enfermé là des courtisans tombés en disgrâce, des théologiens, des philosophes, des scientifiques dont les théories dérangeaient et qu'il fallait retirer du monde sans pourtant les tuer. Certains restaient au secret, entre ciel et mer, entre vie et mort, pendant des années. La communauté les nourrissait. Ils assistaient aux offices. Quand le prieur leur accordait droit de promenade, ils arpentaient la terrasse qui surplombe la baie. Leurs pas hantaient les colonnes du cloître. Mes pas ont suivi les leurs. Ils renversaient la tête en arrière, ils interrogeaient le vol des oiseaux, ils cherchaient dans ses caprices un signe du destin. Je les ai imités. Les nuits, les jours s'égrenaient en interminable chapelet. Ceux qu'habitait la foi trouvaient dans la prière un secours. Ils apprenaient à céder, à s'effacer. Ils pardonnaient. Ils se réconciliaient. C'est ce que j'ai essayé de faire. Mais moi, je n'ai pas réussi. Moi, au lieu de libérer Thomas, je l'ai tué.

Sur son bloc-notes, Jean Salviat a rajouté une mitre et deux crosses d'évêque, d'une facture très soignée. On jurerait qu'il n'a rien écouté. Il prend pourtant sa voix intime, comme s'il avait traversé avec Jacques des épreuves fondatrices :

— Pourquoi vous accusez-vous avec tant de fermeté ? En espérez-vous un bénéfice ?

Jacques hausse les épaules.

— Je ne vois pas lequel.

— Vous y trouvez un soulagement ?

— J'ai tué mon rival. J'ai avoué mon crime. Je l'assume. On me jugera, c'est normal. Et j'accepterai le châtiment.

— Vous le souhaitez, ce châtiment ?

Jacques hésite.

— Sans doute. Oui.

— Docteur Hérisson... Votre âme pèse-t-elle plus ou moins lourd aujourd'hui qu'avant votre nuit dans le cloître ?

Le front de Jacques se mouille. Ce médecin le trouble. Inexplicablement, il sent chez lui plus qu'une attente, presque un écho. Un écho... Jean Salviat se penche, les coudes froissant ses notes décoratives. Par-dessus les lunettes en croissant, son regard cherche celui de Jacques.

— Essayez de décrire votre acte. Pas seulement l'acte en soi, mais ce qui s'est passé à l'intérieur de vous.

Raconter ne changera rien. Et pourtant. Une dernière fois. La toute dernière fois.

— Thomas se tenait là, sous la lune. J'avais préparé mes mots, j'avais passé la première moitié de la nuit à répéter ce que je comptais lui dire. J'ai trop tardé. Je n'aurais pas dû chercher à prolonger l'instant. C'est lui qui a parlé le premier. J'ai compris que je m'étais trompé sur tout, qu'Eve était à lui, qu'elle n'avait jamais cessé de l'être et qu'elle le serait à jamais. Je l'ai vue dans ses bras, je l'ai entendue crier son plaisir, rire et se moquer de ma jalousie. Elle était libre, et moi, j'étais toujours son prisonnier. La lune s'est éteinte, le monde s'est fait noir. Mon sang me battait dans la gorge. Je suis fort, Thomas n'a pas résisté. Je l'ai tiré vers le bord et, d'une poussée, je l'ai jeté dans le vide.

— Et ensuite ?

— Ensuite, j'ai voulu en finir.

— Mais encore ?

— Je suis parti dans la baie. La mer montait. Elle monte moins vite qu'au Moyen Âge parce que la baie s'est ensablée, mais elle m'a rattrapée.

— Et alors ?

— J'ai repris conscience dans un dispensaire. Je n'ai pas voulu qu'on prévienne ma famille. Je suis rentré par le dernier train, j'ai traversé Paris à pied, le jour se levait, marcher me soulageait. Arrivé en bas de chez moi j'ai préféré marcher encore un moment. Après, je suis monté.

— La chute du corps, c'était quand, exactement ?

– Dans la nuit de lundi à mardi.

– La nuit d'avant-hier, donc ?

– Oui.

– Le mois ?

Jacques soupire.

– Novembre.

– L'année ?

– 1228. Vous allez me reposer les mêmes questions en boucle ?

Salviat recule sur son siège. Sur son bloc-notes, en marge d'un motif végétal, il écrit : « boucle ».

– Non. J'aimerais aussi que vous me parliez de vous. Juste de vous. « Avant », « après », « maintenant »...

Jacques renverse la tête en arrière. Ici le plafond est tapissé de plaques beiges constellées de petits trous dans lesquels la poussière s'est incrustée. Il ferme les yeux. Encore un effort. Ensuite, il se laissera aller, emporter par le courant.

– J'aspire au Ciel. Je sais, dans les circonstances que je vis, cela paraît étrange. Je ne songeais pas au Ciel, avant. Avant, je pensais être ce qu'on appelle « un homme bien ». Charpenté, déterminé, fiable, ordonné. Mes parents sont des gens très ordonnés. Honnêtes, tranquilles, appliqués à ne pas faire de remous, à ne pas troubler la surface de la retraite douillette qu'ils ont mis tant d'années à construire. Le soir, dans leur petite maison de Senlis, ils tirent les verrous, trois verrous par porte, ils ferment les volets et ils mettent les barres aux fenêtres. À chaque fenêtre. Tous les soirs. Ma femme les méprise. Petite bourgeoisie, petite existence, ambitions et sentiments étriqués. Priscille ne le dit pas, mais avec son air de ne pas y toucher, sa distance polie, elle le montre. Elle les reçoit le moins possible, et seulement avec ce qu'elle appelle « des invités compatibles ». Ils sont discrets, ils n'insistent pas. Ma mère va guetter mes filles à la sortie de l'école. Elle reste à distance, de peur de se faire rabrouer. Priscille reste toujours polie, mais elle sait prendre un ton cinglant qui humilie mieux qu'une injure. Devant elle, ma mère a dix ans. Elle baisse la tête, elle bredouille des explications, elle s'embrouille et elle finit par se sauver en ravalant des excuses. Par paresse, mon père ne la défend pas. Par solidarité conjugale, moi non plus. J'estime ma femme. Elle m'a toujours paru détenir des vérités, des clefs qui me manquaient. Question d'éducation, c'est en tout cas ce qu'au moment de nos fiançailles, elle m'a fait comprendre. Je n'ai jamais eu beaucoup d'imagination. Si j'avais vécu avec Eve, elle m'en aurait donné. Eve a ce talent-là. Le don des voyages immobiles. Le pouvoir de vous emmener très loin de qui vous croyez être. Mon royaume à moi, c'est la matière. La terre, le sang. J'aime la campagne en hiver, l'haleine des chevaux, l'odeur du vin chaud et des chiens mouillés. J'aime me concentrer sur un but. Modeler, trancher, retoucher. Mon métier rend l'espoir, souvent la vie, à des gens marqués dans leur chair. J'en opère quatre, cinq chaque jour. Des cas lourds, des accidents de voiture, de parapente, de chasse. Des chutes d'échafaudage, des coups de revolver dans la bouche, des giclées d'acide. En rendant apparence humaine aux défigurés, je les sauve de la haine d'eux-mêmes et du dégoût de leurs proches. Je m'obstine, je m'acharne jusqu'à ce que le résultat soit digne de l'idée que je m'en fais. Au Mont-Saint-Michel, sous la Terreur, les prisonniers fabriquaient des chapeaux de paille. Enfermée là avec une pelletée de prêtres réfractaires et d'aristocrates en guenilles, Eve se serait raconté des histoires. Elle aurait séduit tous les hommes en se refusant à eux pour mieux s'imaginer dans leurs bras. Moi, j'aurais fait des chapeaux. Beaux, utiles. Je les aurais tressés en pensant à ceux qui allaient les porter. Cette idée m'aurait soutenu. Je crois que je n'aurais pas été si malheureux. Le guide nous a montré la roue qui actionnait le monte-charge construit à flanc de falaise. Sur cette roue gigantesque, il y a un promenoir. Six détenus y marchaient, nuit et jour, enchaînés. Ils hissaient les ballots de paille. Ils les déchargeaient. Leurs camarades les traînaient jusqu'au réfectoire, les éventraient et s'attelaient à la tâche. Jour et nuit. Ils mangeaient et dormaient sur les dalles humides, sur la paille moisie. Les plus forts réduisaient en esclavage les plus faibles. Je me suis demandé, je me demande encore si j'aurais été du côté des brutes ou de celui des soumis. Il y a la passion de vivre. Il y a le désespoir. Entre les deux, j'ai compris que tout était affaire de circonstance. Héros. Bourreau. Lâche. Victime. Ceux qui renonçaient à lutter se jetaient du haut de la terrasse. La rambarde n'est pas très haute, un corps bascule facilement. Les mouettes et les grandes marées nettoyaient. Je me suis penché. Il m'a semblé facile de sauter. De laisser mes os se briser sur les rochers et mon âme s'envoler vers ces nuages qui me cachaient le ciel. Je n'ai pas été élevé dans l'idée de Dieu. Je suis habitué à considérer la conscience comme une affaire neuronale et la mort clinique comme la fin de toute vie. Le paradis ne m'évoque que des plaisirs terrestres, et j'imagine l'enfer comme une sorte de gigantesque contrôle fiscal.

— Vous ne pratiquez aucune religion ?

— Je me suis fait baptiser peu avant mon mariage dans

l'espoir de me concilier les parents de ma femme. Mon père, qui est athée comme il est pêcheur à la mouche, avec placidité mais opiniâtreté, a pris cette conversion pour un reniement. Il m'a demandé de quoi ou de qui j'avais honte. Et j'ai eu honte, oui, de l'avoir mis dans la situation de me poser la question.

— Qu'est-ce que c'est, selon vous, être « un homme bien » ?

— Aujourd'hui ?

— Oui, aujourd'hui. Pourquoi... ?

Salviat hésite une fraction de seconde. Dans les yeux verts dont les cernes ont pris une teinte bistrée, le psychiatre croit lire de l'ironie. Lequel guette l'autre, et pour le mener vers quelle trappe ? Salviat achève sa phrase en détachant les mots :

— « Hier » serait différent ? En... 1228, ce serait différent ?

Les deux hommes se fixent. Ils se jaugent. Cette fois, ils sont au cœur du sujet. Jacques répond lentement :

— Pas vraiment *différent*. Décalé. Vous avez une idée de ce que je veux dire ?

Autour des feuilles d'acanthe, sur son bloc, Salviat a écrit « roue », « clefs », « contrôle fiscal », « pêche à la mouche ». Il rajoute : « décalé » et, sans relever la tête, demande :

— Expliquez-moi.

Jacques regarde à nouveau vers la fenêtre. Le jour décline. Son cœur se serre.

— Je ne me posais pas de questions. J'avais adopté des principes de conduite qui valaient pour ma vie professionnelle comme pour ma vie privée. Quand on a des garde-fous, on ne pense pas au vide. Ce que je faisais, j'essayais de bien le faire, et il me semblait que c'était ça, au fond, être « quelqu'un de bien ». Ma famille, mes patients, mes amis. Je gagnais de l'argent, j'en dépensais, j'en mettais de côté. Je croyais que l'argent et la notoriété fondent les relations entre les êtres. Qu'ils vous ouvrent les portes, les cœurs, qu'ils vous assurent l'estime de vos proches, qu'ils vous mettent de plain-pied avec des gens qui, sinon, vous prêteraient à peine attention. Un compte en banque bien garni, sa photo dans le journal et les applaudissements d'un public donnent l'assurance d'exister.

— Vous doutez d'exister ?

— Je suis né « sous X ». Mes racines, mes ancres, j'ai dû les choisir. Une femme dont la famille remonte à Charlemagne, un métier où l'on scie et raboute les os, un appartement de deux cents mètres carrés, une cotisation annuelle ruineuse au Polo. Mon train de vie attestait ma réussite, donc mon appartenance, et dans ma partie, la chirurgie réparatrice, on saluait mon talent. J'ai toujours eu besoin d'être reconnu. Hissé hors de la masse anonyme.

Salviat relance :

— Toujours ?

— En 1204, devant Constantinople, mon suzerain m'a donné permission de porter l'épée. J'allais à pied, mais je me battais en chevalier. En 1210, après l'aventure cathare où je m'étais distingué, l'évêque m'a prié de le suivre en Avignon, d'où j'ai ensuite gagné Rome. On m'a remis l'anneau des missionnaires du pape et une paire de chevaux. Sa Sainteté m'appelait par mon nom. Jacques. Je l'ai servie, et chaque fois elle s'en est trouvée satisfaite. C'est pourquoi, vers la Pâques 1212, elle m'a confié pour tâche d'arrêter une incroyable croisade d'enfants, qui s'était levée comme se lève le soleil, sans bruit, mais avec un éclat qui transfigurait la face de la terre. Des centaines, des milliers d'enfants... Et parmi ces enfants...

La voix de Jacques se brise. Dans le silence qui suit, on entend, comme un cœur nonchalant, le tic-tac de la pendule électrique accrochée au mur.

Jean Salviat ôte ses lunettes, qu'il replie sur la table. Il ressemble à un long siamois supputant la meilleure façon d'attirer une souris hors du nid.

– Monsieur Hérisson, pourquoi le Moyen Age ?

Jacques secoue la tête. Cette fois, il en a assez.

Salviat vit avec trois matous prénommés Socrate, Freud et Kant. Leur patience et leur apparent détachement lui sont un enseignement quotidien. Ne jamais se lasser ni se laisser distraire. Bonhomie et vigilance. À force de ne pas forcer, ses patients en arrivent presque toujours là où il veut les mener.

– Qu'est-ce qui vous attire vers cette époque ? La chevalerie, les croisades...

Les chats, en d'autres temps, Jacques les écorchait, il les embrochait et il les rôtissait.

– Ce qui m'attire ? Rien de particulier. J'en viens, c'est tout.

ILS AVAIENT installé une manière de campement dans la clairière d'une chênaie, à une demi-heure des palissades qui clôturaient le bourg. J'allais à cheval, l'enfant à pied. Il sautillait en m'expliquant à sa manière hachée que je me trompais sur lui, que je me trompais sur tout. Il n'était pas vraiment le chef, le chef c'était Dieu et chacun à son tour, selon la difficulté des étapes et la nature des épreuves. Il y avait la faim, la soif, l'hostilité des villageois, l'acharnement des curés et des mères de famille, la fatigue, les blessures et les maladies, les loups, le doute, la nostalgie des visages et des lieux familiers, les puces, le froid, la nuit. Il y avait les traîtres, les débauchés qui profitaient de la promiscuité, de l'épuisement, de la jeunesse des marcheurs pour voler leur plaisir. Voilà une chose à laquelle je n'avais pas songé. Je m'enquis :

— Avez-vous des filles, des femmes avec vous ?

Grenouille me jeta un coup d'œil par-dessous. Je songeai qu'il était peut-être plus aguerri ou plus vieux qu'il ne paraissait. Je ricanai :

— Sais-tu ce que c'est qu'une femme, au moins ? Quel âge as-tu ?

Il cracha et s'essuya, avant de répondre gravement :

— L'âge de me battre, donc l'âge d'aimer.

Je partis d'un grand rire et j'arrêtai mon cheval. Je sautai à terre, je lui fis signe d'approcher.

— Voyons un peu ce que tu appelles te battre !

Il s'agenouilla, il joignit les mains. Pauvre têtard, je lançai ma botte en gros cuir espagnol. Le coup n'arriva pas. Le drôle m'avait saisi le pied, tordu la jambe, j'étais par terre et il m'envoyait par poignées de la poussière dans les yeux. D'un bond je me relevai, ma paume chercha mon couteau, la bestiole me l'avait pris et le pointait juste au défaut de l'aine. Un mouvement, un appui et j'eusse été comme un cochon saigné. Je restai coi. Le petit me fixait, haletant et tranquille, sans insolence. Il avait le triomphe modeste. Il reprit son souffle pour lâcher d'une seule traite :

— Jurez que vous ne me ferez plus de mal.

J'étais beau joueur, c'est le privilège des forts. Je concédai ce qui m'était demandé et j'ajoutai, grand seigneur :

— Dis merci, je t'ai guéri de ton bégaiement.

Il dit merci. Je commençais à le trouver à mon goût. Il essuya mon couteau sur sa cuisse et me le tendit. Après, il s'assit dans l'herbe. La peur lui coulait de partout et il puait. Je lui envoyai une bourrade. Je n'avais plus de temps à perdre. Il se releva, ses jambes tremblaient, il ressemblait à un petit chiffon. Curieusement, je me sentais las. Je n'avais plus envie de le cogner, de le réduire. Je me remis en selle et nous finîmes le chemin sans un mot.

Le camp, bien sûr, n'avait rien d'un camp. Un feu mal protégé du vent, deux huttes de branchages, une pour les tout-petits, car il y en avait, l'autre pour les malades, car il y en avait aussi, les vivres et l'eau sous un grand drap, quelques outres et marmites, c'était là toute l'affaire. Ils étaient plus nombreux et d'âge plus varié que je ne l'avais imaginé. Beaucoup de très jeunes, huit, dix ans, vêtus de guenilles et de larges sourires, qui m'accueillirent avec des cris de poulailler en s'agrippant à mes étrivières. Pour qui me prenaient-ils ? Yeux de Grenouille rigolait, poings sur les hanches, l'air d'un qui regarde ses valets chahuter le visiteur. C'est vrai que je prêtais à rire, carrure de reître et mine faussement farouche, juché sur mon étalon qui piaffait, agacé par ces mouches enfantines. D'un coup, alors qu'on me tirait et me tâtait sans que je trouvasse comment réagir, je me demandai pourquoi j'étais ici. Pour éradiquer un mal, une folie ? Pour guérir ? Punir ? Sauver ? Tous ces petits visages qui se pressaient contre mes bottes étaient crasseux, maigrelets, mais, à n'en pas douter, joyeux. Confiants. Habités. Joyeux, confiants, habités par le mensonge ? Par l'hérésie ? Quel mensonge, hébergé par une telle innocence ? Quelle nouvelle et touchante forme d'hérésie ? Une croisade, m'avaient répété ceux qui m'envoyaient, une insensée, intolérable croisade d'enfants. Sans doute. Mais moi, à l'orée de cette aventure-là comme on l'est d'une forêt ensorcelée, qu'est-ce que je venais conquérir ou délivrer, quel devait être mon trophée ? Soixante, quatre-vingts petites bouches entonnaient un chant de bienvenue. Les bras se levaient vers le ciel, les pieds scandaient le refrain. Je fis pivoter mon cheval. Ils m'enserraient comme une mer. Jusqu'aux premières frondaisons du bois, je ne voyais que des petits enfants. Ma tête se mit à tourner. Où étais-je donc ?

Sous le ciel de Pâques, sur la terre de France, en l'an étrange 1212. J'avais pour roi Philippe-Auguste, pour pape Innocent III. Je m'étais fait homme en combattant toutes les formes d'hérésie. J'avais ravagé Acre, Zara, Constantinople. J'avais massacré les Albigeois. J'étais le champion du Bien, le chevalier de la Vérité. Ce que je savais, je le savais. Ce que je voulais, je le voulais.

Alors pourquoi mon cœur battait-il si lourd ? Pourquoi n'avais-je pas envie de sauter au milieu de cette foule de morpions, d'en attraper deux, trois, au hasard, pour les décourager d'espérer en moi ? Pourquoi est-ce que je restais coi, à me laisser applaudir et fêter par cette armée de nains, à boire dans la louche qu'on me tendait, sans recracher le vin aigre, sans gifler celui qui me l'avait versé ? Un moment, un assez long moment, j'eus le sentiment que j'étais un ambassadeur du monde réel égaré en territoire d'enfance, tripoté par des indigènes minuscules, qui avec des gestes oubliés me parlaient au cœur alors que je n'avais pas de cœur. Je ne pouvais les distinguer l'un de l'autre, tant ils étaient pareillement agités et poussiéreux. À l'écart, une dizaine de grands me considéraient avec plus de gravité. Ceux-là n'attendaient de moi ni bonne nouvelle, ni aumône. Ils avaient déchiffré les meurtrissures sur le corps de Grenouille, ils savaient que j'étais la balance et la hache. Je me secouai pour déblayer les plus jeunes, qui grimpaient sur mes cuisses et fouillaient dans mes poches. Et comme si ce cri m'allait rendre à moi-même, de toute la force de mes poumons, je hurlai :

– Thomas !!!

Mon têtard émergea d'un baquet, nu et ruisselant. Je plissai les yeux. Ce n'était plus un enfant, c'était un homme, frêle encore mais un joli modèle. Si je l'avais pris à mon école, j'en aurais fait un guerrier vigoureux. Voir les couilles du petit me fit sentir les miennes. La conscience de qui j'étais me revint, et avec elle mes certitudes en ordre de combat. Je me retournai. Nous n'étions pas en novembre. Le soleil portait des ombres nettes. Je me redressai aussi haut que je pus, et je criai bien ferme :

– Ho ! La Grenouille ! si tu ne veux pas finir en fricassée, mène-moi à qui tu sais !

Le petit gars renfila en hâte ses chausses poisseuses, et tout imprégné d'un air de gravité cocasse, il m'emmena dans le pré qui bordait le petit bois. Là, au milieu des hautes herbes, enroulé dans une couverture de couvent, quelqu'un dormait. Mon guide chuchota :

– Elle rêve, c'est important.

Je répondis :

– Tu te moques de qui, là ?

Il ne comprit pas. Ses lèvres se crispèrent.

– J'espérais mieux de vous.

Puis encore :

– Si on n'approche pas du mystère, on ne le connaît jamais.

Je fronçai les sourcils. Grenouille me poussa en avant.

– C'est une eau profonde, il faut vous pencher.

Je tenais la curiosité pour une vertu qui, jointe au courage, décuple les possibilités de la vie. Je tendis le cou. Des cheveux d'écureuil, un nez relevé du bout, un menton volontaire, un cou fragile. Une fille. Mon têtard m'avait oublié, il contemplait son mystère avec un air d'extase. D'un coup de pied, je ratatinai la fille qui ouvrit un œil pâle et, dans un sursaut panique, acheva de se recroqueviller. Un paquet de laine grise. Une souris rousse devant un grand serpent. Je laissai à Grenouille le soin de la ramasser. C'était de son âge. Moi, j'avais des choses à régler.

Si étrange que cela pût paraître, les enfants semblaient désireux de me garder. Ils devaient être en grand manque de père, ou peut-être espéraient-ils, en m'amadouant, me convaincre de les laisser reprendre la route. L'idée de rester un peu avec eux ne me déplaisait pas. La meilleure manière de les raisonner était sans doute de les apprivoiser. Le diable a de ces ruses qui semblent la voix de la sagesse : j'acceptai. Quelques heures, une nuit, jusqu'à demain en tout cas, oui, je voulais bien rester. À mon ébahissement, les gamins débordèrent d'une joie qui écuma et se répandit comme le lait sur le feu. Ils s'affairèrent aussitôt à me nettoyer un coin ombragé, à me natter une paillasse, à couper et à tailler des branches pour une hutte. Embarrassé de mes grandes jambes et de ma force taurine, je bougonnais que je n'avais pas besoin de tant de soins. Ils riaient et, l'esprit déjà ailleurs, ils reprenaient leurs jeux. Ils vivaient l'instant avec la passion que les adultes mettent à construire l'avenir. À y regarder d'un peu près, je les découvrais mieux organisés que je ne l'aurais soupçonné. Les plus grands veillaient chacun sur deux petits, et les moyens se groupaient par quatre pour s'épauler et remplir les tâches qui leur incombaient au sein de la fratrie. Les querelles et les coups étaient sanctionnés par une mise à l'écart. Le fautif qui demandait pardon était réintégré sans autre débat. Celui qui avait un talent particulier, ou une spécialité apprise auprès de ses parents, se choisissait un « fils » et, d'étape en étape, lui enseignait sa science. Lorsqu'il en savait assez, le « fils » à son tour faisait de même, et ainsi de suite. Pour l'instant ils n'avaient pas l'usage d'un forgeron, d'un verrier, d'un maréchal-ferrant, d'un tailleur de pierre, mais je calculai que lorsqu'ils arriveraient à Marseille, s'ils ne se lassaient pas d'ici là, ils seraient assez nombreux et bien assez savants pour fonder un village. À ce stade de mes constatations, la tentation me vint de les laisser tenter l'aventure. Encadrés par une courte escorte, ils seraient allés leur train jusqu'à la mer, sans mettre en péril leur sécurité ni le repos de ceux qu'ils eussent approchés. En attendant que les flots s'ouvrissent devant eux, ils auraient construit dans le sable les forteresses ennemies, et la marée aurait emporté les murailles de Jérusalem sans qu'une goutte de leur sang fût versée. Leur rêve aurait vécu, ils s'en seraient réveillés sans regret ni amertume. Ils auraient quitté l'enfance avec assez de souvenirs pour la garder toujours. Et moi, en mémoire d'eux, j'aurais choisi une épouse et engendré des fils.

Cette nuit-là, sous mon toit de feuilles, c'est à cela que je pensais. J'avais partagé leur soupe d'orge, j'avais joué aux dés, applaudi à leurs acrobaties et écouté avec un sérieux véritable leurs délires. Ici j'avais d'autres oreilles. Ces petits-là employaient les mêmes mots naïfs que leurs camarades rossés et bouclés par mes soins, mais ici, je les entendais. Les mêmes images vagues et sucrées, mais ici, je voyais. Je ne dis pas que je cautionnais, mais je ne m'irritais plus. Par respect du Carême, les enfants n'avaient voulu toucher ni au vin ni aux fruits offerts par les villageois. Tout en les observant, je songeais aux poulardes et aux porcs rôtis dans la cheminée du prévôt, je songeais à la face suante d'ail du chapelain, je songeais à mes lampées solitaires et à la bauge qu'était le ventre de la commère aubergiste. Dès la tombée du jour, les petits s'étaient mis en prière, par groupes de dix ou douze, en rond et à genoux. Ils avaient chanté les uns pour les autres. Certains pleuraient. Demain, c'était Vendredi saint. En mon for intérieur, je cherchai si j'avais quelque chose d'un peu noir à confesser. Je ne trouvai rien et il me fut plaisant de me sentir l'âme propre. On ne sait jamais quand vient le temps de mourir.

La hutte était trop courte. Mes pieds dépassaient largement. J'avais ôté mes bottes et je les avais remplies de foin pour les sécher. Je venais de m'endormir quand une main se posa sur ma cheville. Je bondis. La cabane s'écroula sur mon dos. Je gueulai. La main me ferma la bouche. J'attrapai, je serrai, je tordis, j'allais casser le poignet quand le ton de la plainte m'arrêta. C'était une fille, la souris rousse, le mystère de Grenouille. Des larmes plein ses grands yeux, le menton baveux et tremblant. Je la secouai, je me secouai aussi et je crachai, de très méchante humeur :

— Qu'est-ce qui te prend de me réveiller ? Qu'est-ce que tu veux ?

Elle essuya ses joues. La lune éclairait peu, je ne distinguais pas si elle était vraiment jolie ou simplement jeunette.

— Je vous ai guetté toute la journée. Vous avez parlé avec beaucoup d'entre nous, mais pas avec moi.

Je haussai les épaules, j'avais envie de me recoucher.

— Va-t'en. On se verra demain.

— C'est loin, demain.

L'ombre des arbres proches la coiffait. Je ne distinguais pas ses traits mais elle portait une jupe, il faisait nuit et j'étais seul. Je repris son poignet.

— Viens, puisque tu es là.

Elle posa sa main libre sur ma grosse patte.

— Vous ne voulez pas que je vous raconte ? Vous êtes venu pour ça, non ?

Je voulais autre chose et je n'avais pas coutume de demander. Elle le sentit, elle se rapprocha.

— Écoutez-moi d'abord. Après, vous déciderez...

Décider quoi ? De la forcer ? De la relâcher ? Quelque chose dans sa voix sonnait étrangement. Vibrait et s'attardait. J'entendis Grenouille chuchoter dans ma tête : « Si on n'approche pas le mystère, on ne le connaît jamais. » Je m'entendis grogner :

— Vite alors, j'ai sommeil.

DANS le pyjama de service trop court et trop étroit, Jacques frissonne. On lui a retiré sa montre, sa ceinture, ses clefs, son stylo. Les orteils crispés, les bras serrés sur ses vêtements roulés en boule, il tend l'oreille.

Quelque part, pas très loin, les roues d'un chariot chuintent en pivotant sur le lino et cognent mollement un mur. Bruit de clefs. Toutes les pièces, chambres ou salles communes, sont verrouillées. Chaque fois qu'un infirmier ouvre une porte, il la referme à double tour. L'Infirmerie psychiatrique de la préfecture de police héberge des humains explosifs. Dangereux pour les autres autant que pour eux-mêmes. À l'intérieur des cellules et des crânes, on se débat, on implore, on se ronge. Douze heures d'observation légale pour décider d'un avenir. La vie à l'air libre, la vie sous les barreaux, la vie en camisole. Effrayant huis clos. Tout à l'heure, demain, les psychiatres trancheront dans le vif. Bon pour la société, bon pour le tribunal, bon pour l'asile. La bifurcation sera radicale, sans autre appel qu'une contre-expertise effectuée dans des conditions similaires. Fascinant pouvoir, sur lequel ni les familles, ni la justice, ni la presse n'ont le moindre droit de regard.

— Oh ! Faut pas pisser par terre ! Vous nous prenez pour qui, là ?

Jacques sursaute. La voix qui réplique est frottée à l'acide.

— Ton patron, il a qu'à me laisser repartir ! La prochaine fois, c'est sur lui que je pisse !

La soirée commence à peine, l'infirmier a encore de la patience en stock.

— Ça arrangera vos affaires. Poussez-vous, au moins, qu'on nettoie.

— Me touche pas ! Qui t'es, toi, pour me toucher ?

— Vous allez vous calmer. Vous allez prendre le sédatif que le médecin a prescrit, vous allez dormir et demain, ça ira mieux.

— Tu peux te le foutre au cul, ton médic ! Je prendrai rien ! J'ai dérapé, mais maintenant je vais très bien ! Je veux juste sortir, bordel ! Tout de suite, je veux sortir ! Tu me fais sortir, t'entends ! T'entends !

Jacques aussi entend. Et les autres pensionnaires de l'étage comme lui. Ici le seul refuge, la seule intimité, c'est de se laisser couler à l'intérieur de soi. Les yeux fermés, les genoux remontés, les deux paumes sur les tempes. Presse, balance, sous tes paupières retourne là-bas, là où personne ne t'atteindra, dans ta demeure secrète, celle qu'ils appellent ta folie, et toi, ta vérité.

Les deux infirmiers referment la porte et remontent le couloir à grands pas caoutchoutés. Ils vont chercher du renfort. Bracelets. Injection. Jacques anticipe les hurlements. Nicolat l'a monté au second, l'étage des admissions, briques rouges et contre-plaqué blanc, en fin d'après-midi.

Salviat s'est fait attendre plus d'une heure, ensuite l'entretien a duré jusqu'à la nuit et le psychiatre s'est excusé de devoir rentrer chez lui. Sa vieille mère, ses chats, il ne rendra son avis que demain. Jacques va dormir ici. Chez les fous. Avec les fous. Et si c'était contagieux, la folie ?

L'aide-soignante Monica se retourne vers lui avec un grand sourire.

— Allez, faites pas cette tête, au moins, vous avez des draps.

La cellule mesure deux mètres sur trois, jaunâtre du sol au plafond. À la lueur du néon fixé au-dessus du bloc lavabo-WC, même Monica ressemble à une hépatique. Elle tapote le lit soudé au sol, qu'elle a bordé au carré.

— Il faudra replier les jambes. Maintenant, je récupère des gamins comme des haricots géants, paraît que c'est la faute aux céréales. Mes fils, ils me mangent déjà sur la tête. Dix ans, qu'ils ont. Faux jumeaux, mais vraies canailles. Et vous ? Vous avez des enfants ?

— Deux filles.

— C'est bien, les filles. Mon homme à moi, il sait faire que les gars. C'est la faute au mâle, paraît. C'est vrai que vous êtes docteur ?

— Chirurgien.

— C'est bien, chirurgien. Les gens s'endorment malades et ils se réveillent guéris. C'est un beau métier. Quand j'étais gosse, je voulais que ma vie devienne comme quand je perdais une dent : je mets mon souci sous l'oreiller et le matin, à la place, je trouve un bonbon. Vous voulez un bonbon ?

Jacques la fixe, ahuri. Elle ne se moque pas de lui, elle sourit avec au moins soixante-quatre dents et, dans sa paume caramel, elle fait sauter des berlingots.

— Je les achète à « La Bonne Mère de Famille ». Comme mère de famille, je vaux pas tripette, alors je compense. Les douches sont au bout du couloir. Je vous accompagne, c'est la règle. Je vous donnerai du savon. Liquide. Si vous l'avalez, c'est pas grave. Mais pas de rasoir. Pour vous faire une beauté, faudra attendre demain.

Elle le dévisage et rajoute quelques molaires à son sourire.

— La barbe, moi, j'adore.

Jacques passe la paume sur ses joues. Depuis son mariage, il s'est toujours rasé matin et soir. Priscille, elle, aime les hommes nets. Les idées nettes. Elle apprend à ses filles à se tenir droites, à marcher droit. Priscille. Sa chambre. Bleue. Son lit. Blanc. Seule. Elle a toujours préféré dormir seule, mais ce soir, elle est vraiment seule. Sa femme. Il lui avait juré protection et assistance. Comment a-t-il pu en arriver là ?

Sur le seuil de l'appartement de la rue de Lille, le visage caché dans ses mains, Priscille pleure. Elle s'était juré de dire poliment bonjour, de s'excuser pour cette visite impromptue après huit ans de silence, bien sûr elle aurait pu téléphoner d'abord, elle sait qu'elle aurait dû, mais voilà, les circonstances, l'urgence, et maintenant... Maintenant ses parents posent sur elle le regard qu'elle redoutait, et ce regard la saigne de ses mots, de ses forces, de ses résolutions. Ils sont là, tous les deux, son père en costume croisé et cravate sombre, le fil rouge de la Légion d'honneur à la boutonnière, sa mère en jupe, cachemire et perles. Elle ne voit ni les ombres nouvelles sur leur visage, ni les taches

sur leurs mains. Ils sont identiques exactement à son souvenir. Ses parents. Elle aimerait leur sauter au cou, mais
elle n'a jamais osé, eux n'ont jamais tendu leurs bras non
plus, alors en silence elle essaie de dompter ses sanglots.
La cuisinière lui tend un verre d'eau et lui tapote l'épaule.

– Allons, Madame, allons...

D'un signe, Geneviève de Marne renvoie la vieille
femme à ses fourneaux. Puis elle fait un pas, un pas mesuré,
vers sa fille. Elles sont maintenant à deux mètres l'une de
l'autre, mais elles ne s'embrassent pas.

– Tiens-toi, Priscille. Quel exemple tu donnes.

De son œil gris mat, Louis de Marne note que le bas
droit de Priscille est filé. Elle porte des talons plats qui
alourdissent sa silhouette. Surtout en pantalon. Quand on
a les jambes un peu courtes, on évite le pantalon. Elle n'est
pas coiffée, encore moins maquillée, et sur la veste de son
tailleur beige s'étale une vilaine tache de café. C'est donc
sérieux. Peut-être même grave. Du menton, Louis de
Marne montre une porte à demi masquée par une tenture
en velours.

– Je suppose que tu souhaites me parler. Viens.

Le bureau paternel donne sur une vaste cour où un
acacia achève de perdre ses feuilles. Priscille se souvient
qu'enfant, elle essayait d'attirer les pigeons qui roucoulaient
dans les branches basses. Sa mère dispersait les miettes et
les grains de riz.

– Les pigeons ont des poux. Si tu en attrapes, il faudra
te raser.

Priscille se réveillait en sursaut, le cœur transi, à la fin
d'un cauchemar, toujours le même, où elle courait dans
une lande, crâne nu, sous des trombes d'eau. De ses petits

poings, elle frappait à la porte d'un haut manoir en granit. Personne n'ouvrait. L'averse ricochait sur sa tête, elle se recroquevillait sur les marches du perron, la pluie s'infiltrait sous ses vêtements, l'imbibait jusque dans la moelle de ses os. Ensuite, sans bouger, elle fondait.

— Tu veux me parler. Je t'écoute.

— Papa... J'ai besoin de vous.

Louis de Marne la toise.

— Il ne s'agit pas de ton mari, j'espère ?

Elle se force à respirer lentement.

— Si. Je suis désolée.

Et au-delà, mon Dieu, tellement au-delà...

— Il t'a quittée ? Bon débarras. Tu peux revenir à la maison. Avec tes petites, cela va de soi. Ta mère reprendra du service, elle engraissera moins. Deux filles, elle connaît la musique.

— Jacques ne m'a pas quittée. Enfin... pas comme ça...

Un silence. La pendulette, sur le coin du bureau, sonne gracieusement huit heures. Le dîner est sûrement prêt. Son père a sûrement faim. Et quand il a faim, plus rien d'autre ne compte.

— Sois précise. Concise et précise, s'il te plaît. Jeanne attend pour servir.

— Jacques est accusé de meurtre. La police est venue l'arrêter ce matin. Il a avoué. Dans des termes qui font douter de sa raison. Le commissaire l'a envoyé à Sainte-Anne. Pour expertise.

Priscille hésite.

— Jacques se prend pour un croisé.

Son père ne bronche pas. Dans ses yeux, elle lit un mépris absolu.

– Il a peut-être la carrure, mais certainement pas la trempe.

– Il cite des noms, des lieux, des batailles. Gilbert de Marne, cela vous évoque quelque chose ?

– Reprise de Saint-Jean-d'Acre après quatre ans de siège. Juillet 1191. Un combat exemplaire. Ce serait bien la première fois que ton mari ferait preuve de goût.

– Papa, je vous en prie...

Louis de Marne se lève. Il serre les mâchoires comme s'il broyait une noix. Il s'approche de la fenêtre et rectifie le tomber du rideau.

– Tu me pries de quoi ? Tu attends quoi ? Que je te console ?

– Que vous me conseilliez. Je n'ai plus que vous.

Il se retourne vers elle. Elle vient de prononcer la seule phrase qui pouvait le toucher.

– Tu penses ce que tu dis ?

– Papa...

– Tu m'as fait beaucoup de peine, Priscille. Tu m'as déçu.

– Je vous demande pardon. Si vous saviez comme je regrette...

Louis de Marne regarde la chair de sa chair, qu'il connaît si peu et qui vient de se rallier à son sang. Pulvérisée, la réussite tape-à-l'œil de son gendre, fric et frime, juste bon à découper de la bidoche et à faire le taureau avec une fille qu'un néant de son genre n'aurait jamais dû approcher. Priscille baisse le front, courbe la nuque. Hommage dû au père et seigneur qui se rassied, le dos droit. Il est aussi sec qu'à trente ans, et sa moustache impeccablement blanche lui donne l'air d'un général de cavalerie. Priscille le trouve

majestueux, et dans une bouffée qui l'embrase, elle se rappelle combien elle l'aime. Louis de Marne prend son stylo
et, sur les feuilles à en-tête de la Cour des Comptes qu'il
conserve pour son usage personnel, il écrit en majuscules :
« CAS HÉRISSON. »

— Bien. Nous allons reprendre depuis le début. Ton
mariage si prometteur. Applique-toi. Tâche de ne rien
oublier de ce qui pourrait m'instruire. Après, nous nous
donnerons le temps de réfléchir. De toute manière, là où
il est, ton couillon ne te fera plus de mal.

Il a dit « nous ». Priscille prend le mouchoir qu'il lui
tend, tamponne son nez et essaie un sourire. Que Louis
de Marne lui rend. Père et fille. Enfin.

Dans sa cellule de l'I3P, Jacques secoue la tête comme
un cheval qui refuse de monter dans le van. Non, il n'ira
pas aux douches. Monica hésite à lui dire qu'il sent mauvais, qu'avec son allure de forçat, on ne lui donnera pas
l'hostie sans confession, et qu'après la confession, les choses
ne vont pas forcément s'arranger.

— Mais si, on y va. Vous avez besoin de vous laver. Ça
vous détendra. Vous tremblez de partout.

Jacques ne se lavera pas. Le sable sous ses ongles, les
traces de vase sur ses chevilles, le sel au coin de sa bouche
font partie de lui. À l'aine, dans les plis du cou, sa peau
tire et picote, mais cet inconfort est son seul réconfort. Son
lien avec ce qui s'est passé, sa preuve à lui, juste pour lui.
Les autres peuvent penser ce qu'ils veulent. Le mépriser, le
condamner, l'enfermer. Les autres n'existent plus vraiment.
Dans sa mémoire brille un trésor. Un diamant noir. Cris,

larmes et la plainte infinie du vent, non, il ne renie rien, oui, il gardera ces émotions intactes. Il se cramponne à la démangeaison sous ses aisselles, les yeux mi-clos il retient la sensation. Il voudrait s'y blottir, s'y nicher et oublier le reste.

Le reste. La voix de Monica, gentiment grondeuse, le ramène dans la piaule pisseuse.

— Vous dormez debout ! Faut vous allonger au moins ! Comment c'est, votre petit nom ?

— Jacques.

En écho, quelque part, un murmure corrige : « Jacques le Grand. Jacques le Droit. »

— Là, le lit. Évidemment, vous dépassez. Non, laissez les pieds. Vous savez quoi ? Ils vous ressemblent, vos pieds.

Dès qu'elle commence à le masser, Jacques se sent devenir étrangement cotonneux. Moelleux. Tiède. Docile. Monica peut lui demander tout ce qu'elle veut, il ne lui cachera rien. A-t-il, d'ailleurs, quelque chose à cacher ? Il lui semble décoller de son corps. Dans une brume ouatée, il se demande pourquoi cette inconnue le touche ainsi. Ses pieds sont laids. En vacances, Priscille lui interdisait de les montrer. Instinctivement, il recroqueville les orteils.

— Ne vous crispez pas. Vous portez souvent des sandales ?

Il répond vaguement que non, il devrait dire oui, il ne sait plus. Au bloc opératoire ? Dans les sables du désert ? À l'abbaye ? Il flotte.

« Vous vous fournissez où ? Cette corne, là, autour du pouce, j'ai jamais vu. Et les durillons, ici, non plus. Vous habitez à la campagne ?

Jacques n'habite plus nulle part. Jacques maintenant va habiter en lui. Il laisse aller sa nuque, ses épaules, ses reins

Le matelas est aussi dur qu'une planche. Au Mont, il dormait sur une planche. La couverture était presque du même gris. Des fourmillements lui parcourent les mollets et remontent, remontent, jusque derrière les oreilles. Il voit une dune, il voit un sein, il sent des lèvres douces et une langue qui se fond à la sienne. Eve est là, contre lui. Il la respire, il la goûte. Il l'entend.

ELLE VENAIT du bord de l'Oise. Nubile depuis peu, veuve et vierge. Son père l'avait promise à un voisin, à qui il devait trois années de traites pour des bois qu'il exploitait à perte. Le voisin était un homme déjà mûr dont l'épouse, affligée de perpétuels saignements, restait aussi stérile qu'un tas de cendres. Quand la pauvre femme était morte de honte et d'épuisement, le veuf avait réclamé livraison de la chair fraîche. Qu'hélas sa vigueur enfuie n'était pas parvenue à déflorer. Loin d'avouer sa défaillance, il avait battu nuit après nuit sa jeune moitié en l'accusant de lui avoir noué les aiguillettes par un sort maléfique. Au bout de quelques semaines, la petite s'était enfuie. N'osant retourner chez son père, qui pour sauver l'honneur l'aurait fait dépuceler par un de ses hommes avant de la renvoyer à son mari, elle s'était engagée chez un marchand de laine. Elle savait carder les toisons, broder une coiffe, poser un collet, manger sans se tacher, fabriquer une flûte à plusieurs sons et chanter la messe. Entre deux affaires, le marchand lui avait enseigné à poser des additions et à lire les lettres. Comme il échangeait sa science contre des caresses, elle s'était arrêtée à la moitié de l'alphabet. Elle n'en gardait pas de dégoût, concluant sereinement qu'au bon se mêle toujours un peu de mal, et au chagrin quelque douceur. Elle parlait sans effort, la tête légèrement inclinée, avec des mouvements de main comme si elle dansait. La voix était grave, un peu rêche, une voix de tissu qui s'assouplit à force de frottement. Une voix venue de profond dans le corps, qui faisait palpiter l'ouïe à la manière dont un parfum de femme chaude excite l'odorat puis l'être tout entier. Sans que je comprisse pourquoi, plus je l'écoutais et moins je l'entendais. Elle me disait qu'elle aimait sa petite sœur et caresser les agneaux. Moi, j'entendais que les hommes la désiraient mais qu'en dépit de leur faim, elle s'était gardée pure et n'avait pas de galant. Moins je l'entendais et plus je l'écoutais. Elle avait quitté son lainier pour suivre la marche des enfants parce que le nom « Jérusalem » l'avait fait rêver. Elle passait de longs moments près de la rivière, à regarder l'eau courir vers des ailleurs qu'elle passait d'encore plus longs moments à imaginer. Les mots étaient ses amis, et « ailleurs » était son préféré. « Ailleurs » et « demain ». Des mots comme des portes, des mots qui emmenaient en voyage. Surtout la nuit. Moi, en l'écoutant, je voyais mes nuits de chasse, mes nuits de bête repue. Et puis ses nuits à elle, contre la sœurette qui gigotait en travers de l'unique paillasse. Quand elle se levait sans bruit, le carreau sous ses pieds avait la douceur du lait. Par les fentes de la porte, le clair de lune glissait de longs doigts blancs. Elle marchait vers moi, qu'elle devinait embusqué dans l'ombre, vers moi qui l'attendais. C'était l'heure où s'exaucent les vœux...

Je passai mon bras derrière sa taille.

— Mais je n'ai pas fini ! Il faut écouter jusqu'au bout !

Elle riait sans se dégager. Dans une brûlure, j'eus envie de la gifler, de la broyer, de l'embrasser. C'est elle qui se haussa vers ma bouche. Le monde fondit et moi avec, liquide, tiède, chaud, bouillant. Il me sembla que c'était la première fois qu'une femme m'embrassait. Elle me repoussa doucement. Je tendis le cou comme mon cheval devant l'abreuvoir.

— Vous n'êtes pas prêt, mais je vais vous dire quand même.

Elle raconta encore. Le rêve, le sien, celui de ses compagnons de route. Le rêve qui ouvrait à larges battants sur des vies infinies, où l'on marchait dans une lumière jamais tarie, jamais fanée, où l'air était une liqueur bue à longs traits, où le temps se recomposait à mesure qu'il s'écoulait. Dans cette réalité du rêve, tout était possible et tout était sincère. La mort n'était qu'un passage, un gué vers des territoires lumineux. Elle n'importait pas plus que la souffrance, que la vieillesse, que les infirmités ou les forces du mal. Le rêve voyait au-delà, portait au-delà. Jérusalem ? Le plus souriant des noms de fleur, qui au long du voyage allait éclore. Le tombeau du Christ ? Un bel endroit pour se reposer à jamais. Les marais, les rivières, les montagnes, les mers qu'il fallait franchir ? Jésus avait confiance. C'était sa confiance qui engendrait les miracles.

— Si vous aviez un peu moins peur, vous comprendriez ce que je dis.

Peur ? De qui, de quoi ? Je ne ressentais aucune peur et je me moquais bien de comprendre. Je n'avais pas avalé ma salive, je gardais son goût sur ma langue. Depuis qu'elle m'avait embrassé, je la savourais. Je ne pensais à rien, je me retenais juste de bouger. Il me semblait que si j'esquissais un geste de connivence, cette fille allait m'attirer et, d'une manière inconnue, m'engloutir. La chose semblait absurde, moi chêne et elle brindille, mais, bien qu'incroyable, je sentais comme je le dis. Il y avait chez elle un harpon qui me cherchait, et chez moi une place de peau nue qui appelait le crochet. C'est elle qui me rendit mes esprits en desserrant le nœud de mes bras autour de sa taille. Je me raidis, je me repris. Je rebandai mes muscles. Elle se tortilla, une preste et coulante anguille. Je serrai plus fort, mes mains se refermèrent sur elles-mêmes. Je battis les buissons qui bordaient la clairière. L'air sentait le tilleul. Une chouette se moquait de mes pas furibonds. Elle avait raison, j'étais ridicule. Les filles ne manquaient pas en ce vaste monde et, avec le recul, elles avaient toutes le même goût. Je ris, un gros rire d'homme qui délogea la hulotte. Comme je n'avais plus de cabane, je poussai Grenouille et je partageai sa paillasse.

Je me réveillai gourd et nauséeux. J'avais faim, une de ces faims âpres qui me prenaient d'ordinaire au lendemain de la bataille. Faim de viandes saignantes et de chairs soumises. Faim d'oubli. De me rouler dans un torrent, de changer de corps et d'esprit. Grenouille, qui me surveillait sans rien dire, me montra le baquet. J'y plongeai ma tête jusqu'au cou, je m'ébrouai en serrant les mâchoires. L'eau puait. Les enfants gloussaient. À pas lents je me promenai parmi eux. Je n'avais plus envie de parler, je cherchais une certitude qui vînt de moi seul. Le soleil montait dans le ciel clair, l'émotion de la première rencontre s'était dissipée, je les regardais vraiment. Les plus jeunes, qui étaient vraiment très jeunes, suçaient leur pouce à croupetons devant le feu. Une femme borgne frictionnait des poitrines et renouait des bandages. Je vis des plaies noires, des petites côtes saillantes ravinées par une affreuse toux, je vis des yeux luisants de fièvre, et cette infinie lassitude des membres, et cette relâche de l'esprit que je connaissais bien. Toutes les troupes sur le chemin de la mort poursuivent la même chimère et souffrent les mêmes maux. Ces enfants se voulaient des guerriers pacifiques, ils ressemblaient à des soldats harassés. Devais-je avoir pour eux moins, ou plus de pitié ? Devais-je les traiter en innocents, en héros ou en possédés du démon ? Si je ne pouvais pas les dissuader, comment allais-je les contenir ? Envoyer mes gardes, oui. Les bloquer ici, bon. Et puis ? Les affamer ? Les semoncer un par un, les fouetter comme l'eût fait leur père ? Ils ne craignaient pas les coups et se moquaient des sermons. La souris me l'avait expliqué, leur regard portait au-delà. Les tout-petits, sans doute, à force de patience et de ruse, je les aurais ralliés. J'aurais trouvé des hochets, inventé des promesses de clochettes et de plumes pour les attirer vers un autre avenir. L'enfance a peu de mémoire et beaucoup d'enthousiasme. Mais les grands ? Ceux de douze, de quinze ans ? Pour protéger les croyances et les biens du comte, du roi, de l'évêque, du pape, on m'avait commandé de me mettre en travers de leur route. On m'avait laissé entendre qu'ils étaient nuisibles, qu'ils portaient autant de tort aux autres qu'à eux-mêmes, qu'à n'importe quel prix, il fallait les arrêter. On m'avait dit : « Leur fièvre les perdra, et cette fièvre-là, nous ne voulons pas la prendre. » On m'avait dit : « Avant tout, songez à sauver leur âme. » On ne m'avait rien dit de leur corps.

— Vous ne pensez jamais que c'est vous qui pourriez être dans l'erreur ?

La souris était sortie de nulle part. Adossée à une touffe de sureau, elle me détaillait. On eût dit qu'elle prenait mes mesures. Qu'elle prenait *ma* mesure. Pourquoi est-ce que je m'avançai vers elle ? Vers elle et non vers ma tâche, vers mon monde, celui qui m'avait construit et que je m'étais donné pour fonction de défendre ? Pourquoi ? J'étais fort, j'étais sage, je savais la manière d'assouvir chacune de mes faims et de consoler chacun de mes échecs. C'est maintenant que je devais me détourner. L'instant s'étirait pour me laisser la chance de rester Jacques le Droit, Jacques le Grand, l'instant gonflait et oscillait comme une perle d'eau sur le rebord d'une feuille. Est-ce alors que j'ai choisi de lui donner, à elle, la souris, le mystère, le droit de me toucher ? De me toucher à peine, mais assez pour me détacher de ma vie et m'emprisonner dans la goutte d'eau ? Me détacher. M'emprisonner. Oui, sans doute. S'il est vrai que chacun choisit son chemin, mon chemin de croix c'est alors que je l'ai choisi.

Elle tendit la main. Avec le plat de sa paume, elle m'effleura le torse. J'en frissonnai jusque dans mes os. Elle sourit, attentive, sans me quitter des yeux. Menue, des épaules et des poignets fragiles, elle m'arrivait à l'oreille. Elle était jolie sans excès, pas assez de rondeurs pour me plaire. Plus je la regardais et moins je comprenais ce qui me poussait à continuer de la regarder. J'avais l'air de quoi, moi, en plein champ, avec cette gamine qui essayait de me séduire dans l'espoir qu'une fois conquis, je voudrais bien libérer ses compagnons et bénir leur folle entreprise ? Je fermai brièvement les yeux. Quand je les rouvris, la souris avait étalé son tablier sur les herbes et, d'une flexion de la nuque, elle m'invitait à m'asseoir. J'étais l'envoyé du nonce, du comte, du roi, du pape. Devant elle, comme si je n'étais venu que pour cela, en tailleur je m'assis. Déjà je n'avais plus besoin de la regarder pour la voir. Elle s'était mise à tresser des fleurs. La tête vide, les paupières lourdes, je ne sentais plus mon corps. J'étais vent sur les graminées, j'étais fourmi affairée à traîner un cadavre, j'étais la boue collée au revers de ma botte, j'étais la chaude respiration de la prairie, j'étais le rond de soleil réfléchi par la poignée de ma lame, j'étais le nuage étiré en soupir juste au-dessus de ma tête. Dans ce moment où nous nous taisions, elle par calcul, moi par une inconcevable inertie, dans ce moment j'étais tout cela et donc plus personne. Quand elle eut terminé de natter ses bleuets, avec un grand sérieux elle me posa une couronne sur le front. À l'arrière de mon crâne, entre les herbes, la fourmi, la boue, le nuage et le rond de lumière, j'entrevis mon ridicule. Je n'étais plus tout à fait moi-même, mais pas encore vraiment un autre. Avec un grognement d'ours je m'arrachai au charme. Je froissai les fleurs, le mystère, et le champ à enjambées de géant. Je ne pris pas congé de Grenouille. Je repoussai sans un mot les enfants accourus, je jetai sur mon cheval ce qui restait de ma personne et je m'enfuis.

Oui, je m'enfuis. Et la nuit qui suivit, je ne dormis pas. J'avais de la rancune, de la honte, des chaleurs un peu partout. Au point du jour, je me flagellai. Ensuite je me confessai au chapelain du prévôt, qui branlait du chef en vieille mule accoutumée à toutes les sottises. Comme je ne savais au juste de quoi m'accuser, sinon d'apitoiement, d'hésitation, bref d'incompétence, je parlai des enfants, de leur joie, de leur incroyable confiance. Vers la fin, le chapelain me demanda avec délicatesse : « Désiriez-vous cette

fille ou ce garçon dont vous m'avez parlé sans me parler ? »
Je me retins de le frapper. Sans doute le flaira-t-il, car il
me donna l'absolution avec beaucoup de hâte et de béné-
dictions.

Je sortis de chez lui nettement plus mâle. Ma vigueur
retrouvée servit pour ma couineuse, qui s'en trouva ravie.
Elle servit pour son mari, que j'allongeai d'un seul coup
dans le foin où j'avais troussé sa garce. Elle servit pour mon
valet Léonce, à qui j'étrillai les côtes, et encore pour les
gardes du prévôt qui dormaient quand j'arrivai, et enfin
pour deux nouveaux croisés que je démolis d'une chique-
naude dès qu'ils eurent balbutié : « Christ, devoir sacré,
plus nombreux que les vagues, rien ne nous arrêtera. »

Après, et il était tôt encore, je commençai à suer. Le
souvenir de la souris me transperçait et me vidait. Pour
délier ma langue, qui collait, je bus un tonnelet de vin
jeune, sans m'arrêter. Le ciel se vautra sur ma tête, balan-
çant comme un marmot dans sa nacelle. J'enfourchai ma
jument, qui coucha les oreilles, et me mis en route vers le
campement des enfants en clamant que je partais régler
l'affaire à ma façon. L'affaire. Quelle affaire ? À ma façon.
Vraiment ? Je carrai les épaules, je sortis le menton. La
souris n'était qu'une gamine insolente. Les gamines inso-
lentes, on les fesse. L'idée me chauffa les reins. Je pressai
l'allure. Ils allaient découvrir, ces morpions, de quel bois
était taillé Jacques le Droit.

Je les trouvai en train de paqueter et d'éteindre les feux.
Personne ne courut vers moi, ils levèrent à peine le nez.
Par contraste, tout me parut gris, triste, achevé. Ils allaient
crever tout au long de la route, rongés par la faim, décimés
par les fièvres, pourchassés, violés, lapidés. Ceux qui attein-

draient la mer se feraient harponner par les vendeurs de chair, et leur naïveté les mènerait droit dans les filets des Barbaresques. Je connaissais les marchés, les harems, les bordels d'Orient et la façon dont là-bas on consomme les jeunes proies. Pas un de ces enfants n'arriverait en Terre Sainte. Leur rêve de liberté s'achèverait sous les chaînes et la vermine.

— Je vous attendais.

Elle m'attendait. Couchée dans le champ où Grenouille me l'avait le premier jour montrée, elle m'attendait. J'avais préparé des gestes et des mots. Il ne restait en moi qu'un immense soulagement.

— Tu savais que j'allais revenir ?

— Oui.

— Comment le savais-tu ?

Elle sourit, et je me retrouvai enfermé dans la goutte d'eau.

— Je m'appelle Eve.

Elle s'appelait Eve. Je lâchai mes rênes. La jument encensa. Eve s'approcha et lui caressa le chanfrein. D'une voix qui me parut bizarre, je demandai :

— Tu connais les chevaux ?

— Pas seulement les chevaux. Vous aussi, je vous connais.

Je frémis.

— Tu sais qui je suis ?

Elle hocha la tête.

— Vous êtes un homme qui a bu. Sur un cheval qui n'aime pas l'odeur du vin. Je n'ai pas besoin d'en savoir plus. Vous-même, vous n'en savez guère plus.

Le ton me piqua et creva la bulle d'eau.

— Dis donc, tu es bien sûre de toi !

Elle tira sur une longue mèche qui lui barrait la joue.

— Je me trompe parfois mais pour vous, je ne crois pas. Vous aimez le silence, la guerre, le soleil. Vous savez prendre ce qui ne s'offre pas, mais pas demander ce qui pourrait s'offrir. Vous savez jouir, mais pas désirer. Vous savez admirer, mais pas aimer. Vous faites l'arrogant parce que votre force ne vous a jamais trahi, mais vous êtes plus enfant et plus nu que nous autres, ici.

Personne, jamais, ne m'avait tenu pareil langage. Et elle continuait :

— Vous croyez que votre vérité est meilleure que la nôtre ? Pourquoi est-ce qu'elle serait meilleure ? La violence meilleure que la clémence ? La force meilleure que la bonté ? Votre loi plutôt que notre foi ? Ou votre foi plutôt que notre rêve ? Derrière vous se tiennent ceux qui règnent sur cette terre. Des seigneurs, des princes. Des hommes d'Église qui se prétendent hommes de Dieu, mais qui se soucie de l'ici-bas beaucoup plus que du royaume des cieux. Des papes ont prêché le combat contre les Infidèles, des rois se sont croisés. Ils ont reconquis Jérusalem, mais ils n'ont pas su la garder. Ils n'étaient pas dignes. Ils portaient la haine et la vengeance, ils égorgeaient comme une horde de loups et s'en retournaient chargés des richesses dérobées aux cadavres. Vous êtes allé là-bas, n'est-ce pas ?

Je m'entendis répondre :

— Qui te l'a dit ?

— Vous avez le port et les poings d'un guerrier. Et au lieu d'écouter Thomas, vous l'avez malmené. Vous prétendez rendre la justice. Nous soumettre à votre justice. La balance et le glaive, c'est ça que vous voulez être. Est-ce que vous avez seulement entendu ce que je vous ai raconté, l'autre nuit, pour vous empêcher de me forcer ? Est-ce que vous vous souvenez d'une seule de mes paroles ? Et mon baiser ? Vous vous en souvenez, de mon baiser ?

Si je me souvenais de son baiser ? J'aurais voulu lui tendre les bras, lui crier que oui, que non, et déjà lui demander pardon pour tout ce que j'étais et n'étais pas, pour tout ce que je ne saurais jamais lui donner et tout ce qu'elle allait subir de moi. Mais sans bouger un cil, je restai en cierge sur ma selle et grommelai :

— Ton baiser ? Quoi, ton baiser ?

Elle pivota en retroussant sa jupe. Près de l'orée du bois, j'aperçus Grenouille qui de loin lui faisait signe. Je poussai en avant ma jument.

— Reste. Je n'en ai pas fini avec toi.

Elle leva un nez narquois.

— Parce que vous aviez commencé ?

Son ton me griffa comme une ronce.

— Tu sais que je peux t'enfermer et t'en faire voir, comme aux autres !

Elle haussa les épaules. Je vis sa peau par le col qui bâillait.

— Eh bien, faites-le !

Je l'attrapai par un bras. Elle vagit. Je fermai ma serre, je la hissai, je la basculai sur ma selle, et comme elle couinait, je lui cassai net son cri. Une tape sèche sur la tempe, juste au-dessus de l'oreille. La recette du viol tranquille. Mon cheval fit un écart qui manqua nous jeter à terre. Les yeux derrière la tête, Grenouille se cramponnait à mon genou. Il hoqueta :

— Pas elle ! Sans elle, nous ne pouvons pas partir !

Une rougeur me voila la lumière.

— Nous ? Qui ça, nous ?

— Moi, je ne pars pas sans elle. Je suis à elle et elle est à moi.

— À toi ? Comment à toi ? Depuis quand, à toi ?

— Depuis qu'elle nous a rejoints.

— La nuit dernière aussi ?

— Toutes les nuits. Elle est à moi, et je suis à elle.

Je n'avais jamais connu la jalousie. Je lançai un coup de pied que le têtard prit dans la bouche. Il recula en crachotant. Une gargouille sous l'orage. Je calai Eve contre le pommeau haut de ma selle, je me dressai sur mes étriers et, de la voix que je réservais pour les charges, je hurlai :

— Je l'emmène ! C'est elle qui paiera pour votre obstination ! Si vous ne renoncez pas, elle mourra !

Autour de moi, les visages des enfants se fripaient et perdaient leurs couleurs. J'enfonçai plus loin le clou :

— L'agneau pascal ! Le dimanche de Pâques, vous entendez ? Le dimanche de Pâques, si vous n'êtes pas rentrés chez vous, je la ferai tuer !

Et j'ajoutai plus bas, à l'adresse du seul Thomas barbouillé de sang frais :

— Maintenant, la grenouille, on joue avec mes règles !

Est-ce qu'il me répondit vraiment ? Est-ce que je rêvai sa réponse ? Alors qu'il se détournait pour me cacher ses larmes, j'entendis :

— Maintenant c'est avec *elle* que tu joues. Et ces règles-là, tu ne les connais pas.

Ma bonne conscience en bandoulière et ma fierté en panache, j'assurai ma prise sur le flanc de la souris. Hardi au petit galop, je m'en allai. Le dos droit comme la justice que j'incarnais, je m'en allai, certain d'avoir trouvé le moyen de résoudre tous mes problèmes à la fois.

À quelle seconde précise est-ce que je sentis que ce corps pressé contre mon ventre ne m'était plus, ne m'avait jamais été étranger ? Que cette peau si fine qu'on croyait voir l'esprit au travers, protégeait, comme l'avait dit Grenouille, un mystère ?

Mon cœur se mit à faire des bonds de lapin traqué par un renard. D'une main je tirai sur mes rênes. Je retournai, je redressai la fille. Je la calai contre mon pommeau, j'arrangeai ses cheveux et ses bras. Voilà. Elle avait l'air de dormir. J'écartai le bord de son corsage et je remontai sa jupe, très haut, le plus haut possible. Elle ne portait pas de pantalons et moi, je la regardais. Mon mystère était une femme évanouie. Rien que cela. Et oui, je la désirais, je la désirais violemment. De toute façon son aventure finirait dans une fosse, alors un peu plus tôt ou un peu plus tard, autant me satisfaire avant. Je ne l'aimais pas, je ne savais pas aimer. J'en jouirais d'autant mieux. L'œil abouché à ses tétons, je m'extirpai. Je m'empognai. Elle remua et gémit. J'avais l'intéressé bien dardé, quand elle ouvrit un œil pâle. Sur moi. Mon jus rentra d'où il venait. Je me renfournai en désordre. Trop tard, elle m'avait vu. Elle ne se redressa pas. Elle resta immobile, sa rousseur dans la crinière, elle dit seulement :

— Si tu abuses de moi, tu seras veuf. Tu ne le sais donc pas ?

Maintenant qu'elle l'avait dit, oui, je le savais.

Qu'est-ce que je pouvais ajouter ? Est-ce que l'histoire à partir de maintenant n'allait pas s'écrire toute seule ? Je voulais encore croire à ma liberté, croire que c'était moi la force et elle la proie. Pour m'en convaincre, je la frappai. Elle referma les yeux. Jusqu'à l'écurie, je marchai dans le noir.

MOI, la Toussaint, ça me file le cafard. Encore une tradition imbécile, comme si les morts bouffaient des chrysanthèmes à date fixe. La météo prévoyait un temps pourri, et avec Thomas, on comptait se faire une orgie de vieux films pendant deux jours. Quand Jacques m'a annoncé qu'il m'emmenait au bord de la mer, j'ai demandé pourquoi la mer, et où, la mer ? Un saut en Corse à la rigueur, mais une thalasso à Deauville où ses potes médecins friqués jouent au golf, merci, sans moi. Jacques m'a répondu avec un air de gosse à la veille de Noël :

— On va chez le Peseur d'âmes. Là d'où vient la balance. On va lui demander conseil. À propos de nous.

J'ai ouvert mes grands yeux, et il a ri. Ça m'a étonnée, parce qu'il riait moins depuis quelques semaines. Depuis que je lui avais mis le marché en main, son cabanon de petit cochon sérieux ou l'avenir sur les routes avec moi. Je lui avais juré de le quitter s'il ne se décidait pas à parler à sa femme, et j'avais d'autant mieux l'intention de tenir parole que je le pensais incapable de choisir. Dans ma tête, j'avais déjà compris que j'allais le virer. Le jeu ne m'amusait plus, et cette façon qu'il avait de me seriner tout le temps ses leçons me filait la migraine. Toujours faire des efforts, des progrès, mériter l'amour, mériter la réussite. Je croyais entendre ma mère, en plus poilu et encore plus pesant...

Donc il voulait qu'on aille fêter les morts, avec sa balance rouillée, chez le « Peseur d'âmes », pour « faire le point ». Super. Je crois que personne ne m'avait jamais proposé un plan aussi ringard. C'est pour ça que j'ai dit oui. La curiosité, chez moi, c'est un vice. D'ailleurs on devrait la compter parmi les péchés capitaux, la curiosité. Elle pousse au pire, et une fois qu'on est embarqué, on revient rarement en arrière. J'ai bouclé mon petit sac, bottes en caoutchouc et somnifères variés, en pensant : « Chouette, toutes ces histoires que je vais m'offrir pendant le trajet, ce sera drôle de voir laquelle se mettra en place pour de vrai. » La route pour le Mont-Saint-Michel, c'est une plaie. Des camions, des familles en pèlerinage, pas moyen de dépasser la limitation de vitesse. J'ai acheté des pulls marins à chaque station-service. De toutes les couleurs, des rayés, des unis, bien grands pour que Thomas puisse les porter aussi. Jacques payait, mais il tirait une drôle de tête, comme s'il regrettait d'être parti. Il me regardait de biais, avec un œil bizarre et il se taisait. D'habitude, en voiture, il n'arrête pas : « Ce soir on fera ci, demain on fera ça, j'ai pensé que, j'ai prévu que, et tu seras sûrement contente de... » genre fréquence Club Med, tout baigne et qu'est-ce qu'on se marre ! Là, on était mal partis pour se marrer, et moi j'en rajoutais, il faut l'avouer, sur le mode peste qui boude. Je me collais à la fenêtre, morne plaine sous la bruine, je fumais juste pour agacer Jacques et, quand il me parlait, je roupillais. Il y a des jours, comme ça, où je suis mauvaise.

Je ne fais pas exprès, ça me vient, ça me tient, et tant que ce n'est pas parti, je mets les bouchées doubles. Un toubib m'a donné des pilules, mais les pilules, je me méfie. Mon corps et ma tête, c'est un capital, j'en prends soin. Un petit somnifère pas trop fort, juste pour démarrer les rêves, jamais plus. Les médicaments, on commence tranquille, on augmente les doses sans y penser, et on finit drogué. Je préfère être un peu méchante à mes heures. Et je suis sûre que ceux qui m'aiment préfèrent aussi. Jacques, il me pardonnait ce défaut-là comme les autres, alors j'y allais à belles dents, tout y passait, sa gentillesse, ses manies de pépère, sa pseudo-générosité, sa bonne conscience. Généralement il m'écoutait en tirant sur ses doigts, le visage grave et douloureux, comme si j'étais son docteur et que je lui annonçais : « Cancer, pas la peine de lutter, plus que trois mois à vivre. » Parfois, il répondait. Vers la fin, il se mettait à pleurnicher. La faiblesse des hommes me débecte. Même celle de Thomas, elle me dégoûtait. Et pourtant, la faiblesse, je la cherche. En enfonçant le fer, en tournant. Je ne sais pas pourquoi. Avec Jacques, je ne comprends pas qui je voulais punir, ni ce que je voulais détruire. Lui, moi, nous. Je ne sais pas. Cette histoire est moche. Elle m'a échappé. J'aurais préféré ne jamais la vivre.

Le visage d'Eve s'est durci et ses yeux ont un reflet de lame nue.

— J'en ai marre de vous raconter.

Le commissaire prend ce que Nicolat appelle sa voix de braguette, celle des grands déballages avant lessive.

— Encore un effort... Vous y êtes presque...

— Justement, je n'ai aucune envie d'y retourner.

— Il va falloir, pourtant.

La jeune fille dévisage la femme mûre. Adeline Apenôtre a une présence physique qui en impose, mais Eve ne voit que la peau épaisse sous le fard gras, la poitrine si lourde qu'elle repose quasiment sur le bureau, l'alliance incrustée dans la chair de l'annulaire, les racines brunes qui trahissent la teinture.

— Ça ne vous gêne pas, de vous nourrir des charognes de la vie des autres ?

— En matière criminelle, on donne rarement dans la dentelle.

— C'est ça qui vous fait prendre votre pied ? La pourriture ? La merde ?

Un coup d'œil à Nicolat.

— Et lui ? Il aime ?

Eve est debout. Elle attrape son manteau.

— Je me tire.

Adeline Apenôtre n'a pas bougé un cil.

— Rasseyez-vous.

— Pourquoi ? Tout ça ne pue pas assez ? Vous en voulez encore ?

La petite montre Nicolat, toujours plaqué contre son mur.

— Il est devenu muet, votre copain ? C'est l'effet que vous faites aux mecs qui travaillent avec vous ?

Le commissaire se penche en avant. Le cou massif et les épaules carrées, elle impressionne.

— Tu veux une baffe ?

Eve répond du tac au tac :

— Vas-y, j'attends que ça. Ma mère, elle ose plus.

Un nouveau coup d'œil, plus appuyé, à Nicolat.

— Tu veux que je reste, toi ?

Nicolat balbutie que c'est mieux, qu'faut finir, que le plus dur est derrière, et il écarte les mains en signe de paix tout en pensant que devant, derrière, partout il la désire à crier.

Eve lui sourit comme à un enfant retardé.

— Pour toi, je vais continuer, mon gros. J'aime bien comment tu me regardes. Écoute avec toutes tes oreilles. Comme ça, tu pourras pas dire que t'étais pas prévenu.

Nicolat le savait. Il est sauvé. Il lui plaît pour de bon. Quand tout sera terminé, il l'enlèvera sur son scooter et il lui fera beaucoup, beaucoup d'enfants.

Elle se rassied. Elle laisse passer quelques nuages très lents. On dirait un petit sphinx blond. Quand elle reprend la parole, sa voix est parfaitement posée.

— On est arrivés à l'abbaye en fin de journée. Je n'avais jamais mis les pieds dans un monastère et cette construction démente, piquée là, au milieu des sables, ça m'a bluffée. Et puis il a fallu se garer, poser les valises dans l'auberge « de style », et ensuite monter comme des moutons le sentier des touristes. J'en bâillais d'avance. Je n'avais plus envie de me montrer intelligente pour que Jacques me félicite. C'était fini. Lui pensait sans doute qu'on allait marquer un nouveau départ sur ce rocher, mais moi je savais qu'on était au bout. J'ai essayé d'être polie, quand même, et j'ai suivi la visite en lui tenant la main. Le soir tombait, c'était humide, venteux, sinistre. Jacques était très ému. Un truc qui m'avait frappée chez lui, et que je trouvais plutôt touchant, d'ailleurs, c'est qu'avec son air placide, en dessous il était hypersensible. Il pataugeait dans le sang huit heures par jour sans moufter, et puis un rayon de soleil, une mèche sur ma joue, un air de musique lui mettaient les larmes aux yeux. Bizarre, non ? Là, au Mont, il ressentait des choses qui le remuaient vraiment. Surtout dans le cloître, ce grand cloître avec des colonnes en quinconce, il paraît que c'est rarissime, une architecture comme celle-là. Il y a aussi une baie vitrée qui ouvre sur la mer. Sublime, la vue. Sauf que nous, avec la nuit qui venait, on ne voyait rien. Du coup, on a fait plusieurs fois le tour du promenoir. On regardait les motifs au-dessus des chapiteaux. Des rosaces, des feuilles, des fleurs, des vendanges, un agneau pascal et puis en face de la grande vitre, à un endroit qui au Moyen Age devait rester dans l'ombre parce que l'ouverture était murée, les artistes avaient fait des visages. Deux paires de visages, un jeune et un vieux, avec, à côté, le même jeune et le même vieux. Tout de suite, ça m'a sauté aux yeux. J'ai éclaté de rire, je m'en souviens, le groupe s'est retourné en fronçant les sourcils. Bande de ronchons. J'ai dit à Jacques : « Regarde ! Mais regarde ! Le jeune et le vieux, on dirait exactement Thomas et toi ! » D'abord il a haussé les épaules, ensuite il s'est approché. Et là, il a fait un drôle de nez. Franchement, on aurait juré que Thomas et lui avaient servi de modèle. On avait rajouté une barbe à Jacques, mais le reste, sa bouche, son front, et les yeux de Thomas, et son menton, c'était à crier de ressemblance. La visite se terminait, on est redescendus. Jacques traînait, il collait le guide, il lui demandait qui étaient les deux hommes du cloître, quand ils avaient travaillé à ces chapiteaux, pourquoi ils s'y étaient représentés. Je n'écoutais pas. L'histoire de ces visages, je préférais l'inventer toute seule et puis je crevais de froid. Jacques aussi. Quand on est arrivés à l'hôtel, qu'il avait choisi dans l'enceinte de l'abbaye, juste après la herse du pont-levis, il se tenait voûté et il frisson-

nait. J'ai pensé qu'il allait tomber malade et je me suis dit :
« Merde, en plus je vais devoir m'occuper de lui ! » On a
dîné dans la grande salle tapissée de photos dédicacées,
devant un mur de rocher brut éclairé en bleu turquoise.
La spécialité, c'est l'omelette dorée au feu de bois dans une
cheminée énorme, par des virtuoses de la poêle à l'ancienne
qui vous apportent votre assiette avec un air snob de chez
snob à couper l'appétit. Un bonheur de péquenot. Cent
cinquante francs pour six œufs, je me demande si, à l'époque des pèlerins, les aubergistes arnaquaient avec autant de
bonne conscience. Jacques ne mangeait presque rien. Il me
regardait avec des yeux aussi grands que la cheminée. Je
me suis dit qu'il s'imbibait des lieux, qu'à minuit il allait
se transformer en gobelin et me dévorer à la place de
l'omelette. Moi, je chipotais. En fait, j'avais envie d'aller
me coucher pour me raconter comment Jacques et Thomas
s'étaient retrouvés sculptés dans la pierre en haut d'un
chapiteau. Je me voyais entre eux, avant-avant-hier comme
aujourd'hui, et je me demandais pourquoi ils ne m'avaient
pas représentée. J'imaginais Jacques en Dieu et Thomas en
Diable. Ou moi en serpent, entortillée autour du corps de
Thomas, genre liane sur un arbre, et Jacques chassé du
paradis terrestre, à poil avec la main en coquille sur les
couilles. J'ai ri. « Tu rêves déjà ? », a dit Jacques. Et puis,
d'un air tellement con : « J'aurais dû astiquer la balance. »
Et encore, en allongeant sa lippe de vieux chien : « Est-ce
que tu m'aimes ? » Quand on pose ce genre de question,
on connaît la réponse, alors à quoi bon la poser ? Je l'aimais
bien, oui. Je l'aimais bien. Il le savait, il l'avait toujours su
et je n'avais jamais rien fait pour qu'il croie autre chose.
Je mens souvent, mais je ne triche pas. Je l'aimais bien.

Point. C'est ce que j'ai répondu, en ajoutant que c'était déjà pas mal, chacun selon son mérite en ce monde et dans l'autre, c'est ce qu'il essayait de m'apprendre, non ? Il a baissé la tête. J'ai bâillé. J'ai annoncé pas de dessert, dos en compote, au lit direct. On est ressortis.

Notre chambre était dans une annexe, Jacques avait exigé la vue sur la baie, du coup on s'est remonté des marches et des marches. Il ne pleuvait plus. Avec la lune presque pleine, les nuages qui glissaient dessus et le bruit de la mer partout, c'était carrément fantomatique. Je ne crois pas aux revenants, mais je trouve l'idée plaisante. Ma mère, elle y croit. Elle consulte un médium tous les ans, le jour anniversaire de la mort de ma grand-mère. « Pour garder le contact », soi-disant. Elle espère que je ferai pareil avec elle. Bien sûr c'est débile, n'empêche qu'en me déshabillant, j'ai inspecté la chambre, ce qui ne m'arrive jamais, et avant de me coucher j'ai regardé sous le sommier. Jacques était vautré sur l'oreiller, il ne me reluquait même pas, il feuilletait un gros livre sur l'histoire du monastère. Si vous visitez le Mont, arrêtez-vous à la librairie ; moi, j'avais raflé toutes les cartes postales pour les collages de Thomas, et Jacques avait acheté assez de bouquins pour passer trois nuits blanches en oubliant que je ne voulais plus faire l'amour avec lui. C'est vrai, le cul, depuis un moment... Je vous passe les détails. Je calais, quoi. Jacques disait qu'avant les grandes décisions, les bouleversements de la vie, ces choses-là arrivent. Des blocages, le goût qui change, le désir un peu mou. Le plaisir, on peut mimer, mais le désir, c'est moins évident. Remarquez, pas mal d'hommes s'en moquent, l'important c'est leur petite affaire à eux, s'ils ont envie pour deux, ils font pour deux. Jacques, il faisait très bien pour deux. Même que souvent, ça me redonnait du tonus, et du coup on finissait la course ensemble. Mais bon, franchement, chez son Peseur d'âmes, avec la balance dans le sac et le baveux de l'omelette sur l'estomac, c'était mal parti. D'ailleurs, il n'y pensait pas non plus. D'habitude, dès qu'on était seuls, il me plaquait par terre ou contre un mur et, je vous ai raconté, il devenait une brute très convaincante. Là, il lisait son guide. Il me jetait bien des petits coups d'œil, mais rien d'appuyé, rien de tendancieux. C'était presque vexant. S'il m'avait encore plu, je lui aurais volé dans les plumes. Drôlement popote, son week-end crapuleux. Et en plus, sans télévision. Du coup, j'ai pris mon somnifère. Il l'a vu, il n'a pas bronché. Incroyable. Je me suis couchée. J'ai éteint. Il avait fermé son livre, maintenant il me regardait. Il m'a caressé la nuque, en relevant mes cheveux. Il commence souvent comme ça. Je ne bougeais pas, je faisais semblant de dormir. Je l'ai entendu soupirer. Il m'a demandé quelque chose, je ne sais plus quoi. Je me suis tournée. J'avais envie qu'il parte. Il s'est levé. Je me suis endormie en coulant droit au fond du lac. Et puis, au milieu de la nuit, Jacques m'a réveillée. Réveillée exprès, le salaud, en me broyant l'épaule, et il avait les mains gelées. Je n'avais pas tiré les rideaux, la lune l'éclairait par-derrière. Il se penchait vers moi, c'est fou ce qu'il paraissait costaud. Ça m'a remuée, qu'il soit si costaud, au-dessus de mon corps comme un oiseau de proie. J'ai repoussé le drap, j'étais toute nue. Mais au lieu de venir, il s'est reculé d'un pas et il a dit :

— Eve, je te demande pardon.

J'ai rigolé, me demander pardon avant de se ruer sur moi, personne ne me l'avait encore fait.

— Eve, je viens de tuer Thomas.

Il l'a dit. Ces mots-là, exactement. Il se tenait contre le bout du lit, toujours dos à la fenêtre, il respirait très fort, presque un râle, et il a répété :

— Je viens de tuer Thomas.

Le plus gros, c'est qu'à ce moment-là, je ne l'ai pas cru. Juste ça m'a coupé l'envie, j'ai rabattu le drap et j'ai grogné que s'il n'avait rien de plus excitant à me proposer, je préférais me rendormir. Une troisième fois, il l'a dit :

— Eve, j'ai tué Thomas. Je l'ai poussé.

Là, je ne sais pas pourquoi, ça m'a exaspérée. Je me suis redressée et je lui ai crié de foutre le camp. Qu'il était un minable, un pauvre mec. Que Thomas, il ne serait jamais capable de le tuer, qu'il ne serait jamais capable de me gagner, jamais capable de se mettre en danger. Que je ne voulais plus de lui. Qu'il ne lui restait qu'à retourner chez sa femme, confort et conformisme, qui se ressemble s'assemble. Je me suis mis l'oreiller sur la tête pour ne pas entendre ce qu'il allait me répondre. Et comme il faisait chaud, sous l'oreiller, je me suis effectivement rendormie. Je me suis réveillée à nouveau vers sept heures, au lever du jour. Un jour gris sale. Une sale aube. J'ai allumé, je croyais que j'avais rêvé. Pas terrible, ce rêve-là. Sûrement ce nouveau somnifère que j'avais essayé. J'allais jeter la boîte. Jacques n'était pas là. Je suis allée dans la salle de bains. Parfois il lisait assis sur les chiottes pour ne pas me déranger. Pas là non plus. J'ai bu un verre d'eau et je me suis recouchée. J'ai émergé au milieu de l'après-midi. Toujours pas de Jacques. Pas un mot, rien. Il avait laissé sa maudite balance, son cartable avec les dossiers de ses opérations, son imperméable. Son portable n'était pas dans ses poches.

Je suis descendue jusqu'à la réception de l'hôtel. Je crevais de faim, il pleuvait des seaux, la standardiste m'a toisée comme une pauvresse en me tendant un bout de papier. La « maison » ne servait pas de petit déjeuner à l'heure du thé, mais si je désirais une « collation », je n'avais qu'à cocher mes préférences sur le bulletin. Fumé ou non, citron ou lait, cake orange ou raisins. Pour l'emmerder, j'ai répondu que mon ami, le grand monsieur qui avait réservé dans ce charmant port de pêche, désirait une omelette au saumon, bien chaude, merci. Une gourde à couettes est venue trois ans plus tard avec un plateau qui passait à peine dans la porte, une théière tièdasse et la fameuse omelette dans son beurre figé. J'ai tout avalé. Il paraît que j'ai un très fort instinct de survie. Après, je me suis remise au lit et j'ai appelé Thomas, pour lui raconter. C'était une habitude entre nous. Où qu'on soit, même en compagnie, surtout en compagnie, on se téléphonait pour se raconter. La « compagnie » appréciait rarement, c'est ça qui nous amusait. Selon les réactions, on décernait des notes. En dessous de douze, le ou la camarade se retrouvait sur le palier. Entre quatorze et seize, on finissait ce qu'on avait commencé. Au-dessus de seize, les félicitations du jury donnaient droit à un autre rendez-vous. Jacques en était largement aux sessions de rattrapage, mais Thomas me poussait à le ménager, il trouvait que notre histoire à trois me stabilisait. Il disait que toutes les jolies femmes devraient avoir un vieux et un jeune en même temps, pour l'utile et l'agréable, pour s'équilibrer. Rue des Martyrs, personne ne répondait. J'ai un peu hésité, et puis j'ai essayé Jacques. J'avais imaginé quantité de ruptures, mais rien de si bête qu'une fête des macchabées chez un archange guerrier spécialisé dans la pesée des âmes. Le portable de Jacques sonnait sur messagerie, l'hôpital et la clinique aussi. Boulevard de Courcelles, une petite fille a décroché en demandant :

— Papa ? C'est toi ?

J'ai répondu que c'était la mère Michel, et j'ai laissé un numéro au cas où on retrouverait mon chat. La petite a ri. En raccrochant, je me suis sentie triste, comme sur un quai de gare, quand on reste seul après le départ d'un train. Thomas me manquait. J'ai bouclé mon sac et j'ai filé sur mes pattes de velours, parce qu'avec le thé et l'omelette, il y avait une addition que je n'allais certainement pas payer. On n'invite pas sa maîtresse au bord de la mer pour la ruiner. J'ai laissé dans la chambre les affaires de Jacques, ses paperasses médicales et sa balance au fond de la belle valise en cuir que sa femme lui avait offerte pour ses quarante-cinq ans. Comme le taxi pour la gare TGV coûtait cent omelettes au feu de bois, j'ai pris le bus jusqu'à Rennes. Quand je suis arrivée chez moi, il faisait nuit noire. La concierge m'a bavé dessus tellement elle sanglotait. Les pompiers avaient emmené Thomas aux urgences, et les nouvelles n'étaient pas bonnes, pas bonnes du tout. Elle m'essuyait les joues avec son mouchoir jaune, et moi, je ne voulais pas comprendre. La chute n'avait pas fait de bruit. Personne ne s'était réveillé.

Eve a pâli. D'une voix très basse, à peine un murmure, elle ajoute :

— On s'était juré de ne pas faire ça l'un sans l'autre.

La musique s'est tue. Le commissaire range la cassette de Bach. Nicolat regarde la gosse. Il aimerait tellement éloigner d'elle ce cauchemar. À l'arrière de son crâne, il

242

songe vaguement qu'il a oublié de lui demander si son jules aurait pas des fois parlé suicide, ou fait des tentatives qu'il aurait cachées à sa maman. Les mères, elles ne voient pas que leurs fils deviennent des hommes, alors mourir, elles imaginent jamais. Il semblerait qu'Adeline Apenôtre ait eu la même intuition. Elle fixe sur Eve un regard particulièrement attentif.

— Nous avons un mobile : la jalousie. Un faisceau d'indices concordants : des empreintes dans votre appartement, les horaires qui collent, la disparition du suspect entre le moment où il vous a avoué son crime et le moment où il l'a avoué à sa femme. Il semble qu'il y ait effectivement eu meurtre, et que, malgré l'étrangeté de ses déclarations, l'homme que nous avons arrêté soit l'assassin. Mais est-ce que Thomas Landman aurait pu se suicider ?

Eve relève la tête. Dans ses yeux transparents, plus aucune trace d'émotion, et encore moins de faiblesse. Elle répond d'un ton froid :

— Non.

— Pas d'antécédents ?

— Non.

— Overdose ?

— Jamais. J'étais là pour veiller sur lui.

— Ce weed-end, justement, vous n'étiez pas là.

— Quand on m'a, on ne se tue pas.

— Même quand on doit vous partager avec un autre ?

— Thomas ne me partageait pas.

— Atteler à trois, vous appelez ça comment ?

— Thomas ne me partageait pas. Il n'était pas jaloux, il ne m'a jamais rien reproché. Au contraire, c'est plutôt lui qui me poussait.

— Les tendances autodestructrices, ça existe.

— M'aimer, c'est aimer la vie. Là-dessus, Jacques et lui étaient d'accord, ils me disaient tous les deux que j'étais la vie.

— On peut souhaiter quitter la vie.

— Moi, on ne peut pas me quitter.

— Qu'est-ce qui vous rend si sûre ?

— Regardez votre adjoint. Je claque des doigts, il plante tout pour me suivre. Et je vous jure que ce n'est pas lui qui me quittera.

Plaqué contre la porte, Nicolat vire cramoisi. Linou le scrute avec la précision d'un scanner. Linou va deviner. Linou a deviné.

« Merdeux, tu peux te chercher une autre affectation et te tirer avec elle, va, elle te nettoiera jusqu'à l'os, et encore, à mon avis, elle croque les os aussi », fulmine *in petto* le commissaire. Comme si elle devinait ces pensées optimistes, Eve passe une langue rose sur ses lèvres qui ont retrouvé leurs couleurs. Adeline Apenôtre commence à comprendre Hérisson. « *J'ai coulé dans un puits.* » « *La mouche du grand bois guyanais.* » Cette gamine est le mal. Pas seulement la copine du serpent mais le serpent lui-même, petit Satan du IIIe millénaire en mèches folles et ongles métallisés, jouisseur, cruel, insondable, fort parce que libre, libre parce qu'indifférent à tout. D'un coup, Adeline se sent vieille, épaisse, ringarde. Les jambes interminables d'Eve, son cou délicat, ses tétons arrogants, et ce crétin de Nicolat qui tète à nouveau l'intérieur de sa joue sans plus oser regarder ni à droite ni à gauche. Les pieds enflés du commissaire lui font mal et, sous ses aisselles, elle sent la transpiration qui imbibe la chemise trop étroite.

Elle en a croisé, pourtant, des torpilles à longs cils, des vampires de jour, des sorcières de l'amour. Des hommes tuaient ou se tuaient pour elles sans qu'Adeline en conçût aucun trouble. Or voilà qu'après avoir entendu Eve, elle se sent en osmose avec l'assassin. Si le Parquet décrète la mise en détention provisoire du grand Jacques, elle se frottera les mains. Du bon boulot, rondement mené. Mais en même temps, elle souffrira. Elle sait qu'elle souffrira. De trop bien comprendre cette passion, cette folie. Et aussi plus profond, tout au fond, là où elle s'est toujours gardé de s'aventurer, elle souffrira de ne pas être une Eve. Si la justice condamne Hérisson, ce n'est pas le bon droit qui sortira victorieux du prétoire, mais elle : la « naufrageuse ». Des mois seront passés, elle sera sur une autre planète, occupée à danser dans d'autres bras, à sucer un autre sang. Elle rira d'eux tous, Priscille Hérisson, Adeline, Nicolat. Même le souvenir de son Thomas ne l'écorchera plus. Mais lui, Jacques le Grand, Jacques le Droit, probablement radié de l'Ordre des médecins et renié par sa femme, lui, continuera de l'aimer. Jusqu'à la fin des temps.

J'AVAIS COMMANDÉ à mes hommes de ne pas la toucher. Elle n'était pas grasse, mais toujours assez pour l'usage qu'ils en eussent fait. Ma mère à son âge était déjà mère, les femmes aussi sont des guerrières, leurs combats valent les nôtres et elles meurent comme nous dans les cris et le sang. Quand je fis amener la souris dans la salle où j'avais installé une estrade pour figurer un tribunal et donner plus de solennité aux interrogatoires, elle soutint mon regard :

— Un jour, vous me demanderez pardon.

Je crus avoir mal entendu. Elle répéta. Je tapai d'un poing énorme sur le bois de la table.

— Ne me nargue pas ! Tu m'as menti !

— Je ne m'en souviens pas.

— Tu t'es refusée à ton mari et donnée à Thomas !

— Que vous importe ?

— Tu es adultère, luxurieuse, et tu t'es jouée de moi !

— Je ne jouais pas, non.

Elle croisa les bras. Il n'y a rien comme le calme de l'adversaire pour vous faire prendre le combat au sérieux. Cette petite personne décoiffée et terreuse en imposait. Je l'avais troussée jusqu'au nombril, le dedans de ses cuisses me chauffait encore la main. Caparaçonné de mon droit de vie et de mort sur elle, c'est pourtant moi qui me sentais dénudé. Cette façon qu'elle avait de me dévisager, comme si elle connaissait mon passé, mon avenir, et aussi ce que je me cachais à moi-même. Mon cœur battait un inquiétant galop, mais je m'étais juré de fixer le but sans me laisser distraire. Une seule pelote liait cette fille, Grenouille et la croisade qu'on m'avait commandé d'arrêter. Je tenais un fil, je ne devais plus le lâcher. Hors du contexte qui l'avait distinguée à mes yeux, la souris n'était rien. Sa place dans ce moment que je vivais, c'est sa folie qui la lui donnait. Je n'avais qu'à me dire que sa jupe était le drapeau, le symbole de la marche des enfants. Eve. Elle portait bien son nom. Traître à son père, traître à son mari, elle prétendait se donner pour maître le hasard et pour idéal une chimère héroïque. Sa rébellion niait l'effort des laborieux, des patients, ceux qui haussent les murs et pavent les chemins, ceux qui décrètent, prient, instruisent, labourent et emplissent les greniers pour les générations à naître. En instruisant le procès de sa déraison, c'est mon ordre, l'ordre de mon temps, que j'allais restaurer. Oui, là s'ouvrait le chemin. Là brillait la vérité. Voilà ce qu'en arpentant de large en long mon estrade, je conclus. De me représenter les choses sous cette lumière me rendit mon aplomb. Je me penchai vers la fille :

— Convaincs tes compagnons de se disperser et d'abandonner leur projet, et je te relâcherai. Sinon...

Je devais avoir l'air terrible car elle pâlit.

— ...Sinon je tiendrai parole. Tu seras jugée puis châtiée.

Elle me regarda bien en face :

— Par vous ?

— S'il le faut, oui.

— Pourquoi le faudrait-il ?

— C'est mon devoir de vous décourager. Toi, tes pareils. J'ai reçu mission de vous protéger de vous-mêmes, et je le ferai.

— Vous me protégerez en me tuant ?

— Ton sacrifice dissuadera tes amis mieux que mes sermons.

— Je n'ai rien fait de mal. On ne met pas les gens au gibet par caprice.

— Si je cherche, je trouverai. Quand on cherche, on trouve toujours.

Ses yeux se posèrent sur ma bouche et j'eus soudain chaud, froid, honte, et plus que tout envie de la prendre dans mes bras. Elle murmura :

— Mais vous avez trouvé. Vous ne voulez pas comprendre, mais vous avez trouvé.

J'étais résolu à ne plus me perdre dans les champs, sous la lune, à ne plus me laisser enfermer dans des bulles d'eau. Une tache de lumière verdissait le bas de sa jupe, une autre enflammait la queue de cheveux qui dépassait de sa coiffe, je ne la désirais pas, je ne la désirerais plus, je devais coûte que coûte me garder du harpon. Je me levai.

— Aimes-tu Thomas ?

— Oui, je l'aime. J'aime aimer.

— Assez ! M'obéiras-tu ?

— Pourquoi avez-vous tant besoin qu'on vous obéisse ?

— De toute manière, tu m'obéiras.

— De toute manière, vous me perdrez.

J'étais au pied du mur et je ne voyais pas de brèche.

— Une dernière fois, je t'adjure de te soumettre.

— À vous ? Donnez-m'en le désir.

Le désir ? Je me mordis la langue pour me châtier de la vouloir si fort. J'étais la mesure et le glaive, je n'avais pas le droit de faiblir.

— Tu vas passer à la question.

Elle devint grise et tomba à genoux. Voilà. Comme c'était simple. Pour n'être pas mordu, il suffit de détourner la pique. Je descendis les marches de mon estrade, je passai près d'elle sans céder à la tentation d'un geste ni d'un regard. Mon pied frôla sa cheville, petit os qu'un coup de mon talon eût suffi à broyer. Elle se recroquevilla, la tête entre les genoux. Je sortis sans me retourner.

Son cri m'éclaboussa à la moitié de l'escalier, quand mes gars posèrent leurs pattes sur elle. Ils devaient la tirer vers la cheminée, le jeu allait se jouer avec des braises, un jeu cruel mais nécessaire et dont l'Église par avance m'absolvait. Le cri monta d'un ton. C'est pour moi qu'elle criait. Elle pensait que je pouvais revenir sur mes pas et l'emmener loin de la douleur, de l'infirmité. Elle pensait que je pouvais me dédire, que je pouvais me renier. Elle avait tort. Je le voulais peut-être, mais je n'y parvins pas. Je me figeai. Je restai là, dans le noir, l'oreille tendue. Mes poings en se serrant me broyèrent le cœur. Là-haut, ils attisaient le feu, ils s'occupaient à l'attacher. Dans sa voix qui s'étranglait, j'entendais ce que je n'avais jamais entendu et n'entendrais plus jamais. J'entendais sa vie, avec, enlacée à cette vie, celle que j'aurais pu mener avec elle. J'entendais des rires en grelots de Noël, des galops de pieds nus sur un plancher poudreux, des secrets chuchotés au creux de mon épaule, les sanglots du plaisir et les mercis émus. J'entendais, je voyais, je sentais. Je sentais le bonheur frais des matins neufs, sa paume en feuille sur mes yeux, entre ses doigts le jour ne se levait que pour moi, je léchais le foin froissé sur les plages de son corps, je respirais mon sang qui germait sous son flanc, le nouveau-né qu'elle berçait avait mon front et son sourire, je jouissais de notre étreinte et me rendormais dans ses songes.

De la salle au-dessus, plus un bruit ne s'échappait. Je résonnais du silence revenu. Ce silence m'éclairait et me dépouillait comme le grand gel d'hiver. Dans sa nudité, je découvrais combien était intime et profonde ma blessure. Cette fille s'était ancrée en moi et je ne savais où fouailler pour arracher le fer. Je m'appuyai au mur. C'est autour de ma bouche que les bourreaux serraient le bâillon. La douleur, l'infirmité, plus jamais comme avant. Par la plaie qui saignait celle que je refusais d'aimer, tout mon sang se retira. Je vacillai. Je m'évanouis.

Après ? Je dormis avec l'obstination d'un ours au milieu de décembre. Je m'étais entaillé le front en tombant. On me recousit à vif. Cette douleur-là, familière, maîtrisable, me fit du bien. J'aurais donné mon meilleur cheval pour que le soigneur couturât mes pensées avec la même aiguille. Je souhaitais qu'ils l'eussent mutilée, qu'elle n'eût plus de langue pour me parler, ni d'yeux pour me regarder. Plus de doigts pour me toucher. Me toucher. Roulé dans mon manteau, je tremblais. La femme de l'aubergiste vint me masser les membres. Le prévôt m'envoya son apothicaire, le chapelain accourut sur ses pas, je repoussai l'un et l'autre. On vint prendre mes ordres. Je n'avais pas d'ordres. Le roi, le pape étaient loin. J'étais passé sur une autre rive, dans un autre pays. Au milieu du brouillard qui m'habitait, se levait l'idée étrange que moi aussi j'avais une croisade à mener. Une croisade aussi vaine et aussi enivrante que celle des enfants. Un combat à mains nues, tout juste comme le leur, la lutte de l'aube contre la nuit, de la foi contre l'évidence, de l'amour contre la mort. Oui, maintenant, je commençais à avoir peur. Peur de grelotter de remords et de solitude, lorsque je me serais à mes propres yeux dévoilé. Une fois pesé, une fois jugé pour ce que je valais vraiment, quel sort serait le mien ? Il n'y a de hasard que celui qu'on se prépare. Et si l'aventure de ces croisés dérisoires ne m'était désignée que pour marquer le commencement de ma propre aventure ? Si je n'avais choisi Eve, la première femme, celle du paradis et du fruit défendu, si je ne me l'étais donnée comme ennemie que pour me faire la guerre à moi-même ? En la meurtrissant, c'est moi que j'avais meurtri. Lorsqu'il s'agirait d'allumer le bois de son supplice, qu'adviendrait-il ?

PRISCILLE dîne tous les vendredis avec l'avocat que Louis de Marne a embauché dans le dessein affiché que son gendre soit déclaré malade mental et interné le plus loin possible de Paris. Avant tout, garder l'affaire en vase clos, éviter les retombées médiatiques. Deux journalistes ont sonné rue de Lille, mais l'ancien conseiller à la Cour des Comptes a le bras long, la menace courtoisement enrobée et quelques liasses de billets dans son coffre. Le gros de la presse n'a pas encore mordu. Si on ne lui donne rien à flairer, elle passera à côté du gigot. L'avocat porte une calvitie poudrée, des costumes stricts, des cravates Hermès à petits motifs animaliers et des chaussettes en fil d'Écosse invariablement grises, qui lui arrivent aux genoux. Sa tendance au lyrisme serait risible s'il n'en souriait à larges dents limées. En l'observant avec une discrétion très déchiffrable, Priscille songe qu'on peut être aristocratiquement dégarni ou vulgairement chauve. Son lit vide la rend indulgente. Bientôt quarante-deux ans, et les journaux féminins lui rabâchent les diktats de son horloge biologique. Elle décide que l'avocat perd à peine ses cheveux, qu'il se tient très décemment à table et qu'il aborde les sujets avec tact. Si, entre deux draps, il fait montre du même tact, ils s'entendront à merveille. Elle s'entraîne à penser que Jacques n'existe plus. Elle a ôté les photos, jeté les lettres ; elle vend à la brocante de l'école les bibelots qu'il chérissait et donne au Secours catholique tous ses vêtements. Les premiers temps, ses filles pleuraient beaucoup en réclamant leur père. Priscille expliquait un grand, un très grand voyage : « Votre papa est parti explorer le centre de la terre, comme Haroun Tazieff, mais on ne n'improvise pas vulcanologue et votre papa n'a pas retrouvé le chemin de la surface. Il s'est perdu, nous l'avons perdu. Maintenant, c'est très triste mais c'est certain, il ne reviendra pas. »

— Alors il nous emmènera plus à la Fête des Loges en cachette parce que toi, tu veux pas ?

— Alors il va brûler au fond du volcan pour toujours ?

Priscille répond que non, quand même, pas exactement le fond du volcan, tout en songeant que oui peut-être, et que Jacques ne l'aurait pas volé. Au Louvre, elle reste longtemps devant les tableaux de Jérôme Bosch. Elle envisage de reprendre ses études d'histoire de l'art. Son père l'encourage. Occupe-toi, rencontre des gens, la vie continue.

La vie continue. Les grandes vacances arrivent. Seize mois depuis l'arrestation de Jacques. L'instruction piétine, Adeline Apenôtre pousse dans un sens, Jean Salviat dans l'autre, les nouveaux experts rendent des conclusions opposées ou émettent tant de réserves que le juge chargé de l'affaire ne sait que penser. Avec l'argent prélevé sur le compte suisse, Priscille emmène les fillettes passer le mois d'août au Kenya. Les immenses Masaïs et les interminables girafes démontrent aux petites que leur papa n'était pas la plus majestueuse des créatures terrestres. D'abord affreusement déçues, elles s'en découvrent au retour très soulagées. Leurs camarades ne les interrogent plus sur la disparition de leur père mais sur leur safari. Jacques étant ainsi détrôné, il leur est plus facile de l'oublier.

Vingt mois. Des couloirs, des portes à judas, des fenêtres grillagées, des hommes en godillots militaires, des hommes en souples mocassins beiges, des femmes en blouse verte, en blouse bleue, en blouse blanche.

Jean Salviat, que le cas de Jacques passionne, lui explique patiemment les avancées de la procédure.

— La provisoire dure rarement beaucoup plus d'un an, mais votre cas est un peu... particulier. L'internement administratif sur décision préfectorale a écarté des tribunaux beaucoup de vrais coupables, alors maintenant, les procureurs insistent pour pousser les poursuites au pénal. L'enquête complémentaire du commissaire Apenôtre est terminée, ce veau de Nicolat a ratissé au plus fin, les moines du Mont, le personnel de la Mère Poulard, votre famille, vos relations professionnelles, l'environnement de Thomas Landman et de Mlle Ebey. Vous ne vous inquiétez pas trop, j'espère ?

Jacques n'écoute pas. Jacques demande si Monica pourrait lui masser les pieds.

— Bientôt. Dès qu'on vous sortira d'ici.

— Ma femme n'est pas venue me voir. Pas une seule fois.

— Je serais étonné qu'elle vienne. Elle a fait entériner

votre séparation de corps, et elle a déposé une demande en divorce à vos torts exclusifs. Étant donné les circonstances, les choses devraient se conclure vite. De son côté, votre beau-père exerce toutes les pressions imaginables pour que le juge d'instruction conclue à votre irresponsabilité et rende un non-lieu. Vous allez passer de nouvelles expertises, avec des psychiatres judiciaires. Ensuite il est possible que le juge demande la réunion d'un collège de médecins qui vous examineront à leur tour.

— En ferez-vous partie ?

— J'essaierai.

— Mes filles me manquent.

— J'ai dit à l'avocat de votre épouse que le droit de visite du père s'exerce même en prison et qu'elle doit vous amener les petites. Mais n'espérez pas trop, il semble que toutes les cartes qu'elle a en main, elle veuille les utiliser contre vous.

Jacques hoche la tête. La vitre du parloir garde à hauteur de visage les traces des doigts, des haleines, des lèvres qui n'ont pas pu se joindre. Priscille va le déchoir de ses droits paternels. Assassin ou dément, la qualification importe moins que la mise à l'écart. Mari indigne, père indigne. Jacques croit encore qu'il faut être digne d'amour pour être aimé.

— Jean, pourquoi est-ce que vous continuez à vous occuper de moi ?

Salviat croise ses mains déformées par l'arthrose et rend son regard au grand Jacques, qui en prison a pris dix ans. Il porte maintenant une barbe poivre et sel, ses orbites se sont creusées et sous l'œil moins vif, les cernes lui dessinent deux croissants sillonnés de ridules.

— Parce que vous m'intéressez. Parce que vous me touchez.

Jacques ne demande plus à Salviat s'il l'a convaincu. Peu lui importe désormais de convaincre. Son passage à l'I3P et son transfert dans le secteur hospitalier de la prison de la Santé n'ont rien changé à son désir. Il attend un verdict. Il attend un jury, une comparution solennelle. Il attend d'être disséqué, évalué. Pesé. La nuit, sur sa couchette, il répète à voix haute : « *Reconnaissez-vous Jacques Hérisson coupable du meurtre de Thomas Landman ?* »

Les semaines passent, lissées par cette attente. Étiqueté psychotique, Jacques dispose d'une cellule individuelle, et le médecin le reçoit tous les mardis. À la promenade, les prisonniers le saluent sans l'approcher. Dans la hiérarchie mafieuse des méfaits, les crimes de sang et d'amour sont assez bien notés. Quand la préméditation est patente et la mise en scène si sophistiquée que les plus retors des pensionnaires passent leurs soirées à essayer de la comprendre, on monte encore d'un cran. Quand de surcroît le brillant assassin mesure un mètre quatre-vingt-douze, pèse quatre-vingt-dix-sept kilos, et qu'il connaît par cœur le dictionnaire médical, on lui consent un rabais sur les cigarettes et on lui fout la paix.

Les bras croisés sur son colis hebdomadaire, Monica fronce ses sourcils totalement épilés, ce qui la fait ressembler à un chien tibétain.

— Le père Diligent vous fait dire bien des choses, et moi je vous ai apporté des bonbons. Attention aux caries. J'ai aussi mis du dentifrice extra et les livres que vous m'avez réclamés. Mais c'est pas bon pour vous de continuer à patauger au Moyen Age, ils vont finir par penser que vous y croyez vraiment et votre procès, vous ne l'aurez jamais.

Depuis que Jacques est en détention provisoire, Monica n'a pas manqué un parloir. Elle ne sait pas au juste pourquoi elle vient, mais ses jumeaux sont devenus incollables en histoire, alors elle vient. Quand elle est là, c'est elle qui raconte. La folie des autres, la violence des autres. Jacques entend moins ses mots que leur musique. Les jours où l'onde qui l'habite se lisse, cette voix de femme lève l'écho d'une autre voix. Hier, il y a si longtemps, ses deux amours se mêlent, s'épousent pour ne former qu'un visage lisse, qu'un corps blanc. En lui, une seule Eve, éternellement jeune et blonde, l'assoiffe, le comble, le nargue et se dérobe. Il tend les mains, il la veut à se mordre, elle rit, elle rêve, elle boite légèrement, elle a les ongles rongés, des yeux d'eau vive et la peau d'une enfant, elle est une goutte de rosée sur un brin d'herbe et lui, encore et à jamais, lui pleure dans le miroir de cette goutte. Il lit Merlin et Viviane. Il lit les aventures de l'infidèle Aliénor d'Aquitaine et du piètre Louis VII sur le chemin de Constantinople. Il lit *Les Croisades vues par les Arabes* d'Amin Maalouf. Il réclame des traités d'architecture, le krak des chevaliers, les forteresses cathares, les mémoires de Guillaume de Tyr. Le bibliothécaire s'étonne et verse au dossier du prisonnier la liste des ouvrages commandés. Jacques passe un entretien, dix entretiens avec des docteurs qui lui posent et reposent les mêmes questions. Chaque fois, avec sérieux, il répond : « Au moins, là-bas, je suis moi-même. En attendant que mon sort se conclue, vous avez mieux à me proposer ? »

Et puis un matin déboule l'avocat chauve, l'avocat des Marne, censé représenter les intérêts de Jacques et qui en deux années n'a pas échangé plus de trente phrases avec lui. Frétillant comme un basset qui a bien servi son maître, il étale sur la table des papiers. Les derniers rapports psychiatriques, les conclusions du juge d'instruction après une ultime audition. *Le prévenu Jacques Hérisson n'était pas en pleine possession de ses facultés mentales au moment du crime. Le non-lieu est prononcé. Les poursuites sont abandonnées.*

Non-lieu. Rien n'a eu lieu. L'avocat se frotte les mains puis le crâne, qu'il a également lisses, avant de claironner d'une voix d'accoucheur satisfait : « J'ai volé pour vous porter la bonne nouvelle, cher ami ! Le cauchemar est fini ! On vous transfère demain dans un service spécialisé où tout le monde s'occupera très bien de vous ! »

– Jacques ? Vous m'entendez ?

Jacques relève la tête. Jean Salviat aussi a vieilli. L'âge prend les hommes d'un coup, quand ils renoncent à rester jeunes. Quand ils savent qu'ils ne porteront plus fruit d'amour, qu'ils n'étendront plus leur aile pour abriter la faiblesse et prodiguer la tendresse. La mère de Salviat est morte au tournant de l'an neuf. Il lui tenait la main, il lui caressait le front, il a bu son dernier souffle. Depuis, chaque matin, il se dit que s'il se lève, s'il s'habille, s'il se rend rue Cabanis, s'il sait encore comprendre et parfois soulager la souffrance d'autrui, c'est parce que ce dernier souffle continue de vivre en lui. Mais il n'aimera plus. Et il ne sera plus aimé. Il ne lui reste donc qu'à vieillir.

— Personne ne vous accuse plus, Jacques. Vous allez sortir.

Il semble à Jacques que des années, que des siècles ont passé depuis sa nuit dans le cloître du Mont, mais que le pire est à venir. Le temps de l'attente avait son rythme, il s'était habitué à ce rythme, il en avait fait son pouls. Le temps d'après n'en aura plus. Devant, il ne voit que des sables, de l'eau, un univers étale, ouvert pour qu'il s'y enlise et inexorablement s'y noie.

— Jacques ?

Le châtiment. C'est donc ainsi qu'il s'agit de payer ?

— Votre belle-famille espérait vous expédier à Bordeaux, mais j'ai pu dégager un lit à l'Unité de Malades Difficiles de Villejuif, dans un service où j'ai travaillé. Villejuif, c'est tout près. Je pourrai continuer à venir, Monica aussi, vous ne vous sentirez pas abandonné.

— Je ne serai donc pas jugé ?

— Non. On va vous soigner. On va vous guérir.

Jacques met sa tête dans ses mains. Il se balance d'arrière en avant.

— Je ne suis pas malade.

— Si vous coopérez, cela peut ne pas durer très longtemps. J'ai suivi des patients qui sont sortis au bout d'un an ou deux. Il faut être raisonnable. Il faut me faire confiance. Est-ce que je ne vous ai pas prouvé que vous pouviez me faire confiance ?

Coopérer.

— Jacques ?

Confiance. Jacques sait qu'il n'y a pas d'âge, pas d'heure pour commencer à trahir.

— Je n'irai pas là-bas.

– L'ordre de transfert est signé, les dispositions prises, on vous attend demain en fin de matinée.

– Je n'irai pas.

– Je peux essayer de faire en sorte que Monica vous accompagne. Pour la transition, cela vous aidera.

– Je n'irai pas.

– Jacques. Vous n'avez plus le choix.

ELLE AVAIT avoué sous les tenailles ce que le nonce et le pape escomptaient : visions, serments, pactes de sang. Et aussi ce que le comte et le roi espéraient : révolte organisée, recrues enrôlées par ruse et par force. Elle avait fourni en vrac des noms d'anges, de démons, de prêtres complices, de seigneurs traîtres à leur suzerain et de marchands cupides, en veux-tu en voilà, à boire et à manger, assez pour empaler, écarteler et griller pendant un mois entier. Assez, surtout, pour la ficeler elle-même sur le bûcher. La brebis expiatrice, le grand feu salvateur de Pâques. Purification, résurrection. Guéris de leurs doutes, rachetés de leurs faiblesses, le royaume et sa foi se relèveraient fortifiés. Mais moi, Jacques le Droit ? Mais moi ?

Elle me méprisait. Je le lisais sur son front obstinément penché, sur ses lèvres sans couleur, sur ses doigts noués dont les jointures blanchissaient. Mes gredins l'avaient rudement travaillée et elle boitait, elle boitait même bas. Je me retins de lui offrir un tabouret. Du coup, je ne m'assis pas non plus. Piqués l'un devant l'autre, les mains moites et la gorge serrée, nous avions l'air de deux promis après une grosse querelle.

— Si tu as menti, dis-le. C'est moi qui dois prononcer la sentence et je peux encore te sauver.

— J'ai moins menti que vous. C'est pour ça que vous m'offrez votre aide. C'est vous que vous voulez sauver.

Je baissai les yeux.

— Je ne suis pas possédée. Mais vous, oui.

Elle avait raison. Je brûlais. La poitrine, le dos, le ventre, je brûlais. Une boule sous les côtes m'empêchait de respirer. Je dus faire effort pour me redresser et répondre d'une voix calme :

— N'aggrave pas ton cas. Je veux être patient. Je veux être patient parce que je veux ton bien.

Son regard m'ouvrit comme un fruit.

— Mon bien ?

— Je te garderai avec moi.

Elle se taisait, elle attendait la suite.

— Tu me suivras où j'irai, je te protégerai, personne ne te touchera.

Elle se taisait toujours.

— Je ferai soigner ton pied. Je connais un rebouteux. Dans quelques semaines, il n'y paraîtra plus.

Son sort dépendait de ma clémence et c'est moi qui plaidais ma cause.

— Je serai bon. Je suis bon. Je te le prouverai.

Elle eut ce sourire, ce sourire qui me marqua au fer et qui, seize ans plus tard, me ronge encore le cœur.

— Parce que vous croyez que je serai à vous ?

J'ouvris la bouche comme le ravi de la crèche. Elle continua :

— J'aurais pu vous aimer. Entre Thomas et vous, c'est vous que j'aurais choisi. Maintenant ce sera Thomas, et Thomas pour toujours.

— Tu ne sais pas ce que tu dis.

— C'est votre faute et c'est trop tard. Vous n'y pouvez plus rien.

Un froid terrible se coula dans mes veines.

— Thomas est un gamin. Il est maigre. Il est bègue.

— Je m'en moque, il me plaît.

— Thomas ne saura pas veiller sur toi. Il ne saura pas te rendre heureuse.

— C'est moi qui veillerai sur lui. C'est moi qui le rendrai heureux.

Je devenais bloc de glace vive, et la douleur m'était si grande qu'il me fallait serrer les dents pour ne pas gémir.

— Ne me pousse pas à bout. Je peux tout sur toi.

Elle sourit à nouveau. Diablesse.

— Vous y êtes, au bout. Et vous y êtes sans moi.

Je la jetai sur les dalles. Je la troussai jusqu'au nombril. Je la retournai pour ne plus voir ses yeux. Je la violai. Une fois, puis une seconde, je la violai. De toute ma force, de toute ma rage. Je voulais qu'elle souffre, je voulais qu'elle crie, et elle souffrait, et elle criait. Elle cria moins la troisième fois. Sa tête ballait contre la pierre. Le jour baissait, je n'avais pas allumé les chandelles, je lui mordais les joues avant de lui manger la bouche. Elle ne se débattait plus. Elle avait les tempes bleues, les cheveux collés, les yeux blancs, le souffle haché, les reins souillés, du sang partout. J'avais épuisé ma sève, mais le feu qu'elle avait mis en moi me brûlait toujours. Je me rajustai, je me relevai et je dis :

— Dimanche, ce sera à ton tour de brûler.

VOUS croyez que vous avez toujours le choix, et vous devenez une chose. Une pierre. Un arbre. Vous croyez que vous pourrez toujours vous battre, terrasser l'adversaire, vous êtes fort et grand, dans la cour de récréation et dans le préau de la prison les plus costauds s'inclinent. Vous apprenez la camisole, les épaules sanglées en arrière, les pieds et les mains attachés au cadre métallique du lit Vous croyez que vous pourrez toujours hurler, alerter les gens de bien, les amis, les étoiles, qu'en criant vous vous ferez comprendre et que les sourires reviendront. Vous apprenez le bâillon, et après le bâillon, les cachets. Vous êtes saoul quand il fait clair dehors, et muet quand le soir tombe. Le plafond se pose sur votre poitrine et les liens vous meurtrissent. Vous oubliez les mots, et quand vous les retrouvez, vous craignez qu'ils s'enfuient à nouveau. La rage couve en vous, mais vous rentrez vos griffes, vous voilà doux et patient, vous enfilez vos pensées une à une sur un fil, tassé dans un fauteuil vous les comptez, devant la thérapeute qui vous présente des taches noires et des tâches imbéciles, vous vous appliquez, pas de crise ce soir, moins de neuroleptiques demain. Vous êtes un chiot turbulent que le dresseur corrige et caresse. Vous êtes une poussière que le balai aspire, que le pied écrase. Vous êtes un néant gonflé de vagissements, une vague nauséeuse, une plainte emportée dans le vent d'autres plaintes.

Il demande à Salviat de prendre des nouvelles d'Eve. Le psychiatre revient bredouille, ou du moins il l'affirme. Jacques sanglote, il hurle avec l'impression de se dissoudre dans ses larmes. Au matin, il arrive le premier pour la distribution de calmants, et en plus de son traitement habituel, il réclame des gouttes.

Cette nuit-là, le père Diligent rêve d'Eve. Il ne l'a jamais vue, mais il la reconnaît. Le commissaire Apenôtre refuse net de donner son adresse, alors à pas prudents, le révérend s'en va attendre Nicolat au café de son club de sport. Le fidèle adjoint a quitté le commissariat de la Goutte-d'Or, il a même quitté la police, il est passé pompier. Quand le prêtre prononce le nom d'Eve, il vire blanc sale et il avale cul sec son calva. Oui, il l'a vue pendant un moment. Un pas très long moment. En fait, assez court. Trois semaines. Plutôt deux et demie. Le temps qu'il lui fasse un peu de bien et qu'en retour, elle lui fasse beaucoup de mal. Nicolat a un tempérament de bon chien, il le sait, d'ailleurs il n'y a pas de honte à être un chien aimant, Linou appréciait, il n'aurait jamais dû la quitter pour la gamine, mais bon, quand on a trop de cœur et aussi un peu les couilles dans la gorge, on ne se contrôle pas toujours. Alors voilà. Eve l'a siphonné en douceur. C'est vrai, elle y a mis les formes. Nicolat se voyait déjà marié et père, avec la carte famille nombreuse et le crédit sur vingt ans. Et puis sans crier gare, elle a disparu. Il a cherché, parole, il a cherché. Partout. Enfin, dans le quartier. Il a essayé de renouer avec Linou, mais Linou ne pratique pas le pardon, ni aucune charité à part la quête du dimanche, et pour le cul, elle a remis le couvert avec son Alain. Même qu'il l'a encloquée, ce con, comme si elle était pas assez grosse. C'est tout. Une histoire bête, une histoire sans vraie fin, comme celle de Jacques. D'ailleurs, maintenant, Nicolat regrette, pour Jacques. Parce que la concierge de la rue des Martyrs, s'il l'avait cuisinée dans ce sens-là, elle en aurait dit des vérités, sur le Thomas Landman. Tout juste ces vérités qu'Eve ne voulait pas entendre. Il y a autant de façons de souffrir que d'aimer, pas vrai ? Nicolat aussi a caressé l'idée d'en finir, lui non plus il n'en a pas parlé. Mais ce qu'il peut dire maintenant, c'est qu'une gosse comme cette gosse, ça rend bel et bien fou.

Immobile, Jacques voyage. Chaque fois qu'il refuse les médicaments, les infirmiers lui passent le maillot. Pour lui apprendre à accepter qu'on l'aide. La bouche pâteuse et les idées effilochées, c'est le début, un début nécessaire. Jacques retourne à l'école, Jacques épelle ses lettres, une histoire se déchiffre page à page. Élève médiocre. Jacques manque de curiosité, de persévérance, d'humilité. Pour progresser, Jacques doit s'abandonner. Ils s'y mettent à quatre, plus une aide-soignante qui boucle les courroies dans le dos. Ils l'ont catalogué dangereux. Il le devient. La violence enfle en lui et déferle, il s'en étonne, il s'en repent, mais la vague est trop forte, et chaque jour croît l'envie de s'y abandonner.

Eve a emménagé chez un éditeur rencontré sous le gui, au réveillon du 31 décembre. Mince, bronzé toute l'année, les tempes artistement argentées, un chic vieille Angleterre, une culture tout-terrain comportant des citations pour chaque occasion. Avec cela flegmatiquement polygame et adepte du bouddhisme tibétain, ce qui, paraît-il, va souvent de pair. À son contact, Eve s'est sophistiquée. Gestes et vêtements légers, lin clair et sourire assorti, à l'évidence le rôle lui sied. Elle fait asseoir le père Diligent, elle lui prépare l'infusion dont il a envie, elle ne s'étonne pas de l'entendre prononcer le nom de Jacques. Il la complimente sur sa civilité. Puis sur son sang-froid.

— Vous voudriez que je m'évanouisse ? Je peux, vous savez.

— Je n'en doute pas. De même que je ne doute pas que Jacques soit innocent.

— Personne n'est innocent, mon petit père. Et personne n'est sincère.

— Vous le haïssez tant ?

Elle réfléchit.

— Je ne sais plus.

— Vous n'avez pas de remords ?

— *Chacun est responsable du chemin qu'il ouvre devant lui*, c'est ce qu'il m'a appris. Jacques est là où il est. Moi, je suis ici.

— Il vous aimera toujours.

— C'est son histoire. Pas la mienne.

— Il vous espère encore.

— Dites-lui qu'il ne doit pas. Dites-lui que je l'ai oublié, que j'ai tout oublié, que je suis heureuse, que je vais me marier.

– Ce qui est faux, n'est-ce pas ?

Elle s'appuie à la fenêtre. Elle ne répondra pas. Le soleil traverse sa longue tunique blanche. Elle garde le dos tourné, ses épaules ne tremblent pas, mais le père Diligent sait qu'elle pleure.

Le vieux prêtre a tellement l'habitude des asiles et des fous que plus rien ne le surprend. Assis au pied du lit de Jacques transformé une nouvelle fois en momie, il examine la chambre.

– C'est bien, décidément, Villejuif. C'est très bien.

Murs bleu pâle soulignés d'une frise lavande, sol en carrelage neuf, fenêtre incassable et sans poignée, lavabo de poupée, deux rayonnages vides.

– Vous n'avez plus vos livres ?

– À la Santé, ils m'étaient tous prêtés. Bibliothèque. Mais si vous pouviez...

– Ce ne sera pas la peine. Vous n'en aurez plus besoin.

– Je comprends encore ce que je lis, heureusement !

Le père Diligent tapote les grands pieds attachés au sommier.

– Je suis allé au Mont. Je n'y étais pas retourné depuis soixante ans. J'ai bien pensé à vous.

Jacques hausse les sourcils à défaut des épaules.

– Rien n'a changé. C'est extraordinaire, le temps arrêté.

Où veut-il en venir ?

– Mon voyage à moi, c'était dans la crypte de Notre-Dame-des-Trente-Cierges, qui ne se visite plus. J'avais dix-sept ans. Un beau voyage, moins lointain que le vôtre mais qui m'a guidé toute ma vie.

Forcément un piège.

— Je suis gâteux, mon petit Jacques, c'est une chose entendue. Mais pas assez pour cesser de sentir ce que d'autres ne sentent pas. Je vais vous parler sérieusement. et vous allez m'écouter.

Jacques grimace.

— Ai-je moyen de faire autrement ?

— Il faut cesser de brandir vos croisades. Ne plus les évoquer. Ne plus vous y réfugier.

Jacques s'agite dans la camisole, qui ne cède pas d'un pouce.

— Tortillez-vous, mais écoutez-moi bien. Le bout du chemin, vous y êtes. Vous n'irez pas plus loin. Vous avez fait la route, elle était longue depuis Jérusalem. Quelque douleur qu'elle vous ait causée, je suis heureux que vous l'ayez suivie. Mais vous êtes vraiment au bout, mon garçon. Votre Eve écrit un livre sur vous. Elle m'en a lu des passages. Elle connaît des gens, elle va le publier. Il est temps de renoncer tout à fait, Jacques. Il faut laisser votre sac sur ce lit, et chercher un autre ailleurs pour y ancrer votre foi.

— Qu'est-ce que vous me racontez ?

— À partir de demain, vous serez un patient modèle. Vous verrouillerez la trappe au délire, au lieu d'énumérer vos batailles, vous parlerez de chasse à courre, et en toute circonstance vous resterez calme et doux. Vous avalerez ce qu'on vous demandera d'avaler et vous direz merci. Dans une semaine ou deux, ils baisseront vos doses. Tenez jusque-là. Ensuite, dites que tout s'éclaircit, que maintenant, enfin, vous vous souvenez. Vous avez regardé la *Jeanne d'Arc* de Luc Besson sur votre magnétoscope la veille de votre week-end au Mont. Vous vous êtes querellé avec votre Eve, vous êtes parti à pied dans la baie, vous avez manqué vous noyer, tout est devenu noir, et dans ce noir sont remontées d'horribles images guerrières.

— Mais quand ai-je tué Thomas ?

— Il s'est tué tout seul.

— Vous me demandez de mentir ?

— Je vous absous par avance.

— Je ne pourrai pas. C'est tout ce qui me reste.

— La mer s'en va au-delà de l'horizon, Jacques, mais elle revient toujours. Ce que vous croirez perdre vous retrouvera en son heure, et en son lieu. Je sais ce que je vous dis. Un jour vous serez prêt, et tout vous reviendra. Vous verrez.

ETTE NUIT de la Toussaint 1228 touchait à sa fin, et dans la pierre du cloître, nos visages ciselés et polis n'attendaient plus qu'un badigeon d'ocre, de rouge et de bleu pour nous ressembler tout à fait. J'avais sculpté Thomas plus jeune qu'il ne paraissait, sans doute parce qu'en moi, il gardait l'aspect du jour où les gardes du prévôt me l'avaient amené. Lui m'avait fait moins sévère que je ne suis, avec sur la bouche une bonté, sur les traits une tristesse réfléchie qui me plaisaient. Ainsi me voyait-il. Ainsi étais-je devenu.

Le ciel au-dessus du jardin des moines virait du noir à l'anthracite, sans hâte, sans heurt, comme l'esprit émerge d'un sommeil très profond. L'heure n'était plus au souvenir mais au pardon. Thomas avait péché contre moi, j'avais péché contre Eve. Nous allions mutuellement nous remettre nos fautes et, l'un par l'autre délivrés, nous continuerions notre route. J'ai posé mon rabot et j'ai tendu ma main, paume en dessus. Thomas a pris cette main offerte, il l'a portée à ses lèvres et il l'a embrassée. Sa bouche était fraîche, et fugitivement je me suis demandé si Eve avait aimé cette fraîcheur. Cette pensée a retenu mon souffle quelques secondes. C'est alors qu'à ma grande surprise, Thomas s'est mis à parler.

— Confessez-moi, mon père, car j'ai péché.

Je n'avais pas prononcé mes vœux, mais il me croyait moine et un moine, en l'absence de prêtre, peut remettre les péchés. Pourtant ce n'est pas ainsi que cette nuit devait s'achever, et je lui répondis que le prieur avait seul qualité pour l'entendre. Il répéta :

— Confessez-moi, mon ami, car j'ai gravement péché. Il y a seize ans, le dimanche de Pâques, j'ai tué un envoyé du pape et j'ai cessé de croire en la justice de Dieu.

Cela, je le savais déjà. Qui mieux que moi l'aurait su ?

— L'homme se nommait Jacques d'Hérisson. Il avait condamné ma bien-aimée au bûcher. Pour hérésie. Elle était très jeune, lui déjà mûr. Il la voulait, il l'avait torturée et, ne parvenant pas à la plier, il avait résolu de la tuer. À l'aube de l'exécution, vers cette heure-ci, je me suis glissé près de sa couche. Je tenais un poinçon. J'ai frappé au cou. Le sang a giclé, j'ai frappé encore et je me suis enfui.

J'avais tissé ma toile pendant des années, mené Thomas pas à pas jusqu'à ce rendez-vous décisif, je n'allais pas compromettre ce qui devait être mon rachat en même temps que le sien. La partie ne s'ouvrait pas comme je l'avais prévu, mais je pouvais aisément reprendre l'avantage. Il fallait rester maître du garçon et maître de moi. Je m'écartai, je retroussai ma robe pour me donner contenance, et, à voix muette, je tâchai de raisonner calmement : « Tu m'as frappé au cou, oui. Je ne blâme pas ta lâcheté. Tu avais tes raisons comme j'ai eu les miennes, nous étions dans le vrai, du moins nous le pensions. La passion prend souvent le visage du bien pour cacher sa violence. Mais je ne dormais pas, Grenouille. J'ai guetté ton geste et je t'ai permis de l'achever. Crois-tu qu'un guerrier de ma trempe, dressé à s'éveiller au moindre crissement dans le sable, n'aurait pas senti ta présence ? Tu n'aurais pu me donner la mort si je ne l'avais appelée. J'allais sacrifier Eve sur l'autel de Pâques, dont je ne savais pas alors qu'il était celui de mon orgueil, de mon désir, de ma folie. Sous ta lame m'est apparu qu'elle ne pouvait mourir sans que je meure aussi. Alors je me suis livré, livré à toi pour n'être pas séparé d'elle, livré à toi pour l'attendre seul sur le seuil de l'au-delà, et l'aimer dans la mort comme je n'étais pas parvenu à l'aimer dans la vie. Termine cette histoire que je connais déjà, mon têtard. Je ne m'irriterai pas, je ne te frapperai pas. J'attendrai que tu finisses pour te dire que ton coup a manqué, que tu m'as saigné à blanc mais que j'ai survécu. Je me tairai comme je me suis tu cette nuit de Pâques, comme je me tais depuis deux années près de toi. Va, garçon. Toi aussi, tu es presque au bout.

Rasséréné, je suis revenu près de lui et je l'ai regardé dans les yeux. Il a baissé les siens. Je pouvais le laisser terminer.

— Le grand Jacques n'avait pas crié, son valet n'avait rien entendu. J'ai couru jusqu'à l'écurie où ma bien-aimée était recluse avec les nôtres, ceux qui savaient voir la mer derrière une montagne et l'amour de Dieu dans la haine de l'homme. Une de nos compagnes haletait dans un coin. Elle brûlait de fièvre, son corps n'était que plaie, et quand je me suis penchée sur son visage, elle ne m'a pas reconnu.

J'ai pris le tablier de ma bien-aimée, j'ai pris sa coiffe et le ruban qui nouait ses cheveux. Je lui ai coupé sa natte au ras de la nuque, je l'ai nouée avec le ruban, attachée à la coiffe que j'ai enfoncé sur le crâne de notre compagne, et j'ai échangé leurs tabliers. J'ai pris ensuite de la terre mêlée de fumier, je leur ai noirci les joues et le front à toutes les deux si bien qu'on hésitait à les distinguer l'une de l'autre. Au second chant du coq, un soldat est venu. Il a fouillé la paille de sa botte, il a vu la coiffe, la natte blonde, le ruban bleu et le tablier. Il s'est penché, le corps puait l'agonie et le crottin, il s'est reculé en crachant et il a désigné la mourante à ses gars. Il se couvrait le nez, il n'a pas poussé sa recherche. Le plus gros a chargé la pauvre fille sur son épaule. Elle avait perdu conscience, elle ne râlait même plus. Ils l'ont menée sur la place du village où le juge avait fait apprêter un bûcher. La foule se pressait, une foule en larmes mais qui se pressait tout de même. Les gens aiment la mort autant qu'ils la craignent, et ils respectent ceux qui la donnent autant qu'ils les détestent. Sur la tribune, le siège de Jacques d'Hérisson restait vide. Le prévôt est venu s'y asseoir avec beaucoup de retard et une mine contrariée. C'est lui qui a lu la sentence et donné l'ordre de commencer. J'ai profité de l'agitation pour détacher un baudet et hisser dessus ma bien-aimée, qui était faible à ne pouvoir se tenir. Je me suis allongé sur elle et, tout couché contre l'encolure, je suis sorti au petit pas de l'enceinte. Les gardes avaient abandonné leur poste pour jouir du supplice, j'ai pu quitter la place sans que personne m'arrête.

Devant moi, les colonnes du cloître se changeaient en une forêt dansante. Mes yeux brûlaient et un fiel âcre me montait dans la gorge. Eve n'avait donc pas péri sur ce bûcher où, depuis toutes ces années, je me consumais ? Je m'appuyai à un pilier. Qu'était-elle devenue ? Au noir de mon effroi, un fol espoir m'éblouit. Elle vivante. Moi aussi. Je vacillai et portai la main à mon front. Thomas crut que j'avais un vertige. Glissant son bras sous le mien, il me tira hors du promenoir, à travers la nef de l'église, jusqu'à la terrasse ouest. C'est là, sans attendre, qu'il m'acheva :

— Mon aimée a mis des semaines à se remettre. J'avais grappillé quelques pains, une rouelle de fromage, un peu de lard, et je m'y connaissais en racines comestibles. Ma belle n'a eu ni faim, ni froid, ni peur. Nous demeurions cachés dans une carrière, je la tenais dans mes bras jour et nuit. Je ne dormais pas, je ne sortais pas. Je l'écoutais respirer. Le beau projet de Terre sainte, pour lequel j'aurais donné ma vie, m'était sorti du cœur. Dans mon cœur, il n'y avait plus qu'elle. Lentement, elle a guéri. Sa cheville restait raide, mais elle pouvait à nouveau parler, marcher, rire. Dès qu'elle s'est jugée vaillante, j'ai volé un autre cheval et nous sommes partis. Nos camarades s'étaient dispersés, personne ne nous a prêté attention. Nous avons cheminé vers le nord, où les villes sont assez riches pour bâtir des églises. J'ai trouvé à m'embaucher comme apprenti. Ensuite, à mesure des chantiers, je suis monté sculpteur de fin, puis chef d'ornement. Quand mon aimée est devenue grosse, je l'ai épousée. Elle a perdu l'enfant. Je lui en ai fait deux autres. Notre maison est petite mais toute en pierre, je l'ai bâtie de mes mains. Elle m'y attend. Elle m'attendra jusqu'à ce que je revienne.

Le Peseur d'âmes

Ce mot-là, ce dernier mot ouvrit en moi un gouffre où l'océan déchaîné se rua. Elle l'attendait. Moi, elle ne m'avait jamais attendu. Elle l'aimait, elle lui appartenait. Moi, elle m'avait oublié. Tout ce temps où je m'étais crucifié, où sous la bure je m'étais efforcé de mourir à moi-même, ils n'avaient cessé de jouir l'un de l'autre. Je bandai mes muscles pour contenir le flot qui déferlait mais ma foi avec ma raison s'abîmaient, mes yeux rougis voyaient Eve cambrée, pâmée, ma bouche s'ouvrait, cherchant la sienne, je gémissais de désir, je roulais son corps sous le mien, et à grands coups dans ses reins je devenais lame, lave, furie.

Thomas se retourna.

— Ce que j'avais à racheter, je crois l'avoir payé. Le cloître n'a plus besoin de moi. Si vous parlez en ma faveur au père abbé, il me laissera aller. Je vous supplie de me libérer. Ma bien-aimée m'attend, elle n'a que moi et je me dois à elle.

Je serrai les poings. Eve vivait pour lui, il vivait pour elle. Et moi, qu'y pouvais-je ? Je pouvais aller au bout du pardon. Remplir ma mission, boire la lie au fond du calice et y puiser une sève nouvelle. Le moment était venu, mais dans la tempête qui m'aveuglait, je ne distinguais plus sa lumière.

Thomas se tenait dos à la baie, calé contre le balustre. Il inclina le front.

— Frère, m'accordez-vous votre bénédiction ?

Périr pour renaître. Mes mains pesaient au bout de mes bras comme antan ma masse et mon épée. Je ne décidai rien. D'elles-mêmes, elles se levèrent. Elles se posèrent sur

276

ses épaules. Leur poids le surprit, il arrondit ses gros yeux. Je dis seulement :

– Regarde-moi Thomas. Tu me reconnais ?

Il sourit, incertain, inquiet avant de savoir qu'il l'était. Je me rapprochai et j'affermis ma prise.

– Eve est vraiment ta femme ?

Là, il me reconnut. Il se crispa sous mes serres et poussa un cri étranglé. Trop tard. Tout était accompli.

III

EST-CE que l'on guérit un jour ? Et de quoi guérit-on ? À sa sortie de Villejuif, estampillé guéri après trente mois de suivi thérapeutique, Jacques a retrouvé une vie qui n'était plus, qui ne pouvait plus être *sa* vie. Eve enceinte de son éditeur, Priscille divorcée, ses deux filles dans une pension blanche et rose, très suisse, très chère mais sans téléphone dans les dortoirs, où certainement on apprenait aux enfants à aimer le lait frais, l'ordre et la raison. Son poste à l'hôpital occupé par un interne talentueux. Ses collègues de la clinique tellement occupés que vraiment ils ne voyaient pas quand déjeuner tranquillement avec lui. *Sa* vie ? Il a choisi Saint-Pétersbourg par instinct, en aveugle, sans se dire que ce qu'il n'avait pu mener à bien en 1212, il allait le réussir là-bas, mais en pressentant qu'il aurait à s'y battre, et en désirant de tout son être ce combat.

De fait, à l'isolateur de Lébédéva, la guerre s'est enfin déclarée. Le petit Marek que Jacques a opéré s'est volatilisé et les mômes de la cage soutiennent l'avoir dévoré. Ils en rajoutent, et le bec, et les pattes, et la queue, d'un bout à l'autre du sous-sol, ils vocifèrent la chanson de l'alouette, et Vania mâche, remâche, crache en long jus de chique sa haine du Français. Il passe à tabac ses habituelles têtes de Turc sans obtenir d'autre information que d'écœurants détails de boucherie, suite à quoi il dépose une triple plainte contre Jacques, contre le surveillant responsable des quarts de nuit et contre le portier amateur de revues porno. Il a raconté son histoire à Oleg d'une seule traite, dans la nuit qui a suivi ses retrouvailles avec la balance du Peseur d'âmes. S'être confié ainsi l'a lié au garçon d'une manière intime, essentielle. Comme un sang transfusé, la part la plus secrète de lui est passée dans le cœur, dans le corps d'Oleg. De la sentir ainsi transmise, reçue et acceptée sans débat, l'en allège. L'en délivre. Il n'a plus envie de voir enfler et refluer la vague des souvenirs, plus envie de se laisser envahir. Il ne cherche pas pourquoi. Oleg affirme qu'il n'en a plus besoin, simplement plus besoin. En ajoutant que la vérité sort de la bouche des enfants et que cette vérité-là en vaut une autre. Il a peut-être raison.

Conformément aux habitudes claniques, Oleg a partagé son butin avec les Terreurs, puis avec Anton, puis avec Piotr, et même avec Olga, de sorte que les aventures de Jacques, découpées en épisodes et notées dans les cahiers d'Anton, sont devenues un vécu familial qui soude la maisonnée. Les petits se sont approprié les enfants de 1212 comme autant de frères et sœurs. Chacun a son personnage fétiche et, dans son ensemble, la geste de Jacques le Droit est devenue leur croisade. Ils ont un paysage où porter leurs yeux. Ils ont quelqu'un à admirer. Un homme, un vrai. Violent juste ce qu'il sied, du cœur et le sens de la justice,

et puis un qui y va, c'est ça le plus important, qui y va
carrément. Repeint à la mode médiévale, Jacques relègue
aux oubliettes Batman et Darth Vador. C'est à celui qui
deviendra son poulain, son écuyer, son chouchou. Oleg a
cinq longueurs d'avance, alors les quatre autres s'ingénient
à le déboulonner. S'ils pouvaient scier sa jambe valide et
jeter aux ordures le tronc sanglant, ils le feraient, du moins
c'est ce qu'ils répètent. Oleg les bat par anticipation et
pisse sur leur matelas pour bien marquer qu'il est le mâle
dominant. Il explique à Jacques que c'est de bonne guerre,
que dans sa jeunesse Jacques le Grand n'aurait pas procédé
autrement. Jacques sourit et s'en retourne fouetter les chats
de la prison.

Par crainte de l'enquête administrative réclamée par
Vania, il se résout à placer Oleg et les Terreurs chez Lena
Ivanovna, une sainte femme, très réaliste incarnation de la
vertu sur cette terre, qui avec une ardeur de cuirassier et
une opiniâtreté de fourmi s'échine à monter un foyer pour
les gamins errants. De Marek, Jacques ne veut rien dire, à
personne. Mais quand Oleg le questionne, il pose un doigt
sur ses lèvres et sourit. En échange des cinq pensionnaires
qu'il lui confie, Lena Ivanovna lui demande de prendre à
la datcha une gosse de onze ans, ramassée sur le trottoir et
qui depuis plusieurs semaines rejette tout ce qu'elle avale.
Jacques refuse. Un garçon, oui, et même plusieurs, mais
pas de fillette. Lena s'étonne. Jacques élude sans changer
de position. Et puis le surlendemain, en rentrant de la
prison, il trouve Oleg assis sur son édredon avec la minuscule Irina. Étique, un grain de beauté au milieu du front,

des yeux noirs énormes, la peau mate, des traits imprécis, presque fondus. Dès que Jacques entre dans la chambre, elle se glisse sous le lit. Comme il ne réussit pas à la convaincre de quitter sa cachette avant la nuit, Jacques se couche au-dessus d'elle. Jusqu'au lever du jour, il guette son souffle, d'abord agacé, puis étrangement anxieux. Après s'être retenu jusqu'à la crampe de se retourner sur son matelas pour ne pas risquer de l'effrayer davantage, il s'endort d'un coup, ramassé en fœtus. Quand il se réveille, la petite se tient debout contre son oreiller, ses yeux trop grands posés sur lui avec une gravité sentencieuse.

– Tu ronfles.

Il se déplie avec précaution.

– Beaucoup d'hommes ronflent.

– Je sais. Mais toi, en plus, tu parles. C'est pour ça que je suis venue voir.

– J'ai dû rêver.

– Elles ont quel âge, tes filles ?

L'effet d'un coup de poing dans le plexus. Jacques se redresse contre le mur.

– Ton âge, et la grande, deux ans de plus.

– Pourquoi elles sont pas avec toi ?

– Elles sont avec leur mère.

– Pourquoi elle est pas avec toi, leur mère ?

– Parce qu'elle ne veut plus entendre parler de moi. Elle s'est remariée. Elle vit en Suisse, Genève, c'est une grande ville au bord d'un lac.

– Pourquoi tu les fais pas venir ici ?

– Leur mère ne voudrait pas. Elles non plus, d'ailleurs. Leur père, maintenant, c'est l'autre monsieur. Il est banquier, il a beaucoup d'argent. Elles l'appellent papa.

— Tu leur écris ?

— Les lettres reviennent. Pas ouvertes. Les paquets aussi, quand j'en envoie. Pour leur anniversaire. C'est comme ça.

— Quand même, pourquoi tu les fais pas venir ?

— Parce que ce n'est pas possible, Irina. Je viens de te le dire. Il y a des choses qui ne sont pas possibles.

— Non.

— Comment, non ?

Jacques a élevé la voix. La fillette est à nouveau sous le lit.

— Sors. Je dois aller travailler. Je vais te ramener chez Lena.

Il se rase, pas le temps de se doucher, il s'habille, sa veste d'été a un accroc sur la manche droite, il peste, le lait a tourné, en repartant hier soir, Oleg a embarqué la miche de pain, il écale deux œufs durs et les place dans un bol, qu'il pose sur le parquet.

— Sors, Irina. Il faut manger.

Il sursaute. Elle s'est coulée derrière ses reins sans qu'il l'entende.

— Si je mange, je vomis.

— Mais non. Pas avec moi.

— Pourquoi pas avec toi ?

— Parce que je suis docteur. C'est moi qui ai guéri Oleg.

— Oleg, il m'a dit que c'était toi qui avais besoin de moi.

— Il t'a dit ça ?

— Oui, et il m'a dit aussi que si je venais, c'est moi qui te soignerais.

— Ah bon. Parce que je suis malade ?

— Oui.

— Tu trouves que j'ai l'air malade ?

285

— Ça dépend. C'est quoi leur nom, à tes filles ?

Jacques se détourne. Boucle son sac à dos. Noue les lacets de ses chaussures.

— Si tu me gardes, je veux bien m'occuper de toi.

— Merci. Bouffe ton œuf, ensuite on y va.

Irina se penche, attrape l'œuf entre deux doigts et, sans quitter Jacques des yeux, le fourre entier dans sa bouche qu'il distend de façon obscène. Elle renverse la tête en arrière, elle donne un coup sec de la nuque et elle avale tout rond.

— Voilà.

Jacques la prend par les coudes et s'accroupit devant elle.

— C'est malin.

— Qu'est-ce que tu crois ? Je suis maligne.

Elle blêmit. Jacques attrape le seau qui sert de pot de chambre collectif. La gosse s'agenouille et hoquette. Quand elle se redresse, elle a l'air d'une vieillarde. Elle grimace un pauvre sourire de victoire.

— Tu vois !

— Je vois.

Jacques la regarde. Si petite et déjà si marquée. Sa mère la vend depuis le printemps dernier. Elle ramène des gars de son usine ou envoie Irina tapiner sur les quais. Banal. Onze ans. Le père ferme les yeux et lape son *bortsch,* les frères pareil. La prostitution des mineures est devenue monnaie courante. Les filles en tirent plus de fatigue que de honte, soutenir sa famille est une obligation morale et le corps n'est pas une marchandise si différente des autres. C'est en tout cas le discours communément admis. La sœur de dix-sept ans a ses réguliers, qu'elle reçoit dans le réduit qui lui tient lieu de chambre. Pour les clients d'Irina, c'est ordinairement le lit conjugal. Lena Ivanovna a fait passer un examen médical à la fillette. Les dommages sont irréversibles, elle restera stérile mais, par miracle, elle n'est pas séropositive.

— De toute manière, j'avais pas faim.

Jacques attire l'enfant contre sa poitrine. Elle a la légèreté, les menus os saillants et le cœur affolé des oisillons tombés du nid. Autrefois, quand Jacques partait marcher en forêt, il en ramassait souvent un ou deux, au pied du tronc lisse des grands hêtres. Dans la cuisine de son appartement, boulevard de Courcelles, il faisait à l'orphelin un nid de brindilles et de coton. Ses filles s'ingéniaient à le nourrir avec des chiffons imbibés de lait, comme on fait pour les chiots. Chaque fois, l'oiseau mourait.

Irina s'est mise à pleurer dans le creux de son bras. Elle ne fait aucun bruit. Jacques la berce, les yeux fixes. La gosse se détend un peu et murmure d'une voix mouillée :

— Alors tu me dis comment elles s'appellent, tes filles ?

Jacques a mal, une douleur pointue, vrillée profond. Il répond presque aussi bas.

— Irina.

— La grande ?

— Oui.

— Et l'autre ?

— Irina aussi.

La petite se tait. Jacques la sent qui sourit.

ANIÈVA porte le deuil en blanc. À côté d'elle, les cheveux tressés de rubans noirs, le visage caché par une épaisse voilette, Ilenka ressemble à une veuve d'opéra. Sur le cercueil en vrai chêne, avec une corniche moulurée et de lourdes poignées, quarante-cinq veilleuses brûlent d'une flamme paisible. Tomek n'avait que quarante-quatre ans, mais Anièva a rajouté une bougie pour l'année à venir, comme sur les gâteaux d'anniversaire. Elle a fabriqué les mèches avec du coton de farces et attrapes, même si le vent se lève, elles ne s'éteindront pas. Le vent ne risque pas de se lever. Depuis dix jours, l'été est là, excessif comme l'est toute nature en Russie. Trente-trois degrés à l'ombre, pas un souffle d'air, un ciel laiteux écorché de bleu vif et d'hirondelles en chasse. Des nuages de moustiques minuscules, éclos dans les marais aux premières chaleurs, s'acharnent sur les nuques, ivres de sang. Il est cinq heures. La cérémonie funèbre n'a pas duré aussi longtemps qu'Anièva l'espérait, un autre enterrement suivait, bruissant d'une foule d'invités dans des habits bien repassés. L'officiant a serré les deux mains d'Anièva, puis embrassé Ilenka avec une compassion particulièrement expressive. Quand il s'est détaché d'elle, ses lèvres et son col gardaient des traces de poudre dorée. Anièva lui a tendu une enveloppe, qu'il a glissée sous sa soutane avec un air douloureux. Heureusement qu'en remplissant le registre, la sacristine n'a pas demandé comment était mort Tomek. Le tarif aurait doublé, voire triplé, et Anièva aurait dû prendre les billets d'Ilenka pour que l'Église accepte de bénir la brebis égarée. Anièva préfère ne pas y penser. Elle ne critique pas les pratiques de son amie, elle ne veut pas non plus porter de jugement sur la façon dont le clergé gère sa boutique. Faire le bien, c'est d'une manière ou d'une autre donner du plaisir, et le plaisir de l'homme peut prendre tant de visages différents. Le souci est qu'Anièva n'a jamais avoué à son père qu'à l'étage du dancing de l'avenue Nevski, trois nuits par semaine, elle musiquait sur un piano de bastringue les ébats d'Ilenka. Sans se déshabiller, sans jamais participer à l'action, les yeux bandés et le dos tourné au lit, mais tout de même... Si elle a pris tant de soin à lui cacher le secret qui arrondissait la chiche pension d'invalidité consentie par le Kirov, c'est qu'il y avait de la douceur à être l'idole d'un homme, et une griserie toute particulière à être celle d'un père. Cette grandeur-là était une gloire en soi, elle valait les compromis, les mensonges. Mais maintenant où sera la gloire, et comment justifier le mensonge ?

Le cimetière est la seule portion de terrain propret dans un quartier où tout parle de lassitude et d'incurie. À l'entrée, deux chênes verts tordent leurs branches pour attirer l'attention des enfants qui quittent à reculons les cortèges et courent s'y nicher. Personne ne les gronde. Ce lieu est une terre de paix. Les soucis, les querelles, les mesquineries restent sur le seuil pavé de gros galets, d'où part un chemin ratissé, coupé en son milieu par une seconde allée, de sorte à figurer une croix. Les bordures sont plantées de primevères et d'impatientes criardes offertes par des parents campagnards. Les habitués les repiquent au printemps et les arrosent avec la conviction de remplir un devoir civique. Réquisitionnée après la guerre, l'église en bois a été transformée en entrepôt de surplus militaires. Depuis, le cimetière n'a plus de prêtre attitré. Alors c'est comme dans les dîners entre étudiants où chacun apporte son casse-croûte, ici on vient avec son surplis. Les diacres, les organistes munis de leur harmonium portatif, même les popes des belles églises du centre se déplacent volontiers jusqu'à ce faubourg terreux, à cause de l'ambiance. Les lamentations rituelles résonnent de façon plus intime, les chagrins se partagent et les consolations aussi. Le gros père Mikhaïl apporte son violon et son camarade Igor Nievareski chante pour le défunt, pour l'assemblée, pour la terre, le ciel et la glorieuse Russie qui, à l'image de Dieu le Père, engendre et rappelle mystérieusement ses enfants. Le bonhomme a été renvoyé des chœurs de l'Armée pour cause de fétichisme pédophile. Dès qu'il se trouvait seul avec un petit choriste, il ne pouvait se retenir de le déchausser afin de sucer son gros orteil. Les enfants empochaient les sucres qu'il glanait à leur intention et se sauvaient en riant aux éclats. Dénoncé par un confrère envieux, le ténor a dû subir nombre d'interrogatoires humiliants, suivis d'interminables années à récolter la résine dans les forêts sibériennes. Il ne rêve plus de parader dans des costumes de prince ou de trouvère, mais de coincer le félon au crépuscule, dans une impasse sinistre, et de lui scier très lentement les orteils.

Pas seulement les deux pouces : tous les orteils. En attendant de perpétrer ce forfait qui est devenu l'unique ambition de son âge mûr, il chante pour les endeuillés du quartier et, grâce à lui, il arrive souvent que l'enterrement prenne des allures de noce.

C'est ce qu'espèrent les *babouchkas* de la crypte qui, dans un élan unanime, sont venues soutenir leur petite prieuse. Anièva n'a pas de grand-mère, pas d'oncle, pas un seul cousin, et tout le monde sait qu'Ilenka, qu'elle présente comme sa sœur, n'est la fille ni de son père ni de sa mère. Alors, après quelques conciliabules devant les icônes de la Sainte Trinité, les vieilles ont décidé de se constituer en famille adoptive. Munies d'une couronne de fleurs éternelles en plastique irisé, elles ont emprunté le minibus de ramassage scolaire d'un neveu, s'y sont entassées à cinquante-six sur trente places assises, et pendant les trois quarts d'heure de trajet ont réussi à ne pas dire une seule fois des méchancetés sur le malheureux qu'elles allaient enterrer. Ces *babas* sont veuves, rances, tracassières, revêches, médisantes, et pour la plupart lasses d'une existence qui n'a comblé aucun de leurs espoirs, mais aujourd'hui, ragaillardies par la conscience d'une mission charitable, elles se veulent exemplaires et pimpantes. Un foulard à fond noir sur leurs cheveux huilés et noués en chignon, les bras nus, flasques mais vigoureux, elles frictionnent à tour de rôle les épaules d'Anièva et lui proposent toutes les quinze secondes un godet de vodka. Ce qui les étonne, c'est que l'enfant chérie ne semble guère éplorée. Plutôt distante, distraite. Elle grignote les ongles de sa main gauche en répondant par des mercis flottants aux exhortations des matrones, elle a laissé Ilenka jeter la première poignée de terre dans la fosse, elle respire d'un air absent la rose rouge reprise sur le cercueil, elle regarde là-bas, du côté des arbres qui encadrent les premières tombes. Ilenka pose un baiser vermeil sur sa joue.

— Tu attends qui ?

Anièva ne répond pas. Ilenka prend son ton d'aînée qui connaît la vie.

— Pas *lui*, tout de même ?

Anièva penche la tête vers son épaule et ferme à demi les yeux. Ilenka la secoue doucement.

— Enfin, comment veux-tu qu'il sache ?

— Il sait.

— Et comment il saurait ? Il n'est pas revenu au dancing, il ne connaît pas ton nom et il ne t'a même pas dit le sien !

Plus bas :

— À moi non plus, d'ailleurs. C'est drôle, d'habitude c'est le premier truc qu'ils disent.

Anièva mord sa lèvre. Ilenka l'imite.

— Je te demande pardon. Je suis vraiment conne.

Anièva se redresse et attire contre elle son amie, si belle, si formidablement vivante.

— Je t'aime comme tu es.

C'est par une des sentes donnant sur l'allée principale que, tout essoufflé et serrant sur sa poitrine un gros cahier, arrive à petits pas pressés le vieux Piotr. La datcha bleue aux volets jaunes voisine avec le cimetière, mais l'emphysème torture le pauvre homme et la plus modeste promenade lui devient une expédition. Cependant, sous aucun prétexte Piotr n'aurait manqué le rendez-vous d'aujourd'hui. D'habitude, il recrute les âmes qui peuplent son grenier aux quatre coins du pays. Rostov, Iakoutsk,

Novgorod, sans parler des émigrés de 1917 qui ont essaimé en Bulgarie, en Hollande, en France et même en Amérique. C'est fou comme les familles se dispersent, au fil du temps. Sa santé et sa maigre retraite ne lui permettant pas de se déplacer en personne, Piotr doit s'en remettre aux habitués de sa soupente pour rallier leurs collatéraux. Ce qui, évidemment, est à la fois frustrant et hasardeux. En matière de négociation, rien ne vaut le contact direct. Dans sa jeunesse, Piotr était vendeur au *Goum* de Moscou, porcelaine fine, boîtes émaillées et miniatures sur bois, le seul rayon fréquenté par les visiteurs étrangers pendant la période pure et dure du communisme. Il sait qu'on appâte un client comme on séduit une fille, en lui inspirant confiance d'abord, désir ensuite. Dans le cas présent, il est presque sûr de réussir. Tomek Zadski, descendant en ligne directe du poète Igor Chalvovitch Zadski, frère de la baronne qui, sous le tsar Nicolas Ier, a fait bâtir la datcha afin d'y loger ses domestiques, ce Tomek, donc, ne trouvera pas la paix de sitôt. On n'abandonne pas impunément une jeune fille sans avoir assuré son avenir, et d'après les renseignements transmis à Piotr, Anièva Sonia Tara n'est pas fiancée et elle n'a pas de travail salarié. En attendant qu'en très haut lieu ses comptes se règlent, feu son père devra forcément hanter quelque lieu ou quelqu'un. Piotr, maître en racolage outre-tombe, a son idée là-dessus.

Elles sont deux. Grandes, mieux que jolies, au milieu d'une agitation de dindonnes centenaires. Une noire et une blanche. Une spectaculaire et une discrète. Piotr s'étonne. Le copain du Registre a mentionné une fille unique, pas une paire. Il s'approche. Il regarde mieux, il écrase un buisson, il marche en crabe vers celle qui tient la rose rouge.

— Bonsoir. Bonjour. Je suis une relation de votre père. Je vous présente mes sincères condoléances.

Il joint ses deux mains constellées de taches brunes et incline le buste. Sur son crâne curieusement pointu, un commencement de pelade lui dessine une tonsure.

« Piotr Mikhaïlovitch Wassnetzoff. Comme le peintre. Le portrait du tsar Ivan IV avec l'œil féroce, vous voyez ?

Anièva ne réagit pas. Le vieux insiste.

— Je suis venu pour votre père. Tomek. Votre père s'appelait Tomek, n'est-ce pas ?

Anièva secoue la tête.

— Vous devez vous tromper. Papa n'avait pas de « relations ». Nous vivions très retirés.

— Dans l'aile désaffectée du théâtre Marinski, je sais.

Tout de suite, Anièva pense à une dénonciation. Elle retient un mouvement de recul.

— Qui vous a informé ?

— Quand on arrive à mon âge sans avoir son petit réseau, c'est qu'on a gaspillé son temps... Mais ne soyez pas inquiète. À part moi, personne ne s'intéresse à votre regretté père.

— Et vous, vous lui voulez quoi ?

— Lui proposer un toit où il se sentira chez lui, et une compagnie qui ne lui sera pas hostile. À l'heure qu'il est, il en a besoin, je vous promets.

— Vous savez comment mon père est mort ?

Piotr sort un mouchoir aussi mité que lui et, soigneusement, essuie les larmes qui roulent sur les joues de la jeune fille. Anièva se reprend.

— Excusez-moi. Comment connaissiez-vous papa ?

— Par son aïeul. Il habitait la maison où j'habite. J'ai un

ami, placé là où il faut, qui m'informe des décès liés aux familles qui ont vécu dans cette maison. Voici l'adresse. C'est à deux blocs d'ici. La nuit, vous repérerez facilement, je laisse toujours une lanterne. Demain, plus tard, quand vous voudrez, vous serez la très bienvenue. Je vous montrerai des documents. C'est toujours instructif de savoir d'où l'on vient.

Anièva prend le papier que le bonhomme a sorti de sa poche. Une antiquité, aussi, sa veste. Ilenka soupire. Ce chic qu'a Anièva d'attirer les hurluberlus, et toujours dans les moments les plus indésirables. Piotr, très animé maintenant, continue :

— Bien sûr, je ne vis pas tout seul. Nous partageons la maison à quatre foyers. Il y a Olga et son piano, il y a Anton et sa femme, il y a le docteur de Paris et ses gosses, et il y a moi avec mes sans-abri...

Ilenka lève un doigt.

— Un docteur français ? Un vrai ?

— Aussi vrai qu'on peut l'être dans cette vie.

— Il est comment ?

— Costaud.

— Bel homme ?

— Très grand. Avec des grandes mains. Et surtout un grand cœur.

Les deux filles échangent un coup d'œil. Les joues d'Anièva ont rosi. Ilenka s'agite.

— Il parle russe ? Il sort beaucoup ? Il est marié ? Il est jeune ? Il a les cheveux noirs ? Il aime les jolies femmes ?

Piotr gratte son cou à l'endroit où son col usé l'irrite.

— Vous êtes bien curieuse, mon petit. Vous cherchez à vous caser ?

Ilenka désigne Anièva, qui en retour lui pince le bras.

— Pas moi, elle. Alors, votre Français ?

— Alors, quand il se décide à parler, il parle comme vous et moi. Il a été marié mais il ne l'est plus, il n'a pas d'âge mais il n'a pas l'air vieux, il s'appelle Jacques et oui, il est brun. Il s'occupe de moi. Il s'occupe de tout le monde. Sauf de lui-même, pourtant c'est lui qui en aurait le plus besoin. Il a vécu de ces choses...

Piotr s'interrompt. Anièva le fixe avec une curieuse lumière dans les yeux, comme si son visage était éclairé du dedans. Elle demande tout doucement :

— Il porte deux alliances ?

Assise sur la banquette où Tomek a passé les douze dernières années, Anièva regarde distraitement Ilenka ranger ses vêtements, ses peluches et les immondes bibelots offerts par ses amants le long des étagères converties en armoire. Après le cimetière, elles sont allées chez la mère d'Ilenka qui les a tartinées de jérémiades, elles ont rempli deux grands sacs et elles sont rentrées au Marinski. Depuis, Ilenka n'a pas quitté son amie une seconde. Cachant son inquiétude sous un bavardage incessant et un entrain fac-tice, alternant absurdes conseils domestiques, touchantes mômeries et gaffes, elle la colle, la touche, la mange des yeux, la caresse, la secoue, la renifle. Vivante, Anièva est vivante. Ensemble, elles sont ensemble. Ilenka s'est insti-tuée gardienne de sa sœur d'élection. « Chienne de garde, garde-chiourme, garde-fou, garde-manger, garde-malade, garde-à-vous, gare à vous », marmonne-t-elle en se retenant de se retourner pour vérifier que, dans son dos, Anièva n'a pas soudainement disparu. Elle se retourne quand même, et demande le plus naturellement possible :

— Tu crois que ton père avait compris que tu lui mentais ?

— Je suppose, oui.

— Tu crois qu'il t'en voulait ?

— Peut-être.

— Et toi, tu lui en veux ?

— Peut-être.

Le royaume où Tomek s'est reclus après la disparition de la mère d'Anièva mesure trois mètres sur quatre. Un rideau de scène retaillé masque la lèpre du mur, du côté où la lucarne mal jointée laisse filtrer la pluie. Là où le parquet vermoulu s'effrite, des bandes de contre-plaqué remplacent les lattes. Quand son père s'est définitivement alité, Anièva a voulu lui donner l'autre loge, plus vaste et mieux aérée, mais Tomek préférait la petite à cause de l'inscription qui coiffait le miroir : JE PARS POUR VIVRE.

Sur le mur, juste en dessous, on peut maintenant lire, en majuscules violettes : MOI AUSSI.

Le nez levé vers ce qu'elle appelle « les graffitis sacrés », les poings sur ses hanches idéalement rondes, Ilenka commente :

— Quand même. Tu ne vas pas faire comme lui. Tu ne vas pas mariner là-devant pendant le reste de ta vie. En tout cas moi, si je reste ici, je te préviens : j'efface tout.

Anièva se laisse aller sur les oreillers qui gardent l'odeur de son père.

— Pour écrire là-haut, il fallait qu'il soit debout. Il pouvait donc se lever, marcher, sortir. Les somnifères, je les mettais dans la boîte à sel, derrière le rideau du réchaud, de mon côté. Il les a pris mais il n'a rien dérangé. L'avenue Nevski c'est loin, mais en bas, la salle de danse, il avait sûrement vérifié. Un copain accordait régulièrement le piano, mais les fenêtres bouchées, la poussière, les gravats... Et moi qui lui branchais ses enregistrements en croyant le laisser avec ses souvenirs de maman... Je partais tranquille, j'avais trouvé un bon arrangement pour nous deux, pour nous trois, je pensais qu'on allait continuer comme ça, qu'on allait continuer toujours...

Ilenka s'assied sur le bord du divan.

— Tu lui avais parlé du Français ?

— J'ai dit que je l'avais rencontré à la crypte, qu'il écrivait des romans historiques, qu'il venait de perdre sa femme, qu'il était nettement plus vieux que moi, qu'il m'avait commandé une prière. Qu'on s'était regardés. Que j'avais l'impression qu'il m'avait déjà vue et qu'il continuait à me regarder, tout le temps. Papa se mangeait les lèvres. En lui étalant de la pommade sur la bouche, je lui ai demandé s'il était jaloux. Il a répondu qu'au contraire, il se sentait « infiniment soulagé, tu n'imagines pas combien, ma chérie ». Alors on a parlé de ton soi-disant boulot à la soi-disant salle de gym, j'ai dit que ça roulait, que tu me fauchais mes soupirants mais que tu viendrais déjeuner dimanche, comme d'habitude.

Ilenka fouille dans sa besace, en tire deux melons presque mûrs, une dizaine de pots de confiture miniatures et des carrés de beurre d'importation récupérés à l'hôtel Astoria.

— On est dimanche, je suis là, et pour une fois on va échapper au potage.

Anièva pioche les cerises du bout des doigts.

— Il faut que j'arrête Nevski. Toi aussi, tu ferais mieux d'arrêter.

Ilenka retrousse jusqu'au menton son tee-shirt et bombe le torse.

— Avec ce que j'ai en magasin ! Tu rigoles ! Ils sont pas beaux ?

De sa main propre, Anièva recouvre les deux merveilles.

— Très beaux.

— Moque-toi, tu voudrais bien en avoir des pareils ! Quand mon paternel faisait dans les pièces détachées, tu te souviens, il répétait qu'il fallait écouler le stock. Qu'est-ce que tu veux, j'écoule le stock !

Anièva soupire.

— On va arrêter toutes les deux, ma grande.

Ilenka se coule contre le flanc de son amie, prend sa main et embrasse un par un ses ongles tachés de rouge.

— C'est pas à cause du bordel, des bobards, des cachets dans son bol que ton père s'est suicidé.

Anièva enfouit sa tête sous le châle qui servait de couverture à Tomek. Elle plisse et serre ses paupières jusqu'à voir des flocons lumineux, elle se projette sur le quai du métro, la fois où en jouant à la mort elle s'est évanouie. La voix d'Ilenka l'effleure dans un brouillard sucré.

— Nievouchka ?

— Mmm...

— C'est pas à cause de ça.

Le vrombissement du train s'éloigne. Anièva rouvre les yeux.

— Je sais.

Ilenka compte jusqu'à trente, plus un *Notre Père*, un *Je vous salue Marie*, une chanson de son idole Céline Dion, avant d'en venir à la question qu'elle ravale depuis l'enterrement :

— Tu veux qu'on parle du grand Jacques ?

La réponse claque, sans appel :

— Non.

Ilenka en a entendu d'autres.

— Il est spécial, faudrait quand même que je te mette au parfum.

D'un coup d'épaule, Anièva fait rouler l'indiscrète à terre.

— Non.

Ilenka reste allongée sur la peau de zèbre qui tient lieu de tapis. Elle tend ses longs bras en arrière, cambre les reins, ondule et se fige sur une pose particulièrement lascive.

— La femme qu'il aime te ressemble.

Anièva remet le cachemire sur son visage.

— Et alors ? C'est des choses qui arrivent. Ça ne l'a pas empêché de te baiser, que je sache.

Sentant le terrain s'alourdir, Ilenka laisse filer quelques pensées importunes, bascule sur son ventre extra-plat et pose son menton au creux de l'épaule d'Anièva.

— Ce que je sais, moi, c'est que ton père a ouvert la fenêtre et que toi aussi, tu pourrais t'envoler.

DEPUIS bientôt trois ans que Jacques s'est installé à la datcha, Olga nourrit de solides projets matrimoniaux. Avec la pension de réversion de son mari, qui était fonctionnaire des postes, elle encaisse chaque mois plus d'argent que tout le reste de la communauté, elle estime donc faire un parti enviable. D'autant qu'elle sait tenir un intérieur et gérer un budget comme peu de femmes aujourd'hui. Ni les pressions des colocataires, ni les lettres comminatoires de la propriétaire, une vague héritière moscovite, n'ont jamais pu la contraindre à participer aux frais d'entretien de la maison. Cinquante-six ans, veuve et hydropique, elle campe sur son statut et clame que pour lui arracher un rouble, il faudra lui passer dessus. Soucieuse de prouver sa vigueur en illustrant par le geste son propos, elle montre son énorme cul à la première menace. Ce qui dissuade les négociateurs les mieux armés. Dès que Jacques tente un sermon sur l'assistance qu'on doit à son prochain, elle lui renvoie avec force postillons que son plus proche prochain, c'est elle-même, et qu'elle-même, telle qu'il la

voit, seule au monde et si vulnérable, elle-même a grandi
à la campagne et s'est juré que jamais, plus jamais.

D'habitude Jacques opine et, pour pacifier l'entretien,
accepte une sucrerie. Jamais plus jamais, c'est la faim, bien
sûr, les pieds nus en hiver et le mépris de moins humble
que soi. L'histoire d'Olga, il l'a entendue dans vingt foyers
avec les mêmes accents. Les parents d'Olga, petits cultiva-
teurs géorgiens dans les années trente, travaillaient dur et
ne manquaient de rien qui fût essentiel. La dékoulakisation
leur est tombée dessus comme un viol. Avec leur terre, ils
ont perdu leurs racines, leur honneur, leur courage, leur
confiance dans l'excellence du communisme et la bienveil-
lance de l'Esprit Saint. Ils se sont résignés, ils ont courbé
la nuque. Habitude ancestrale, dos rond, servage, famine,
goulag. Leur credo est devenu : à quoi bon ? Ils ont vieilli
à mille verstes de leurs souvenirs, en salariés agricoles moro-
ses, feignants, athées. Née aux derniers mois de la guerre,
Olga souffrait du rhume des foins à ne pouvoir sortir sans
un fichu humide noué derrière les oreilles. Le ventre toujours creux, elle haïssait la vie et n'espérait qu'en ses fesses,
effectivement affriolantes. Au premier citadin égaré dans
sa plaine, elle les a vendues contre une alliance et la pro-
messe signée devant notaire de ne résider qu'à la ville. Le
providentiel mari était bon léniniste et impuissant. Olga
s'est penchée très avant sur sa carrière avec ses camarades
de section. Surtout les roux, les vrais roux partout. De
braguette en braguette le couple a mené train aussi fastueux
que l'ère Brejnev le permettait. Bakou, Odessa, Kiev, enfin
Leningrad, où un cancer des testicules a tué à petit feu
l'époux sans que sa volumineuse et véhémente moitié se
souciât de le plaindre. Encore moins, on s'en doute, toutes

pelletées de terre tassées et comptes épluchés, de le pleurer. Veuve et presque riche se retrouvait Olga. À quarante-quatre ans le matin du premier coup de pioche dans le mur de Berlin, enfin libre citoyenne d'un pays qui s'éveillait sous un vent de renouveau et qui, sur le chapitre féminin, ne détestait ni le tempérament ni l'embonpoint.

— La récompense. Quand on a beaucoup attendu, ça réconforte, vous savez...

À ce stade du récit, Jacques, qui a repris des roulés à la confiture, regarde immanquablement vers la porte. Olga aussitôt de sa masse adipeuse s'interpose.

— Je n'ai pas fini. Partir avant la fin, c'est grave insulte, je n'oublierai jamais.

Jacques renonce, évidemment. Elle pèse le poids d'une armoire, elle crie avec des accents de verrat et puis, si étrange que la chose puisse paraître, il l'aime bien. Elle lui a dit une fois que les Français étaient moins grossiers que les Russes, et cette illusion-là, il tient à ce qu'elle la garde. L'été, à l'époque des moustiques, elle prépare à son intention exclusive une décoction citronnée qui embaume à trois pas et lui rend en effluves aigrelets ses vacances d'autrefois en Camargue. Elle triche à la crapette, elle ment avec un aplomb effarant, elle racle l'huile au fond de la lanterne du vieux Piotr et la revend à la femme d'Anton, elle laisse pousser ses ongles pour griffer les enfants, et quand revient la question des volets, que tout bon Pétersbourgeois se doit de repeindre régulièrement, elle part en villégiature sur la mer Noire sans laisser même un mot. Jacques l'excuse de son mieux auprès des autres et paie de sa poche double part. Qu'elle soit avare, libidineuse, fourbe et parfaitement indifférente au sort d'autrui lui plaît assez. Au moins celle-là, elle ne se prive pas de vivre.

C'est parce qu'elle interprète cette indulgence comme un encouragement qu'Olga garde bon espoir d'arriver à ses fins conjugales. Jusqu'à présent Jacques faisait bande à part, la prison, les gosses, les bains dans le fleuve, la photographie, et encore les gosses, et encore la prison. Étant posé qu'Olga déteste les enfants de tous âges et des deux sexes, qu'elle ne sait pas nager et trouve absurde de figer sur une pellicule ce que l'on côtoie tous les jours, le docteur n'avait pas de raison de s'attarder au rez-de-chaussée, encore moins d'aller prolonger une passionnante conversation sur le lit en pitchpin recouvert de fausse fourrure. Olga est une femme pratique, et ce qu'elle veut, elle le veut. Elle a donc mûrement pesé le pour et le contre, le passé et l'avenir, avant de ravaler son orgueil et de soumettre son analyse à Oleg. À l'entendre, la situation se résume aux termes suivants :

1) Jacques est fou mais Olga est obèse. À part ça, ils ont tous les deux du talent, lui en médecine, elle en cuisine.

2) Il a fait le croisé et elle a fait des pipes aux huiles du Politburo. Ils ont l'un et l'autre survécu.

3) Personne ne veut de lui et c'est pareil pour elle. C'est ça qui fait pitié et c'est ça qui peut s'arranger.

Ayant ainsi démontré quel couple admirablement assorti elle formerait avec Jacques, Olga attend d'Oleg qu'il plaide en sa faveur. Moyennant rémunération, bien sûr. En nature. En prothèse. Jacques posera la nouvelle jambe et Oleg sera témoin à l'église orthodoxe. Penser à l'étalon qui pourrait piaffer sous sa couette rend Olga douce et molle. Elle se mettra au régime. Elle adoptera les Terreurs. Elle fera repeindre toute la maison. Elle offrira un tablier neuf à la femme d'Anton. Elle sera heureuse. Elle l'est déjà.

Très massivement et énergiquement projetée dans ce futur idyllique, Olga ouvre chaque dimanche grand sa porte. Une fois l'appartement de Jacques joint au sien, elle sera maîtresse en titre de la maison. Elle ne se contente pas d'en rêver, elle se rode. Maquillée, permanentée, affublée de sa plus voyante robe-sac, elle remplit le samovar et dispose les tasses comme si elle apprêtait le plus subtil des pièges. En la découvrant aimable hôtesse, Jacques se rendra à l'évidence. Elle lorgne la pendule. Qu'est-ce qu'il fout ? Ces hommes, toujours là pour emmerder et jamais quand on a envie d'eux. Le thé est prêt. Les gosses sont assis en rond, elle leur a même permis d'amener le chien de Lena Ivanovna, une bête pelée, puante, stupide, qui bave sur le parquet ciré et les petits napperons blancs. Saloperie. Et cette fourbe d'Irina qui la guette du coin de ses yeux de génisse en espérant sournoisement qu'elle va s'énerver, pour pouvoir ensuite la débiner auprès de son grand Jacques. Pas claire, cette gosse. Avec ça qu'elle s'obstine à dormir sous le lit de son docteur chéri et qu'elle est possessive comme une tique, si Olga s'écoutait, elle lui broierait volontiers ses trois petits os. Heureusement, Olga ne s'écoute pas. Olga pense à la couette, à l'église, à l'étalon, elle gonfle sa poitrine, verse une tasse de thé clair à Anton et donne un coup de savate à la pendule pour qu'enfin elle sonne deux heures.

Au-dessus, dans sa soupente transformée en étuve par le soleil de juillet, Piotr s'agite. Jacques n'a pas encore dit oui, mais il ne dit pas non. Sa balance sur les genoux, il réfléchit. Piotr argumente :

— Sérieux, je suis sûr qu'on pourrait les peser là-dessus, mes âmes. Elles ne demandent que ça, allez savoir pourquoi, en tout cas depuis que votre truc est ici, elles me tarabustent. Je me mets en quatre pour les distraire, seulement à côté de vous, je manque de références...

Il se campe devant Jacques.

— Vous voulez que je vous dise ? Je vais vous paraître un peu grandiloquent, mais tant pis. Voilà : vous tenez leur avenir entre vos mains.

Jacques hésite entre le rire et le sermon. Mais il n'a pas vraiment envie de rire et il a assez subi de sermons pour ne pas en infliger à son tour. Chacun croit ce qu'il lui est vital de croire, et chaque angoisse se soulage comme elle peut. Il revoit la balance de l'archange, dans la vitrine de l'antiquaire, à Paris, quai Voltaire, tout près de l'appartement de la rue de Lille où Louis et Geneviève de Marne doivent achever de se fossiliser. Il passe sa main sur son front trempé de sueur, et la joue d'Eve vient effleurer son cou. Il sait pourtant que s'il ferme les yeux, elle ne lui tendra plus les bras. Il sait qu'elle l'a quitté pour de bon, à moins que ce ne soit lui qui l'ait enfin quittée. Il se redresse, il se sent à la fois lourd, léger, vide et plein, il souffle sur un des minuscules plateaux pour en chasser un moucheron.

— Laissez-moi un peu de temps, Piotr. C'est difficile, pour moi, de vous la donner. Dans quelques mois, peut-être. Je reviens de loin et je ne suis pas sûr d'être prêt.

Piotr revient à la charge.

— Les âmes qui habitent chez moi viennent d'aussi loin que vous. J'en ai reçu quatre d'un coup, des vieilles, des étrangères, des sacrées drôlesses. Elles disent que Jérusalem, elles ont fait aussi, elles disent qu'elles vous ont entendu crier : « Passera ou nul autre ! » devant Alep, et que vos difficultés d'aujourd'hui, à côté, c'est du game-boy pour les Terreurs. Elles ont l'air au courant.

Jacques sourit.

— Elles le sont. Vous m'avez emprunté mes livres, n'est-ce pas Piotr ?

Piotr nie avec une énergie touchante. Jacques se souvient de sa fille cadette, le front plissé derrière ses petits poings fermés, ancrée à la conviction que si elle soutenait obstinément son évident mensonge, celui-ci finirait par se transformer en vérité. Et au fond, pourquoi pas ?

Le carillon de l'entrée tinte. Olga claque la langue à l'adresse d'Irina qui traîne les pieds, entrouvre la porte et disparaît pour revenir aussitôt en tirant par la main une jeune fille blonde munie d'une rose rouge et d'un sourire timide. Conquérante, Irina désigne sa capture :

— Voilà !

La jeune fille demande :

— Piotr Mikhaïlovitch Wassnetzoff, c'est bien ici ?

Tous ils la regardent comme si la Vierge Marie en personne se tenait sur le seuil. Elle se trouble et bredouille :

— Je me suis trompée ?

Ils la mangent des yeux. Du front bombé au petit menton têtu, des prunelles transparentes au cou blanc, des chevilles minces aux épaules graciles. Une mèche dorée pend en travers de sa joue. Oleg clopine jusqu'à elle et, d'un doigt familier, il lui remet ses cheveux derrière l'oreille. Étonnée, elle se laisse faire. Le garçon lui tend une main sale.

— Moi, c'est Oleg.

Elle serre la main offerte.

— Jacques, c'est mon père.

Elle s'empourpre. Les Terreurs gloussent et se poussent du coude. Irina redresse sa petite taille.

— C'est pas le tien ! C'est le mien !

Oleg pousse la gamine contre la porte, elle répond par une bourrade, il chancelle, Anièva le rattrape et le redresse. Le nez dans le col de sa robe, il la hume.

— Tu sens l'herbe.

Anièva éclate de rire. Tous les grelots de Noël. Anton se frotte les paumes.

— Elle va prendre le thé. Il fait trop chaud mais chez nous, le dimanche, c'est toujours le thé. Elle restera un peu. Olga a préparé les *bitkis*, et la Marie les petits gâteaux. C'est la tradition. Elle aime les petits gâteaux ? Elle aime les histoires ? Elle doit manger, en tout cas, ça c'est sûr. Elle est pas plus grasse que celle de la croisade...

Il se fige comme s'il avait mis les deux pieds dans un seau de ciment frais. Olga tend une tasse à Anièva :

— Sans sucre, le thé ?

Déjà, l'obèse voudrait étrangler la visiteuse. Elle a du flair, Olga. Elle n'a pas besoin de connaître les gens pour les jauger. Les ennemis, elle les repère d'emblée et elle ne se trompe jamais. Cette perche-là, ce haricot monté en graine sur ses pattes d'échassier, avec sa rose et malgré qu'elle ait pas plus de seins qu'une sole, c'est cinquante kilos de danger. Olga en pèse cent vingt-quatre. Elle l'écrasera.

Anièva louche vers le piano, un monument des années trente avec d'énormes pieds moulurés, des bougeoirs à trois bougies et un lutrin sculpté de bacchantes. L'esprit affairé à bâtir un plan diabolique mais pour l'instant très flou, Olga minaude :

– Travail d'artiste. Il a été fait pour moi. D'après moi.

Elle montre une silhouette cambrée, paumes sur les reins et gorge offerte.

– Là. Approchez-vous, on me reconnaît bien.

Lui refermer le couvercle sur les doigts. Coupés nets. Jacques prête une attention particulière aux mains, il ne s'éprendra pas d'une femme à moignons. Anièva s'étonne :

– Ici ? C'est vraiment vous ?

Lui coincer le cou dans le coffre du piano. Vertèbres brisées, jolie poupée cassée, un tour et puis s'en va. Poubelle. Si seulement.

Irina, qui s'est collée à la jupe d'Anièva, susurre :

– Tu joues ?

– Un peu.

– Il attend que toi, même que Piotr l'a accordé cette semaine.

– Pour moi ? Piotr Mikhaïlovitch vous a parlé de moi ?

– Pas lui, non...

La fillette regarde la fée blonde par-dessous.

– Jacques, il faudra pas le faire marcher.

Sergueï crache par terre et demande :

– Tu fais quoi, pour vivre ?

– Des prières.

Oleg lance un clin d'œil aux Terreurs. Le petit Micha

saute à pieds joints sur le tapis comme dans une grosse flaque.

— T'es pas pute alors ?

Anton se précipite, tire le tabouret du piano et y assied la jeune fille.

— C'est très bien, des prières. Elle s'assied là. On en a tous besoin, de prières. Elle est bien, là ? On peut manger les petits gâteaux tout de suite, si elle a faim. Elle a faim ?

Oleg s'appuie contre l'instrument.

— Tu sais des musiques du Moyen Age ?

— Il n'y avait pas de piano au Moyen Age.

— Alors comment tu as appris ?

— Je ne comprends pas.

Il étire le sourire du chat d'Alice.

— Normal. Ça viendra. On t'aidera. Je suis sûr que t'es douée.

Anièva le dévisage, interloquée.

— Douée pour quoi ?

Elle mange, elle boit, elle joue aux charades avec les Terreurs. Calée contre ses tibias, entre les pieds du tabouret et les pédales du piano, Irina sommeille. La femme d'Anton compte les gâteaux engloutis avec un mélange de satisfaction et d'inquiétude, en se disant qu'avant de recruter cette délicieuse garde d'enfants, Piotr aurait dû vérifier que chez elle, on la nourrissait à sa faim. La porte du grenier claque. De marche en marche, l'échelle des fantômes couine et gémit. Anièva interroge du regard Oleg, qui a reconnu le pas de Jacques. Le garçon lui prend les mains, les repose sur le clavier et lui souffle à l'oreille :

– Surtout, ne dis rien.

Elle ferme les yeux. Sous ses paupières, son père sourit. Le vent fait danser l'eau bleue de la Neva et des milliers de lucioles empêchent la nuit de tomber. Elle se détend. Ses doigts respirent. Elle joue Bach. Anton sort de sa poche un des carnets d'écolier sur lesquels il a consigné les aventures de Jacques à travers les âges. Il lèche son index, hésite et puis laisse le cahier s'ouvrir tout seul :

Libre je me retrouvais, et pourtant à jamais prisonnier. Seul, et pourtant à jamais habité. Vivant, mais déjà mort entre les morts. Le ciel restait sombre, le soleil refusait d'éclairer ma défaite. Étouffé de larmes qui ne pouvaient couler, je retournai dans le cloître. Les visages de pierre me regardaient, livides, définitifs, et pour la première fois de ma vie, ma vie de fer et de sang, ma vie de fausse justice et de barbarie sanctifiée, pour la première fois, j'eus le sentiment d'être damné. De m'être, de mon fait et cependant malgré moi, damné. Je pris les outils de Thomas et les miens, je les roulai ensemble dans un bout d'étoffe que je liai avec ma ceinture. Je regagnai la terrasse et je jetai le tout là où le corps était tombé. Je tremblais mais l'horreur me quittait et, dans le profond silence qui lui succédait, je retrouvais le calme des batailles décisives. Je suivis le chemin de ronde où si souvent je m'étais assis pour me parler de moi-même. Mon Dieu, qui avais-je cru tromper ? Je descendis le petit degré qui mène directement à l'eau. D'ordinaire, on attachait au pied de l'escalier la barque du passeur. On attendait ce matin la grande marée d'équinoxe, et l'abbé avait commandé de ranger à l'abri le bateau. Pour moi, il n'y aurait pas de passeur. J'étais déjà au-delà, passé de l'autre côté. Au loin des sables

mouvants, au bout de la grève noire, je distinguais la maison
où Eve allumait le feu, la flamme dans sa main tendre me
montrait le chemin, j'allais marcher vers elle, marcher
jusqu'au bout du temps s'il le fallait, marcher assez pour un
jour, une nuit, la rejoindre.

REMERCIEMENTS

Je tiens à remercier le docteur Paulette Letarte, le commissaire Sophie Wolfferman, Maître Jean-Yves Le Borgne et Monsieur Philippe Bilger pour leur écoute attentive et leurs précieux conseils.

*La composition de cet ouvrage
a été réalisée par I.G.S. Charente Photogravure,
à l'Isle-d'Espagnac,
l'impression et le brochage ont été effectués
sur presse Cameron dans les ateliers
de **Bussière Camedan Imprimeries**
à Saint-Amand-Montrond (Cher),
pour le compte des Éditions Albin Michel.*

*Achevé d'imprimer en juillet 2002.
N° d'édition : 19830. N° d'impression : 023029/4.
Dépôt légal : août 2002.
Imprimé en France*